英詩의 아름다움:
그 객관적 독사(doxa)의 실천

이 저서는 2012년 정부(교육부)의 재원으로 한국연구재단의 지원을 받아 수행된 연구임.
(NRF-2012S1A5B5A07035923)

21세기 영시와 미학의 융합

英詩의 아름다움: 그 객관적 독사(doxa)의 실천

이규명 지음

도서출판 동인

머리글___

[계시의 순간] 우리가 지금은 거울로 보는 것 같이 희미하나 그 때에는 얼굴과 얼굴을 대하여 볼 것이요 지금은 내가 부분적으로 아나 그 때에는 주께서 나를 아신 것 같이 내가 온전히 알리라. (고전 13:12)

우리는 미스코리아 선발대회에 출전한 팔등신의 여인을 보고 아름답다고 생각하고, 고려청자나 조선백자를 보고 아름답다고 생각하고, 불우이웃을 돕기 위해 익명으로 기부한 사람을 아름답다고 생각하고, 아마존 강의 신비한 밀림과 그랜드캐니언의 웅장한 전경을 아름답다고 생각하고, 조국을 구하기 위해 헌신한 이순신의 죽음을 아름답다고 생각하고, 월드컵에서 프랑스 팀이나 브라질 팀의 플레이를 아름답다고 생각하고, 인도의 빈민층을 평생 돌본 마더 테레사의 헌신을, 인류의 구원을 위해 십자가 위에서 처형된 그리스도의 삶을 아름답다고 생각하고, 셰익스피어의 비극을, 존 키츠의 시를, 존 레넌의 시니컬한 노래를, 닐 암스트롱의 재즈음악을, 쇼팽의 야상곡을, 마리아 칼라스Maria Callas의 아리아를, 미켈란젤로의 시스티나 교회Cappella Sistina의 천장에 그려진 <아담의 창조>를 아름답다고 생각한다. 열거된 여러 장르에 적용된 아름다움의 관점은 모방과 무위를 주제로 삼는 구구한 동서의 입장을 떠나 어디까지나 인간의 시각과 인식에서 파생된 것이다. 인간 외에 아름다움을 논하는 존재는 세상 어디에도 없다. 따라서 아름다움은 인위적인 관점에 의해 설정된 것이 분명하다. 비록 인간의 시각이 각양각색이지만 아름다움의 기준은 보편적이고 상식적이다. 그것은 절제와 균형과 조화의 미학이다.

그런데 최근 아름다움의 패러다임이 바뀌고 있다. 아름다움의 반대말인 추함이 아름다움으로 등장하고 있다. 선행이 아닌 모럴 해저드가, 미녀대회가 아닌 추녀대회가, 대위법이 무시된 쇤베르크A. Schonberg 음악과 아예 악보가 없는 존 케이지John Cage의 음악이, 물감을 도화지에 그냥 흩뿌리는 잭슨 폴록Jackson Pollock의 액션 페인팅action-painting이, 표절을 정당화하는 '도서관 이론'library theory에 입각한 포스트모던 소설이, 정통종교를 빙자한 사교cult가, 찢어진 청바지가 버젓이 횡행한다. 그것은 무질서와 무작위와 비정상의 미학이다. 형식과 격식을 존중하던 아름다움의 시대에서 비형식과 비격식을 존중하는 추함의 시대로 변모된 것이다. 그러나 전자와 후자가 시대와 풍조의 흐름에 따라 각각 주체가 될 수는 없는 노릇이다. 그것은 각각의 모습은 다르지만 비형식은 어디까지나 형식을 담보로 존재하기 때문이다. 아들은 아버지와 얼굴이 다르지만 아버지를 근거로 존재하고 해체주의는 그 대상인 구조주의를 숙주로 존재할 수 있다. 살바도르 달리Salvador Dali의 무의식은 어디까지나 의식을 기반으로 조성된 것이다. 아름다움은 어디까지나 추함과 대조/대립됨

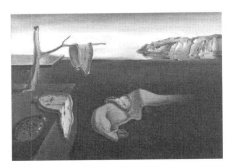

달리의 〈기억의 지속〉

으로써 존재할 수 있다. 이렇듯 인간에게 주어진 사물의 이분법은 운명이다. 단지 아름다움이 추함을, 추함이 아름다움을 보완하는 기제로 자리하기만을 기대할 뿐이다. 그것은 강자로서의 아름다움이 약자로서의 추함을 강제하는 수단으로, 역으로 추함이 아름다움을 파괴하는 폭력적인 수단이 될 수 있기 때문이다. 다시 말해 식민주의적인 관점에서 아름다운 문화의 사제로 군림하는 서구제국이 제3세계의 문화를 추한 것으로 간주하여 무시하거나 파괴할 수 있기 때문이고, 반대로 탈-식민주의 post-colonialism적인 관점에서 추함이라는 소수의 주변성이나 특이성 specificity이 지나치게 강조되어 인류의 보편적인 가치인 아름다움의 질서가 훼손될 수 있기 때문이다.

15세기 서구의 르네상스에 비해 조선의 우마차 시대에서 계몽된 지 채 100년에 미달하는 한국의 일천하고 궁핍한 문화상황 속에서도, 인간의 근본을 천착하고 성찰하는 시의 사제로 복무하여 국민의식의 계몽에 진력하는 한국예이츠학회, 한국엘리엇학회, 한국현대영미시학회 회원교수님들과 한국의 어려운 경제상황에서도 경제적 효용가치가 전무한 순진한 본고의 출판을 흔쾌히 승낙해 주신 도서출판 동인 이성모 사장님께 깊이 감사드린다. 무엇보다 절망적인 상황에서 본고를 무의식의 심연에서 말없이 추동하신 만물의 알파와 오메가로서의 주님의 은총에 무한히 감사드린다.

2015. 6. 25.
이 규 명

싣는 순서___

미학과 영시의 융합

해방 이후 서구문화가 밀물처럼 유입되어 서울시내 한복판에 쇠똥이 굴러다니던 궁핍한 시절 이래 백성들이 문화에 눈을 뜬 지 이제 불과 1세기도 채 안 되었다. 그리고 그 사이 한반도는 당면한 굶주림을 모면하기 위해 급속하게 산업화를 추진하여 현재 서구의 문화선진국과 의식주의 측면에서는 어느 정도 비슷한 수준에 이르렀으나 문화성숙도의 측면에서는 아직도 수백 년의 근대화 역사를 자랑하는 서구에 비해 후진적이라는 것을 솔직히 고백하지 않을 수 없다.[1] 배는 부르나 문화의식이 매우 빈곤한 상황 속에서 마치 진주목걸이를 목에 건 돼지의 모습이 바로 한국인의 모습이다. 지금은 자유무역을 통한 국경 없는 통상의 시대에 접어들어 '신토불이'라는 미명의 국수주의나 민족주의에 빠져 우리문화만을 주장할 수도 없으며, 국제거래를 진작시키는 거름의 요소로서 서구인들이 우리의 김치문화와 민속예술을 이해해야 하듯이 우리 또한 서구인들의 치즈문화와 고전예술을 이해하지 않을 수 없다. 지구촌 시대에 사는 우리는 스스로 교양의 향상에서 한걸음 더 나아가 서구인들과 유

---

1) 이 부분에서 김우창 석학의 '궁핍한 시대의 시인'이라는 말이 상기된다.

익한 통상을 하기 위해서라도 서구인들의 사물에 대한 미적 의식을 탐구하지 않을 수 없다. 서구인들이 자연, 음악, 그림, 조각, 시를 바라보는 방식에 대한 역지사지易地思之의 인식이 필요한 시점이다. 따라서 상대를 이해하는 것이 상대와의 원만한 관계를 유지하는 첩경일 것이다. 물론 우리와 서구인이 사물을 바라보는 관점의 차이는 크다. 현재 우리는 서구예술에 대한 미적인 이해가 크게 부족한 실정이다. 서구인들의 발레, 오페라, 고전음악, 미술, 연극을 보며 항상 촌닭처럼 어색해하는 우리는 언제까지 서구예술에 무지한 된장 한국인이 될 것인가? 서구인들의 문화의식 혹은 미학에 대한 이해는 21세기 문화콘텐츠 시대의 국가경쟁력과도 직결되는 문제가 아닐 수 없다. 서구예술의, 서구미학의 이해가 당장 현실적인 과제가 아니라하여 서구의 기술만 답습한다면, 세계문화를 수용하고 극복하는 원숙한 한국인, 선진한국이 될 수 없을 것이다. 국제사회에서 우리는 서구문화, 서구예술, 서구관습에 무지하다는 점을 무수히 지적을 받는다. 서구인들의 무도회, 연주회, 파티문화에 자유로이 적응하는 한국인이 얼마나 되겠는가? 우리는 갓끈을 매고 서구문화에 놀라 당황하는 19세기 신사유람단의 현실을 21세기에도 겪고 있다.

　조국이 처한 이런 열악한 문화현실을 스스로 반성해서인지는 몰라도 사물을 바라보는 학문적으로 체계화된 관점인 서구미학에 대한 관심이 고조되어 프랑스와 독일에서 유학한 소수의 학자들에 의해 집필된 미학관련 도서가 한양의 지가를 올리고 있는 중이다. 아울러 21세기 문화의 시대를 맞이하여 문화선진국이 되기 위하여 문화콘텐츠와 산업디자인의 발전이 국가적인 명제로 등장하는 요즈음, 서구미학에 대한 상식과 인식이 없이는 국제적인 관점에서 물질적 정신적으로 인정받는 명실공히 문화와 산업 선진국으로 진입하기 어려울 뿐만 아니라 산업과 미학이 접목되는 세련된 상품을 생산하는 측면에서도 미학에 대한 일반적인 인식이 반영되어야 서구인들의 구미를 촉진하게 될 것이다. 하다못해 가정이나 근무처 혹은 지역사회에 대해 미적의식을 적용해보는 것은 삶을 윤택하게 하고 국가의 격조를 고양하는 실천이 될 것이다. 막연히 거리를 조성하고 무의식적으로 건물을 짓는 것보다 미적의식을 가지고 이를 행하는 것이 우리가 좋아하는 일상의 양적 포만감이 아닌 삶의 질적인 아름다움을 향유하는 길이 될 뿐 아니라, 한국의 아름다움을 향수하기 위하여 한국을 방문하는 관광객을 유치하기 위해서라도 국민의 미적 수준을 향상시키는 문화적인 교육과 실천이 시급한 문제가 된다. 특히 연예분야의 한류문화가 동남아시아를 거쳐 서구사회에 확산되는 이 시점에서 보다 고도의 미적 의식의 성숙은 국가부흥의 원동력이 될 것이다. 이런 점에서 본 연구는 서구미학과 영시의 소통을 통해 학계와 사회의 문화적 의식을 제고하고 이를 21세기 한국의 운명을 좌우할 청년들에게 교육시켜야 할 이유가 충분하다고 사료된다.

본 연구는 고대 영시에서 현대영시에 이르는 영시의 역사상 중시되는 주요 작품, 즉 「베어울프」("Beowulf")에서 [엘리엇]에 이르는 영시작

백남준의 〈TV Cello〉

품을 분석의 제재로 삼아 고대미학, 중세미학, 르네상스 미학, 근대미학, 현대미학, 즉 고색창연한 [플라톤]에서 [칸트]를 거쳐 [보드리야르]에 이르는 '미'에 대한 다양한 관점들을 영시작품 속에 적용해봄으로써 [영시]와 [미학]의 소통을 꾀하는 국내외 초유의 것으로서 여태 시도된 바가 없다. 이 영시의 자리에 역사성을 가진 도자기를 넣어도 될 것이다. 그것은 도자

기를 바라보며 그 아름다움을 음미하는 것이나 영시를 읽으며 그 아름다움을 음미하는 것이 별반 다르지 않고, 도자기와 영시는 인간의 안목을 저울질하는 일상의 텍스트이기 때문이다. 인간이 예술작품이라는 텍스트를 감상할 때 그저 말문이 막히는 단순하고 막연한 인식에서 탈피하기 위하여 사고와 지성을 지닌 인간으로서 인간이 만든 작품을 분석하는 수단이 되는 개념과 이론들은 학습될 수밖에 없다. 그러므로 여태 막연한 추상, 개념, 관점, 안목을 바탕으로 인상적, 주관적의 관점에서 감상되어온 영시에 대해 플라톤 이래로 현재까지 전래되어온 미의 객관적인 관점들을 적용해보는 것은 21세기 과학의 시대에 시의적절한 시도가 아닐까 생각한다. 여태 미학을 포괄적인 개념으로 영시와 한국시에 부분적으로 적용한 사례는 있지만 본 연구처럼 영시와 미학을 전체적으로 조명하는 사례는 없었다. 현재까지 '미학'이라는 말이 들어가는 영시와 한국시에 대한 국내외 저술을 살펴보면, 국외저술로는, [*The Political Aesthetic of Yeats, Eliot, and Pound*, Michael North], [*The Nature of Aesthetic Experience in Wordsworth*, John H. Talbot], [*The Aesthetics of Power: The Poetry of Adrienne Rich*, Claire Keyes], [*The Divine Science: The Aesthetic Of Some Representative Seventeenth-Century English Poets*, Leah Jonas] 등이 있으며, 국내저술로는 [『한국현대시와 반복의 미학』, 이경수], [『정지용 시의 미학성』, 김용희], [『1920년대 초기 시의 이념과 미학』, 조영복], [『역설 공존 병치의 미학: 존 키츠 시 읽기』, 윤명옥] 등이 있다. 그러나 본 연구는 여태 시도된 미학개념의 두루뭉술한 적용을 탈피하여 영문학사상 영시의 대표적인 작품 전반에 대해 각 시대에 파생된 미학이론에 정초한 보다 정치精緻한 적용을 모색하는 것이다. 그리고 미학이론의 탐색은 미학의 본산인 그리스에서 시작하여 영국, 미국, 프랑스, 독일을 경유하기에 서구전반의 미학이론을 개관하게 되며 단순히 이론의 소개에 그치지 않고 이를 영시에 적용해본다는 것이 본 연구가 가지는 최대의 창의성이자 독창성이라고 할 수 있다.

　유사 이래 '미'의 의미에 대해 역사적으로 구축되어온 정체성에 대한 치밀한 탐색이 선행된다. 그 후 예술의 한 분파에 속하는 문학과 철학의 한 분파로서의 미학과의 상관관계를 천착하기 위하여 유사 이래 고대, 중세, 르네상스Renaissance, 근대, 현대로 이어지는 미학이론 가운데 굵직한 개념을 동시대의 영시작품 속에 적용을 시켜본다. 고대영시, 중세영시, 르네상스 영시, 근대영시, 현대영시와 동시대에 탄생한 미의 개념과의 상호 소통을 시도해보는 것이다. 고대미학 개념에 대해서 플라톤, 아리스토텔레스Aristotle, 헬레니즘의 미학을, 중세미학 개념에 대해선 아우구스티누스의 미학개념을, 브루노Giordano Bruno와 다빈치Leonardo da Vinci가 주축을 이루는 르네상스 미학과 데카르트René Descartes의 명증성을 바탕으로 미학에 대한 학명을 부여하며 학문적 토대를 구축한 바움가르텐A. G. Baumgarten의 미학과 예술의 자율성을 확립한 칸트I. Kant와 예술의 절대정신을 주장하는 헤겔G. W. F. Hegel과, 예술의 죽음을 회자하는 현대미학에 대해선 벤야민W. B. C. Benjamin, 아도르노T. L. W. Adorno, 루카치G. Lukács의 미학개념을 탐색한다. 다시 말해 '미'를 존중하는 고대, 중세, 르네상스, 근대의 전통미학의 개념2)과 '미'에 대한 기존의 고착된 인식에 회의를 표명하는 비판미학의 개념이 변증법적 대조를 보이며 전개될 것이다.

　이러한 전통미학과 비판미학의 이론과 개념을 적용하기 위한 영시작품으로는 고대영시의 고전인 "Beowulf"와 "Seafarer"를 고대미학 개

---

2) 고대-중세-근대까지의 미학이론을 <비례(proportion)와 조화의 미학>이라고 보는 타타르키비츠(W. Tatarkiewicz)는 서구미학의 '대 이론'(Great Theory)이라 불렀다(160).

념에 적용해보고, 중세 영시로는 초서G. Chaucer의 "The Canterbury Tales", 작가 미상의 "Sir Gawain and the Green Knight"를 중세미학 개념에 적용시켜본다. 근대의 시초가 되는 르네상스 시대 주위의 영시로는 시드니Sir Philip Sidney, 스펜서Edmund Spencer, 셰익스피어William Shakespeare의 주요작품들을 르네상스 미학 개념에 적용시켜본다. 근대 계몽주의 시대의 시인들인 포프Alexander Pope, 블레이크William Blake, 워즈워스William Wordsworth, 콜리지Samuel Taylor Coleridge, 셸리Percy Bysshe Shelley, 키츠John Keats, 포Edgar Allan Poe, 테니슨Alfred, Lord Tennyson, 휘트먼Walt Whitman의 작품에 근대미학의 선구자인 칸트, 헤겔, 바움가르텐의 주요 미학 개념을 적용시켜본다. 그리고 현대의 시인들인 라킨Philip Larkin, 오든W. H. Auden, 하디Thomas Hardy, 예이츠W. B. Yeats, 프로스트Robert Frost, 스티븐스Wallace Stevens, 로렌스D. H. Lawence, 파운드Ezra Pound, 커밍스E. E. Cummings, 토머스Dylan Thomas, 긴즈버그Allen Ginsberg, 엘리엇T. S. Eliot, 히니Seamus Heaney의 작품에 대해서 현대미학의 주류에 속하는 벤야민, 아도르노, 루카치가 주장하는 '비판미학'의 개념을 적용해볼 것이다.

또한 미학의 범위를 확장하여 [범성론pansexualism]의 프로이트Sigmund Freud, 응시gaze의 미학으로 유명한 라캉J. Lacan, 분열schizophrenia의 미학으로 유명한 들뢰즈Gilles Deleuze, 'simulation 미학'으로 유명한 보드리야르Jean Beauderliard의 개념 가운데 미학과 연관이 있는 개념도 동원될 것이다. 그러나 영시와 미학의 시대구분을 칼로 두부를 자르듯 말끔하게 절단할 수는 없을 것이다. 그리고 낭만주의와 사실주의가 포스트모던 시대에도 여전히 영향력을 행사하듯이 고대에 유행하였던 미학개념이 지금도 유행하고 있음을 부정할 수 없을 것이다. 그래서 비례, 조화, 무관심3), 미메시스Mimesis, 카타르시스catharsis, 숭고, 비극과 같은 개념들이 분석대상

영시작품 전체에 두루 적용될 것이다.

　본　연구는　영시에　대한　미학의　접목으로　[학제간의　소통 interdisciplinary communication]을 통해 상호발전의 계기가 된다는 점에 주목한다. <절제와 균형, 비례와 합리, 숭고와 우아>로 수렴되는 전통미학과 사회현실이 반영된 비판미학에 대한 인식은 감정에 치우치는 경향이 농후한 한국인의 의식 구조를 개선하여 유행 중인 문화한류의 선진한국에 기여할 것이다. 또 본 연구는 현재 아름답지 못한 사건들이 빈번한 한국의 정치, 경제, 사회, 대중문화(대중가요, 영화) 전반에 걸쳐 아름답지 못함에 대한 반성적 인식을 제공하는 작은 단초가 될 것이며, 21세기 한국을 선도해야 할 청년들에게 미적 인식의 요소인 이성, 상식, 합리, 비례, 절제, 균제의 의미를 전달함으로써 내적으로 균형적인 삶을 추구하도록 계몽하는 한편 대외적으로 서구의 문화와 미학에 대한 상식을 갖춘 지구촌 시대에 걸맞은 국제적인 신사숙녀들을 배출하는 데 작은 초석이 될 것이다. 현재 문화선진국을 지향하는 한국인에게 산업문화 혹은 문화산업의 선진화를 위해서도 서구의 미학이든 동양의 미학이든 미학에 대한 교육이 정말 시급하다고 본다. 문화한류가 전 세계를 강타하는 요즈음 한국의 국격을 앙양하기 위해서도 서구의 전람회, 연주회, 오페라, 사교장에서 벌어지는 문화의 경연에서 서구인들과 더불어 미적인식과 미학적 안목을 상호 소통할 능력을 배양하여야 할 것이다. 그것은 미학이 고고한 [성城]에 갇힌 문화인식이 아니라 우리의 삶이며 거리에서 활보하는 우리의 현실이기 때문이다.

---

3) 이 개념은 샤프츠베리(A. A. C. Shaftesbury)에 의해서 주장된 것으로 '미'의 즐거움은 <자기 이익과 무관한 관조적 성질>을 의미한다.

1

플라톤, 아리스토텔레스 미학 /
고대서사시

미란 무엇인가? 무엇을 [미]라고 하는가? 흔히 우리는 아름다운 선행에 대해서, 용모가 수려한 인간에 대해서, 자연풍경에 대해서, 원만하고 바람직한 인생에 대해서 "아름답다"라고 말한다. 그리고 놀라운 업적과 사명, 삶과 현실에 기가 막히게 들어맞는 이론, 개념, 원리, 원칙에 대해서도 "아름답다"라고 말한다. 그러니까 문명사회에 통하는 "아름답다"라는 말은 외면과 내면적으로 보아 적합하고 원만하고 놀라운 것이 된다. 영어로 [뷰티beauty], 그리스어로 [칼론kalon], 로마어로는 [벨룸bellum]이라는 말을 사용했다(타타르키비츠 155). 그리스인들은 시각적인 아름다움을 [심메트리아symmetry]로, 청각적인 아름다움을 [하르모니아harmony]로 본다. 전자는 조각가에 해당하고 후자는 음악가에 해당한다. 그런데 미는 청각보다는 시각에 의존하는 경우가 많다는 것이 사실이다. 산새소리가 아름답다고 느끼기보다는 거리에 지나가는 늘씬한 여인을 아름답게 바라본다. 아리스토텔레스는 미를 선하면서 아름다운 것이라고 바라보기에 미의 개념에 선의 개념을 포함시킨다. 부분들, 요소들 간의 적당한 균형과 배열이 미의 척도라고 보는 이론이 바로 피타고라스학파에 의해서 제기된 [대이론the Great theory]이다. 이에 따라 수적 비율, 비례에 따라 사물의 아름다움이 정해진다. 그러나 고대에서 중세까지 유럽사회를 주름잡던 대이론은 경험주의 철학과 낭만주의의 태동으로 인하여 일시 타격을 받았으나 지금도 여전히 정치, 경제, 사회, 문화 분야에서 그 효력을 발휘하고 있다. 이 점을 「베어울프」("Beowulf")의 시행을 통해 살펴보자.

> 이윽고, 어둠이 드리울 때, 그렌델이
> 헤롯궁전에 다가왔다, 군인들이 궁궐에서 무엇을 하는지 살피면서
> 그들의 술판은 끝나고 대자로 쭉 뻗어 곯아떨어졌다, 아무것도
> 의심하지 않으면서, 그들의 꿈속은 평안하리라.

> Then, when darkness had dropped, Grendel
> Went up to Herot, wondering what the warriors
> Would do in that hall when their drinking was done
> He found them sprawled in sleep, suspecting
> Nothing, their dreams undisturbed. (Rosenthal 4)[4]

여기서 우리는 균제와 균형의 미를 읽을 수 있다. 그것은 술판이라는 화기애애한 분위기가 한편에 다가오는 불행의 그림자와 조화를 이루고 있기 때문이다. 사유문화가 덜 발달한 시기에 이러한 균제와 균형을 유지하고 있음이 놀랍다. 그런데 "그렌델"은 평화를 파괴하는 부정적인 존재로 등장하기에 아름다운 존재라고 보기 어려울 것이다. 그리고 술에 취해 잠든 병사들의 기분 좋은 꿈과 대조적으로 파괴의 근원으로서 그

---

4) Rosenthal, M. L. ed. *Poetry in English*. Oxford: Oxford UP, 1987. 이하에 나오는 본 서의 인용은 [*PE*]에 쪽수를 붙인다.

렌델이 다가오는 현실은 악몽이 되어 미적인 대조를 이룬다.

미에 대한 주관적/객관적 인식에 대한 논쟁이 뜨겁다. 미를 주관적으로 봐야 할까? 객관적으로 봐야 할까? 물론 균제, 균형, 절제, 비례, 비율을 주장하는 자들을 객관주의자들이라고 봐야 할 것이고, 각자의 취향과 느낌에 따라 미를 바라보는 자들은 주관주의자라고 볼 수 있을 것이다. 그러므로 고대 그리스적 전통에 따르면 객관주의에 충실했다고 볼 수 있을 것이고 현대에 올수록 주관주의의 추세가 강하다고 볼 수 있을 것이다. 그런데 성경적 관점에서 조물주의 섭리에 따라 창조된 사물 가운데 무엇이 아름답고 무엇이 추하단 말인가? 그리고 조물주가 창조한 피조물에 대해 인간들이 임의로 미/추를 주장하는 것은 [신성모독 blasphemy]이며 월권행위가 아닐 수 없다. 따라서 사물에 대한 인간의 판단은 [독단doxa]이라고 볼 수밖에 없다. 그리고 소쉬르의 기호학에 따라 사물에 접근하는 [아름답다/추하다]라는 기표는 자의적인 것으로 미/추의 근거가 될 수 없다. 하지만 사물에 대한 비례를 강조하는 플라톤Plato은 미에 대한 객관주의 노선을 취한다. 아리스토텔레스는 미의 주관적/객관적 태도에 대해 아무런 언급이 없어 스승의 의견에 묵시적으로 동조한 것으로 본다.

플라톤의 손가락

미학이 확립되기 이전의 '미'에 대한 인식은 신화적인 차원에 머무는 것으로 우리가 흔히 알고 있는 시의 여신 '뮤즈'에 대한 인식이며, 원시인들이 그려놓은 알타미라의 동굴 벽화 속의 짐승 같은 삶 자체였다. 이후 인간의 문명이 발달하면서 미학에 대한 인식은 고대 그리스 시대에 이르러서야 비로소 희미한 형상을 갖추게 되었다.

우선 미학의 선구자로서 관념적 이상주의자인 플라톤을 거명하지 않을 수 없다. 그는 오늘날까지 문화의 정전으로 지대한 영향을 주고 있는『향연』,『파이드로스』,『국가론』을 통해서 사물의 궁극적인 실재로서의 '미'의 존재를 신봉했다. 이때 '미'는 개개의 현상을 초월한 영원한 본질을 의미하기에 '미'의 이데아idea가 되는 셈이다. 작품이 '미'의 이데아에 근접하도록 예술가는 밤낮으로 정진하고 해야 하는 것이다. 그러나 '미'에 완전히 도달할 수 없다. 마치 하나님의 형상을 닮은 신성의 흔적을 배태한 인간이 도덕이나 종교와 같은 인간의 윤리적 관습을 통하여 하나님의 이데아에 도달할 수 없듯이. 그 다음이 플라톤의 경향과 대조되는 경험론적 현실주의자로서의 아리스토텔레스는『시학』을 통해 질서와 조화의 개념을 강조했다. 균제와 비례는 조화의 특성이다. 그와 함께 상기되는 것이 비극을 통하여 나오는 연민과 공포pity and fear를 수단으로 감정을 정화하는 카타르시스라는 관객에게 응축된 감정 배설을 통해 쾌감을 발생시키는 일종의 미적효과이다. 고흐Vincent van Gogh의 <별이 빛나는 밤>과 같은 기이한 그림을 볼 때, 슈베르트Franz Peter Schubert의 현악 4중주 14번「죽음과 소녀」와 같은 절망적인 음악을 들을 때, 보들레르Charles-Pierre Baudelaire의「파리의 우울」과 같은 시를 읽을 때 야릇한 쾌감을 느끼는 것도 이와 같은 감정 정화의 미적 효과일 것이다. 이 점을 다음에 나오는「베어울프」의 시행을 통해 살펴볼 수 있다.

> 기트족의 왕자가 그렌델을 죽여
> 비탄과 슬픔과 고통을 끝장내었네
> 호로스가의 불쌍한 백성에게 강요되었고
> 피에 굶주린 악마에 의한. 어떤 덴마크인도 의심치 않았네

그 승리, 증거가 명확하다, 높이 내걸려 있노라
서까래로부터 그곳에 베어울프가 매달았노라, 그 괴물의
팔, 발톱과 어깨와 모든 것이.

A prince of the Geats, had killed Gendel,
Ended the grief, the sorrow, the suffering
Forced on Hrothgar's helpless people
By a bloodthirsty fiend. No Dane doubted
The victory, for the proof, hanging high
From the rafters where Beowulf had hung it, was the monster's
Arm, claw and shoulder and all. [*PE* 7]

　모든 백성들의 고통의 원인이자 불행의 씨앗으로서의 괴물 "베어울
프"가 제거되었다는 것은 [언술 속의 주체subject in enunciation]로서 당시의
백성들뿐만 아니라 지금 이 시행을 접하는 [언술행위의 주체subject of
enunciation]로서의 현대인에게도 카타르시스를 준다. 마치 "기트족"의 왕
자가 현재에 재림한 것처럼. 괴물이 사멸함으로써 괴물에게 맺혀있는 모
든 백성들의 감정의 응어리가 일시에 사라지고 의식은 당분간 진공상태
가 된다. 그러나 카타르시스는 독자가 작품 속에 함몰되어 주체를 상실
하는 동기가 된다는 점에서 텍스트의 리얼리티 속으로 함몰됨을 지양하
는 요즈음의 자의식적 관점에서 비판을 받고 있다. 한편 카타르시스는
프로이트가 보기에 유아 동일성의 일환이라고 볼 수 있다. 라캉이 말하
는 아버지의 법으로서의 상징계에 진입하기 전인 [전-언어계pre-linguistic
order]에 속하는 유아들은 상호 일체감을 느낀다. 한 아이의 울음이 전체
의 울음으로 번지는 것처럼.

이데아를 주장하는 플라톤에게 예술이 들어설 자리는 없다. 그가 보기에 감각세계는 참된 세계가 아니다. 우리는 동굴 속에 갇힌 [죄수罪囚]의 신세로서 동굴 속에 불빛을 받아 반영된 동굴 속의 사물의 그림자를 참된 실재라고 생각한다. 예로부터 전래되는 인간의 고질적인 사고방식인 실재의 모방을 실재로 여긴다는 점은 길 없는 길을 의미하는 아포리아가 된다. 궁색하지만 실재에 접근하는 길은 감각의 눈으로 보는 것이 아니라 영혼의 눈을 통하여야 한다. 전자는 [감각미]이며, 후자는 [예지미]이다. 영혼이 감각미로부터 벗어나 미 자체로 이르는 희미한 기억을 더듬어 이상의 길로 나아가야 한다. 여기서 아름다운 영혼과 아름다운 육체의 갈등이 노정된다. 예술은 사물로부터 환영을 만들어 가상을 실재로 둔갑시킨다는 점에서 비판을 받는다. 복제의 예술과 모상의 예술. 전자는 존재자체의 모방이고, 후자는 외관의 모방이다. 플라톤은 사물의 복제품을 만들어 내는 목수보다 사물의 환영을 만들어 내는 화가들을 증오한다.

플라톤의 미적 관점은 현상적이 아니라 배후적이다. 사물을 추동하는 은닉된 세계배후에 존재하는 비가시적인 세계를 추적한다. 미도 현상적인 것이 아니라 심층적인 것이다. 그러나 그의 관점은 초월적인 것 같지만 사물을 움직이는 원리와 규칙들은 수학으로 귀결된다. 그것은 두 개의 사물이 사라져도 [2]라는 개념은 인간이 존재하는 한 여전히 살아있기 때문이다. 사물의 참된 본성을 추구하는 그의 관심은 윤리학, 정치학, 종교학으로 수렴된다. 이는 초월과 현실을 절충한 방식이다. 지식으로 나아가는 길은 [변증법]에 의존한다. 이는 한 가정이나 가설에 대해 반박하는 식으로 나아가 합의에 이르는 길이다. [국가론]에서 그는 국가라는 배는 도덕군자가 아니라 적합한 능력자에 의해서 운전되어야 한다고 본다. 국가를 혼란스럽게 하는 소피스트Sophist의 [허사虛辭]에 대응하는 길은 엄격한 사유를 통해서 가능하다고 본다. 그는 각인각색의 삶을 주장하는 소피스트들의 귀납적인 사유와는 달리 보편적인 지식의 존재를 확신하는 연역적인 입장을 취한다. 현재 보편화된 삶의 원리를 설명하는 것이 [동굴의 비유]이다. 이것은 영국의 베이컨Francis Bacon이 주장한 4대 우상에도 언급된다. 모닥불을 피운 상태에서 희미하게 보이는 동굴 속에서 발과 목이 사슬에 매여 눈이 정면으로 고정된 죄수들은 벽에 비춰진 눈앞에 어른거리는 물체만을 볼 수 있고 동시에 그 물체의 소리가 아니라 그 메아리를 통해서 사물을 인식하게 된다. 이때 죄수의 시각과 청각에 의한 사물의 판단은 오류에 빠지게 된다. 죄수들은 벽에 비춰진 것을 실재로 바라본다. 플라톤 이후 수천 년이 지나도 우리의 신세는 이 죄수들의 신세와 별반 다르지 않다. 죄수들이 동굴 밖으로 나왔을 때 과거 꽃의 그림자만을 보았던 죄수들은 현재 실재의 꽃을 보고 경악할 것이다. 사물과 그 그림자의 관계는 [기표signifier]와 [기의signified]의 관계와 유사하다. 물위에 비춰진 흐릿한 얼굴이 내 얼굴인 줄 알았다가 거울에 비춰진 뚜렷한 내 얼굴을 바라보고 놀라는 것처럼. 나아가 이는 사회주의의 환경 속에서 공동분배라는 초월적 이념의 노예가 되었던 자들이 자유경쟁원리하의 자본주의 현실 속에서 자기를 인식하는 경우와 같다. 물론 동굴 밖의 실재를 대면하기가 어려워 동굴 속으로 회귀하는 경우도 있을 것이다. 이때 죄수에게 필요한 것이 [교육]이다. 어둠 속에 빛을 던져주는 것이 교육의 기능이다. 이는 현상에서 실재로의 개종을 의미한다. 시시각각 변하는 유동적인 현상이 아니라 요지부동의 실재를 잡는 일이다. 그러나 실재의 경험이 관조되거나 추억되어서는 아무 소용이 없다. 동굴 밖으로 나온 죄수들은 그들의 바깥 경험을 도로 동굴 속으로 들어가 그곳의 무지한 죄수들을 교육시켜야 한다. 마치 천국에서의 추억을 동굴 속 세인들에게 전하는 예수처럼. 이것이 진리의 보편화를 추구하는 실사구시實事求是의 정신이다. 이 점을 「베어울프」의 일부에서 살펴볼 수 있다.

> 그 후 그들이 베어울프, 그들의 왕 앞으로 나와, 고하였다
> 그의 궁전이, 그의 왕좌가, 최상의 건물이,
> 녹아내렸다고
> 화룡의 숨결에. 그들의 말을 듣고 비참해졌다, 베어울프는 슬픔에
> 가슴이 아프다. 그는 스스로를 자책한다
> 하나님의 율법을 깨뜨린 것에 대해,
> 하나님의 진노하심이 백성들에게 내림에 대해.

> Then they came to Beowulf, their king, and announced
> That his hall, his throne, the best of buildings,
> Had melted away in the dragon's burning
> Breath. Their words brought misery, Beowulf's
> Sorrow beat at his heart: he accused
> Himself of breaking God's law, of bringing
> The Almighty's anger down on his people. [PE 9-10]

국민과 통치자 사이에, 왕과 백성사이에 일회적인 현상이 아니라 맥맥이 이어지는 것이 있다. 그것은 권위와 복종이며 충성과 봉사이다. 백성은 왕의 권위에 복종해야 하고 왕은 백성의 충성에 대해 봉사로 화답해야 한다. 홉스T. Hobbes의 사상과 유사한 이것은 군신유의君臣有義라는 동양적 미덕과도 연관된다. 근대에 이르러 미국 개척시대에 투표를 미끼

로 유럽이민들의 고충을 돌봐주던 빅 브라더big brothers로서의 정치인들의 경우도 이와 같다. 국가, 사회의 질서를 유지하기 위하여 이 덕목은 교육을 통하여 지속적으로 전승되어야 할 것이다. 그것은 베어울프와 백성들, 이 일시적인 현상으로서의 두 대상이 이 세상에서 사라져도 영원히 간직되어야 할 실재로서의 [2]인 것이다.

인간에게 주어진 세계는 두 개의 세계이다. 광명의 세계와 어둠의 세계. 우리 인간은 어디에 위치해야 할 것인가? 어둠 속의 죄수들이 광명의 세계로 나올 때 눈이 부시고 나아가 눈이 머는 고통을 당하게 된다. 반대의 경우도 마찬가지다. 이것은 삶의 과정에서 당연히 치러야 할 대가이자 응보이다. 『심청전』에서 심봉사가 눈을 뜨는 경우와 밀턴이 맹인이 되는 경우에 해당한다. 그런데 회의주의에 빠진 소피스트는 사물에 대한 주관적/상대적/유동적인 관점에서 이러한 명확한 구분에 찬동하지 않을 것이다. 하지만 인간의 언행 속에 진리의 그림자가 배태되어 있다. 말하자면 유일한 길, 진리, 생명이신 예수를 빙자한 교주의 감언이설 속에 예수의 오도된 그림자가 배여 있고 이를 눈먼 죄수로서의 신자들이 신봉한다. 그리하여 플라톤은 현상과 실재에 대한 [분리된 선분the Divided Line]을 제시한다.

[Y]축 = [가지계intelligible world] → 수학, 사고, 지식

[X]축 = [가시계visible world] → 허상, 상상, 신념, 독단

여기서 "가시계"보다 "가지계"가 우위에 있으며, 이때 "지식"은 특정지식이 아니라 보편지식에 해당한다. 동굴의 비유에 따라 어두운 곳이 후

자이며, 밝은 곳이 전자이다. "상상"은 가장 낮은 수준의 허상이며 이를 실재라고 신봉하는 것이 우매한 일이지만 우리의 안목이다. 인간은 대개 실재로부터 2단계 멀어진다. 다빈치의 작품 <모나리자>를 대입해보면, (1) 여인 모나리자의 이데아, (2) 여인 모나리자의 존재, (3) 여인 모나리자의 초상화의 순으로 실재가 멀어진다. 플라톤의 예술에 대한 비판은 예술이 허상을 만들어 군중의 환상을 부추기고 군중을 최면 시켜 현실의 복무로부터 멀어지게 한다는 것이다. 상상의 다음 단계는 "신념"이다. 플라톤에게 본다는 것은 곧 믿는다는 것이다. 이때 실증주의적인 [보는 것이 믿는 것]이라는 말이 상기된다. "신념"보다 우위의 단계는 "사고"이다. 이것은 "가시계"에서 "가지계"로의 차원의 이동이다. 다시 말해 "독단"에서 "지식"의 계곡에 들어선 셈이다. 이것이 과학자의 사고방식이다. 산수경계를 유람하는 김삿갓처럼 현상만을 바라보는 것이 아니라 그 이면의 보편적인 원리와 법칙을 사유한다. 아인슈타인은 우주를 그냥 바라보는 것이 아니라 우주의 원리를 관조하려는 것이다. 현상은 보이지 않지만 우리의 생각을 유도하는 실재의 끄나풀이다. 물리적이고 가시적인 시/공에 은폐된 가지적인 상대성 원리의 공식이 [$E=mc^2$][5])이다. 물론 예외적인 경우로서 자연현상을 바라보고 그 이면의 의미를 감지하는 예언자, 선지자, 선승의 초능력도 있다. 마지막 단계로서 현실적으로 불가능하다고 보이는 보편적 "지식"의 단계는 감각의 유혹으로부터 완전히 벗어난다.

플라톤의 인류역사상 가장 위대한 공헌은 기원전 당시 인간의 지성

---

5) 이 공식을 [질량에너지등가원리]라고 부르며, 아인슈타인의 특수상대성이론에서 유도된 공식이다. 여기서 [E]는 에너지를, [m]은 질량을, [c]는 광속(celeritas = speed of light)을 의미한다.

이 미개한 상황 속에서 [형상론]을 제기한 것이다. 이는 불변과 영원을 나타내는 비물질적인 본질이며, 우리의 눈에는 보이지 않지만 눈 이면의 세계를 구축하는 실재이다. 말하자면 우리가 바라보는 삼각형 너머에 삼각형이라는 비물질적인 본질인 형상이 있기에 우리가 지금 삼각형이라고 부르는 것은 삼각형의 모사인 셈이다. 우리가 거리에서 미인을 바라볼 때 이 미인은 미인의 기준에 부합하기 때문이고 이 기준은 미인의 형상에 입각한다. 현상의 아름다움은 마음의 기준과 유사한 아름다움인 것이다. 따라서 플라톤의 아름다움은 현상의 아름다움이 아니라 그 이면의 아름다움이다. 외형적인 미가 아니라 내재적인 미인 것이다. (1) 형상은 사물의 원인이다. (2) 사물은 하나의 형상을 배태한다. (3) 사물은 하나의 형상을 모사한다. 이를 인간에게 적용해보면 성경에 따라 인간의 원인은 하나님이며, 인간은 하나님의 형상을 배태하며, 인간은 하나님의 형상을 모사한 존재이다. 인간이 형상을 인식하는 방식은 그리 복잡하지 않다. 그것은 사물이 바로 형상의 끄나풀이기 때문이다. 인간은 인간의 형상을 포함하여 사물의 형상을 선험적으로 인식한다. 인간은 주장과 그 반증의 변증법을 통하여 사물의 형상에 도달하려 한다. 또 인간은 아름다운 사물을 바라보고 그 이전의 단계인 아름다움의 형상으로 나아간다. 그런데 인간은 사물의 아름다움을 짐작할 수 있지만 진리와 실재와 마찬가지로 그 아름다움의 형상을 직접 명확하게 바라볼 수는 없다. 사물의 형상은 인간의 사유 속에 희미하게 자리하는 결코 지울 수 없고 말할 수 없는 꿈이자 기억인 것이다. 이런 점에서 형상론은 과학과 연관된다. 그것은 형상이 사물의 배후에 존재하는 음모로서의 실재이듯이 과학이 가시적인 현상을 통해 그 현상의 배후에 자리하는 가지적인 법칙을 다루기 때문이다.

아름다움을 주제로 삼는 예술을 논하는 플라톤은 광기에 사로잡힌 시인을 경멸하였듯이 예술의 현실적 작용에 대해 중시했다. 그럼에도 이데아는 일종의 신학적인 전제에 해당한다. 온통 모사로 장식된 세상에서 진실을 참조할 수 있는 곳은 이데아뿐이기에 이곳이 일종의 진실이 드러난 천국의 상태로 볼 수 있다. 부패하는 세상에서 도피하여 인간이 안주할 영역은 이데아라는 관조의 세계였다. 이 세상은 변하나 이데아의 세계는 불변하다. [국가]에 나오는 [침대의 이데아]에서 목수의 머릿속에 들어있는 침대가 [이데아의 침대]이며, 이를 제작하여 눈에 드러난 침대가 [질료의 침대]이며, 이를 화가가 그릴 경우 [모방의 침대]가 된다. 다시 말해 이데아를 모방한 것이 현실이고 현실을 모방한 것이 예술이 된다. 아이러니하게도 형이상을 지향하는 플라톤은 예술의 윤리적인 효용을 우선시하고 인간정신에 유해한 예술을 경계했다. 그것은 가치가 없는 유희에 불과한 예술과 감각에 호소하여 타락을 유도하는 예술에 해당한다. 요즘 각광받는 조악한 [키치kitsch]나 퍼포먼스를 중시하는 [컨템퍼러리 예술contemporary art]은 플라톤에게 경멸의 대상이 되었을 것이다.

의사의 아들인 아리스토텔레스는 플라톤의 아테네 학당에서 공부했다. 그리고 불후의 제왕인 알렉산더의 가정교사가 되었다. 아리스토텔레스는 말 그대로 산책하며 토론하는 [소요학파peripatetic]의 수장이다. 그가 몰두한 것은 언어와 실재와의 간극을 줄이려는 논리학이다. 사물은 각각 존재방식과 각기 존재이유를 가지고 있다. 사물과 인간의 관계는 (1) 일단 사물이 존재한다는 것이며, (2) 사물이 존재하기 위하여 인간이 그것을 사유해야 한다는 것이며, (3) 사물에 대한 사유를 [언어]로 전환하는 일이다. 사물에 대한 언어의 정체를 이해하는 그는 [대전제, 소전제, 결론]으로 이어지는 [삼단논법syllogism]의 창안자이다. 존재하는 사물

미켈란젤로의 〈다비드〉

은 구체적인 형상[모양]과 물리적인 질료 [재료]의 조합이다. 그는 플라톤의 형상론에 대해 불평한다. 형상론이 사물의 본질을 이해하는 데 전혀 도움이 되지 않고, 비물질적인 형상이 어떻게 물질과 연관이 되는 지에 대해 회의했다. 이는 소쉬르 Ferdinand de Saussure가 제기하는 대상과 기호의 임의성의 문제로서 오늘날까지 아니 영원히 인류의 미스터리가 될 것이다. 아리스토텔레스는 사물에 대해 네 가지를 반문한다. 미켈란젤로의 [다비드 상]6)을 대상으로 적용해보자. (1) 그것의 정체는 [형상인]? (2) 그것의 질료는 [질료인]? (3) 그것의 제작자는 [작용인]? (4) 그것의 목적은 [목적인]? 이에 대한 답은 (1) 입상立像, (2) 대리석, (3) 미켈란젤로, (4) 전시용이다. 이 점을 다음에 나오는 작자미상의 「뱃사람」에 적용해보자.

> 지상의 쾌락, 그것은 와인을 즐기기,
> 그것이 속세에서 기쁨의 삶으로 이끈다,
> 그들은 전혀 괘념치 않는다, 얼마나 자주,
> 내가 깊고 피곤한 [대양] 위에 머물러야 할 운명인지.
> 밤이 어두워진다, 북쪽에서 눈이 온다,
> 서리가 들판을 포박한다, 우박이 내린다,
> 그것은 가장 차가운 씨앗.

---

6) 다비드 상은 구약에 나오는 거인 골리앗을 물리친 다윗을 의미하며 [헬레니즘(hellenism)]의 한 양상을 보여준다.

The great of earth, the glad with wine,

who lead in towns a life of bliss,

little they mind how, many a time and oft,

I was doomed to bide on the deep, weary.

The night darkened, from the north came snow

frost bound the fields, there was fall of hail,

coldest of seeds. [PE 12]

시행의 의미는 절대와 상대 속에 머문다. 나의 불행을 의식하지 않는 타자들의 [호연지기浩然之氣]를 비난할 수는 없다. 인간은 각자에게 주어진 세포로서의 질료와 그것이 특정된 형태인 몸을 가지고 각기 살아간다. 내가 타자에게 실제로 동정한다는 것은 질료의 관점에서는 불가하고 단지 플라톤의 관점에서 이해될 뿐이다. "와인"을 통해 생의 즐거움을 느끼기에 이것이 시적화자가 존재하는 이유가 된다. 인생이라는 항해에 장애물임을 암시하는 "눈", "서리", "우박"의 정체는 (1) 물의 다양한 [형상]이며, (2) 질료로서의 수분이고, (3) 제작자는 조물주이며, (4) 그것의 목적은 [자연조화]이다. 물의 다양한 형상들은 인간의 언어적 분류에 의해 인간의 눈앞에 존재하고 의미를 가진다. 인간이 질료를 가지고 형상을 만들든지, 자연이 질료를 가지고 조화를 부리는 것은 매한가지라고 볼 수 있다. 아니 자연이 인간이라는 질료를 가지고 인간이라는 예술작품을 창조하고 있다. 청각장애를 통해 일그러진 베토벤의 얼굴과 널뛰는 바닷물에 녹초가 된 풍상에 전 어부를.

아리스토텔레스는 사물의 [잠재태]와 [현실태]를 인정했다. 현재는 테무친이지만 나중에 칭기즈칸이 되는 것이다. 현재는 밤송이에 불과 하지만 나중에 밤나무가 되는 것이다. 이렇듯 만물은 생성소멸의 과정에 있으며 변화를 겪는 것이다. 사물이 변화를 겪는다는 것은 현재 운동 중이라는 것인데 그렇다면 이 운동을 추진하는 주체는 누구인가? 이 물음과 연관되는 것으로 과학적인 관점에서 천지창조를 촉발시킨 사건인 빅뱅big bang의 주체가 누구인가?에 대한 고대 그리스의 답변이 있다. 아리스토텔레스는 이를 [부동의 동자Unmoved Mover] 혹은 [세계의 영혼nous], [능동적 지성]이라고 본다. 그러므로 우연히도 플라톤이 말한 현상너머의 실재의 세계인 이데아를 관장할 주체를 설정한 것과 같다. 플라톤은 기원전에 이미 신의 존재를 전제했듯이 그의 제자인 아리스토텔레스 또한 현상이나 질료를 초월한 신의 존재를 설정한 것으로 볼 수 있다. 물질 중시, 질료 중시의 아리스토텔레스는 마르크시즘의 원조로 알려져 있으나 실은 유신론적 유물론자라는 혐의가 있다. 그런데 그는 초월자의 존재를 부정하면서 운동의 원리로서 개체의 자율적인 기능을 강조한다. 말하자면 개체가 운동하는 원동력은 자가발전에 의한 것이라는 것이다. 그러면 애초에 이 장치를 만든 사람과 처음에 시작 버튼을 누른 존재는 누구란 말이던가? 이것은 청맹과니가 되어 있는 동굴 속의 주체들이 알 수 없는 동굴 밖 주체의 몫이다.

변화무쌍한 세상에 태어나 전전긍긍 살아가는 인간은 냉혹한 자연에 맞서 스스로를 위로하고자 여러 기제를 이용한다. 인간의 감정을 정화하는 장치로서 프로이트는 꿈을 이용하지만, 아리스토텔레스는 가공의 현실인 예술이 독자에 마음속에 투사되어 대리만족을 느끼게 하는 감정의 전이를 이용한다. 꿈과 예술은 현실의 불만을 대체하고 인간으로 하여금 일상의 정상화에 조력케 한다. 그는 예술에 대한 청중의 공감대를 설정한다. 예술작품[비극] 속에 대중의 감정이 이입되고 몰입되어 자아를 상실하고 작품과 일체가 되는 것이다. 작품의 리얼리즘realism 속에 몰입하기. 그리하여 동정과 공포를 느끼고 감정의 배출을 경험하여 정신을 정화한다는 것이다. 영화를 보고 눈물을 흘리고 비명을 지르면 응어리진 감정이 풀린다는 것이다. 예술을 흠모하는 인간의 자질은 아리스토텔레스가 말하는 사물의 영혼에 대한 세 가지 형태에 기인한다. (1) 그냥 살아있는 [식물vegetative]의 영혼, (2) 살아있으며 감각을 가지고 있는 [동물sensitive]의 영혼, (3) 살아있으며, 감각과 사고력이 있는 [인간rational]의 영혼. 인간이 초록의 사물을 감지할 때 눈 속에 초록색을 감지할 수 있는 물질이 포함되어 있을 것이며, 눈 속에는 사물의 모든 색깔을 감지할 수 있는 물질이 들어있을 것이다. 그가 보기에 육체와 영혼은 하나의 실체이며 육체의 소멸과 함께 영혼도 소멸된다고 보았다. 이와 달리 플라톤은 육체는 영혼의 감옥이라고 주장했다.

그의 주장 가운데 인간의 사유가 잠재태 혹은 가능태라는 것은 신뢰할 만하다. 사유는 고정되는 것이 아니라 시시각각 유동적이기 때문이다. 인간의 영혼은 이성/비이성적인 부분으로 나뉘는데 후자는 다시 식물적인 영혼과 동물적인 영혼으로 나뉜다고 본다. 전자는 영양분을 섭취하여 생육에 도움이 되고 후자는 욕망을 실현하는 엔진이라고 보았다. 이성적인 부분은 비이성적인 부분을 통제하여야만 선에 이를 수 있다. 선은 이데아로의 과정에서 물리적인 가시계를 벗어나 초월적인 가지계에 이르는 경지이다. 인간은 과도와 과소라는 극한의 상황에 빠지기 쉽다. 폭식으로 배 터져 죽거나 [거식증anorexia]에 걸려 배고파 죽는 경우. 그러므로 아리스토텔레스는 석가모니의 노선을 모방하듯 중용을 선택한다. 도토리는 생득적으로 도토리나무가 되는 것이 기정사실인데 인간은 생득적으로 [선인善人]이 되지 못한다. 인간으로 태어났다면 왜 인간은 모두 선인이 되지 못하는가? 여기에 인간의 고민이 숨어있다. 그가 보기에 인간은 내부에 잠재해 있는 선인의 잠재적 요소를 현실태로 구현하기 위하여 도덕을 지속적으로 배양할 필요가 있다. 인간은 자연의 피조물의 일환으로서의 국가와 사회 속에 살아야 하는 천성적으로 정치적인 동물이다. 국가와 사회를 벗어난 인간은 추방자, 은둔자, 유랑자임이 틀림없을 것이다. 삶의 공동체를 강조하는 아리스토텔레스가 질료를 중시함으로서 마르크시즘의 원조로 지지되고 있지만 그 이념과는 반대로 재산의 공동소유를 반대함으로서 경쟁을 통해 능률을 추구하는 자본주의 원리를 제시했다. 그것은 공동소유가 인간의 소유욕에서 우러나오는 쾌감을 감퇴시키고 비능률을 초래한다는 것이다. 이데아를 통해 [물신 fetishism] 지향의 마르크시즘을 근본적으로 해체하는 플라톤은 소크라테스의 초상화가 실재와 현실의 간격을 묘사하는 (1) 소크라테스의 이데아, (2) 소크라테스의 실체, (3) 소크라테스의 그림으로 나아가는 와중에 실재로부터 세 번째 멀어진 것이라고 보았지만, 아리스토텔레스는 (1)을 부정하고 (2)(3)만 인정한다. 그가 보기에 보편적인 형상은 구체적인 사물 속에서만 존재한다. 예술가는 사물을 통해서 그것을 예술이라는 형식으로 바꾸는 모방 작업을 한다. 말하자면 자연에 대한 인식론적 모방이 아리스토텔레스가 주장하는 예술의 원리인 셈이다. 이 점을 「가윈 경과 초록기사」의 일부에 적용해보자.

> The green knight on his ground graciously stands:
> with a little lean of the head, flesh he uncovers;
> his long lovely locks he laid over his crown,
> and let the naked neck to the stroke show.
> Gawain gripped his axe and glanced it on high,
> his left foot on the field before him he set,

letting it down lightly light on the naked,

that the sharp of the steel sundered the bones,

and sank through the soft flesh, sliced it in two,

that the blade of the bright steel bit in the ground.

The fair head from the frame fell to the earth,

that folk flailed it with their feet, where it forth rolled;

the blood burst from the body, the bright on the green.

Yet nevertheless neither falters nor falls the fellow,

but stoutly he started forth on strong shanks,

and roughly he reached out, where the ranks stood,

latched onto his lovely head, and lifted it so;

and then strode to his steed, the bridle he catches,

steps into stirrup and strides him aloft,

and his head by the hair in his hand holds.

and as steady and staunch him in his saddle sat

as if no mishap had him ailed, though headless now

instead.

He twined his trunk about,

that ugly body that bled;

many of him had doubt,

ere ever his speech was said.[7]

---

7) 본 시행은 [http://www.poetryintranslation.com/PITBR/English/GawainAndTheGreen Knight.htm]에서 인용한 것이다. 이야기는 새해 첫날 캐멀롯에 있는 아서왕의 궁에서 연회가 펼쳐지는 것으로 부터 시작된다. 갑자기 도끼를 든 건장한 녹색 기사가 궁전에 등장하여 게임을 하나 제안한다. 그는 궁에 있는 무리들에게 만약 도끼로 그를 한 번에 내리친다면, 일 년이 지난 후 다음날 똑같이 해주겠다는 것이다(Beheading Game). 다들 머뭇거리는 중에 아서왕의 조카이자 기사들 중 가장 어린 가웨인 경이 도전을 받아들인다. 그는 녹색 기사가 죽으리라 생각하고 그의 목을 단번에 잘라버렸지만, 녹색 기사는 잘려진 자신의 머리를 집어 들고 일 년 하고도 다음 날 녹색 교회에서 다시 만날 것을 상기시킨 후 떠난다. (wikipedia.com)

여기서 초월적인 상황이 벌어진다. 마치 판타지 소설 『반지의 제왕』 The Lord of the Rings에 나오는 시공을 초월하는 초월적인 사건과 같은 사건이 수 세기 전에 재현된 것이다. 자진하여 머리가 잘린 초록기사가 효수된 자신의 머리를 들고 사라지는 것. 인간의 실재인 이데아가 현실너머에 있음을 상기할 때에 인간에게 주어진 상황은 현실적인 상황과 초월적인 상황으로 나누어 볼 수 있을 것이다. 목이 잘림으로서 인생이 끝장나는 것이 아니고 이 사건이 역으로 삶을 추동하는 동기가 되는 것이다. 마치 곡식이 익어 땅에 떨어지지만 이것이 죽음을 의미하는 것이 아니라 오히려 무수한 생명의 원천이 되는 것과 같다. 안중근 의사의 죽음이 무수한 조선인들에게 애국애족의 씨앗을 뿌렸듯이. 목은 잘리지만 이것이 진실의 단초가 되어 새로운 국면으로 나아가는 징검다리가 된다. 아울러 초록기사에게서 풍기는 "초록"[8]의 타자성을 배격하고 제거하려는 동일성의 권력과 이데올로기 또한 간과할 수 없을 것이다. 한편 초록기사의 상황은 소크라테스가 독배를 받는 상황과 갈릴레오Galileo Galilei가 처형을 당하는 상황과 흡사하다. 그것은 각자 자신의 소신에 따라 초월적인 가치에 목숨을 걸었기 때문이다. 삶의 공동체에서 필요한 것은 의식주의 1차원적인 물질적인 가치뿐만 아니라 명예, 준법, 법칙과 같은 2차적인 가치도 외면할 수 없는 필수요소이다. 이는 배부른 소크라테스의 상황을 벗어나려는 인간의 문화적 허영심의 발로이자 허위의 가시계에서 진실의 가지계로 나아가려는 초인적인 몸부림이다. 인간의 본성을 구성하는 부패가 본질인 흙바닥에서 고귀한 감정을 기대하기는 어렵기에 불변의 진리/진실의 진면목은 천상에서 기대할 수밖에 다른 도리가 없다.

---

8) 왜 하필 "초록"인가? 이에 대한 힌트는 아일랜드 축구팀 유니폼의 색상이 "초록"이며, 거슬러 올라가 고대 켈트(Celt) 족의 종교인 드루이드 교(Druidism)가 초록의 떡갈나무를 숭배한 것에 연유한다는 것이다.

2

에피쿠로스, 플로티노스, 아우구스티누스 미학 /

캔터베리 이야기

하나님의 침대, 목수의 침대, 화가의 침대로 요약되는 '모방이론'으로
일관하는 고대 그리스 미학에 이어 중세미학을 검토한다. 학자들의 입장
에 따라 의견의 편차는 있지만 대개 그 대표적인 학자들로 에피쿠로스,
플로티노스, 아우구스티누스를 꼽는다. [쾌락주의epicurism]의 선구자인 에
피쿠로스는 존재를 물질로 파악하기에 일종의 유물론적 입장을 취하며
행위를 쾌락과 연관시킨다. 그는 감각주의를 표방하기에 정신적인 '미'
를 부정한다. 플로티노스는 [유출설Emanationism]과 [일자설Oneness]로 유명
하다. 이의 요지는 후자의 경우, 사물의 원인이며 '미'의 원천이자 영원
한 '미'는 신이라는 것이며, 전자의 경우 신의 은총과 사랑이 넘쳐흘러
정신은 직관을, 영혼은 사유를, 물질은 무의미한 물체를 구성한다는 것
으로 육체에서 멀어져야 신과 가까워진다는 것이다. 육체의 희생을 통하
여 신성을 취한다는 것은 십자가 위에서 만인의 죄를 위하여 목숨을 버
리고 신성을 회복한 그리스도의 희생을 닮는다. 아우구스티누스는 사물
의 배후에 보편자로서의 실재가 존재한다는 주장을 폄으로써 플라톤의
주장에 동조했다. 하나님은 [최고의 미]이며 최고의 선summum bonum이다.

그의 관점에서 볼 때 키츠의 언명처럼 '미'는 진리이며 진리는 '미'가 되는 것이다.

에피쿠로스에게 영향을 준 이는 인간의 과거 현재 미래가 이미 결정되었으며 세상은 원자로 구성되었다고 보는 데모크리토스였다. 그는 자신의 정원에 학원을 세우고 학문을 장려했다. 말하자면 플라톤이 세운 [아카데미아academia], 아리스토텔레스가 세운 [리케이온lykeion], 그리고 제논이 세운 [스토아stoa]와 같은 것이다. 이처럼 그는 실천적인 철학자였다. 그는 의학이 신체에 영향을 미치듯이 철학이 영혼에 심대한 영향을 미친다고 주장했다. 나아가 철학을 영혼의 의학이라고 보았다. 그는 데모크리토스의 원자론을 지지했다. 그런데 그가 세상의 지탄을 받는 것은 그가 쾌락설을 주장했다는 것인데 그것은 세인들이 그의 사상을 먹고 마시고 성을 즐기는 것으로만 오해한 데에서 연유한다. 그의 사상은 [주색잡기酒色雜技]에 관한 것이 아니라 쾌락의 종류에 관한 것이다. 찰나적인 쾌락과 지속적인 쾌락의 구분과 같은 것. 그가 기초로 삼는 데모크르토스의 원자론, 즉 물리학은 신이 공허의 바탕에서 만물을 창조했다는 설을 반증하기에 효과적인 학문이었다. 쾌락은 어디까지나 물질을 바탕으로 향유되는 것이기에 그럴듯하다. 그가 보기에 세상에 물질이 없이는 아무것도 존재하지 않는다. 이런 점에서 신도 물질로 환원되어야 인간의 인정을 받을 수 있다. 그는 사물은 원자의 조합과 배열에 따라 생성된 것이며 인간은 신의 손길에 의해서 창조된 것이 아니라

에피쿠로스의 금언

원자들의 우연적인 조합이라고 본다. 아울러 원자로 구성된 인간은 보이지 않는 비-원자적인 신을 두려워 할 이유가 없으며, 인간의 정신과 육체를 구성하고 원자는 결국 분산되기에 죽음이 인간을 괴롭힐 이유가 없다고 본다. 큰 원자는 육체를, 작은 원자는 감각과 사고를 구성한다. 그는 인간이 신과 죽음의 통제에서 벗어나 자율적인 삶을 영위해야 한다고 본다. 이 자율적인 삶의 영위는 도덕철학의 초대와 적용을 의미한다. 그러므로 그의 쾌락설은 일방적으로 무차별하게 즐기는 것이 아니라 타자와의 관계를 고려하여야 가능한 것이다. 인간에게 주어진 [쾌락]과 그 대척점에 서있는 [고통] 가운데 자학을 즐기는 인간이 아니라면 인간에게 바람직한 것은 쾌락이며 이것이 선하게 행사되어야 한다는 것이다. 그가 보기에 인간에게 부정적인 영향을 주는 고통은 [악]으로 존재한다. 감각이 진리의 시금석이며, 감정은 선악의 척도가 된다. 인간을 행복하게 하는 것은 무엇인가? 그 가운데 [음식]의 섭취는 생존에 자연적이며 동시에 필연적이며, [정욕]은 자연적이지만 반드시 필연적은 아니며, [취미]는 자연적이지도, 필연적이지도 않는 욕망이다. 그의 쾌락은 심신의 고통으로부터의 탈출 혹은 자유를 의미한다. 그런데 쾌락이 과하면 오히려 고통이 된다는 점을 유념해야 한다. 고통이라는 불만의 과정을 극복하는 쾌락도 있다. 이것을 라캉의 개념으로 [주이상스jouissance]라고 하지 않는가? 육욕이 과하면, 식욕이 과하면, 출세욕이 과하면 고통이 온다는 것을 알아야 할 것이다. 욕망의 향유에 속도조절이 필요하다. 그래야 인간은 적절하게 쾌락을 누릴 수 있다. 그리하여 찰나적인 쾌락보다는 지속적인 쾌락을 추구하는 편이 나을 것이다. 전자는 세포적인 쾌락이요, 후자는 정신적인 쾌락이다. 그는 사회의 발전보다 개인의 행복을 추구하였으며, 철학은 사회를 개조하는 사상이 아니라 고통을 회피하는 수단이며, 위장에 고통을 줄 기름진 음식과 불평이 많은 가난한 자를 멀리했다. 고통의 회피와 고통의 원인이 되는 과도한 욕망의 절제가 그의 행복론의 [요체要諦]이다. 말하자면 쾌락에도 조건이 부가되는 셈이다. 이 점을 『캔터베리 이야기』의 「서론」에 적용해보자.

> 달콤한 봄비와 함께 온화한 4월이
> 뿌리 깊숙이 3월의 가뭄을 해갈하고
> 그런 힘의 유동 속에서 수맥을 적실 때,
> 그 힘이 새로운 봄꽃을 창조한다;
>
> 서풍 또한, 그 달콤한 숨결과 함께,
> 새 생명을 호흡 한다 ―모든 숲과 덤불 속에서―
> 싹을 분출하도록, 또 젊은 태양은
> 양자리에서 황소자리의 궤도로 움직인다,
> 그리고 그 작은 새들은 노래를 부른다,
> [밤새 눈뜨고 '자는' 것들]
> 그때 자연은 그들을 뒤흔들어 하늘높이 끌어 올린다
> 사람들은 모두 순례를 위한 행진을 갈망한다.
>
> When fair April with his showers sweet,
> Has pierced the drought of March to the root's feet
> And bathed each vein in liquid of such power,
> Its strength creates the newly springing flower;
>
> When the West Wind too, with his sweet breath,
> Has breathed new life ―in every copse and heath―
> Into each tender shoot, and the young sun

From Aries moves to Taurus on his run,

And those small birds begin their melody,

(The ones who 'sleep' all night with open eye,)

Then nature stirs them up to such a pitch

That folk all long to go on pilgrimage[9)]

여기서 우리는 희망과 약동을 체험한다. 문자가 실어오는 즉물적인 환상을 즐길 수 있다. 그것은 봄과 함께 도래하는 생명의 탄생이다. 자연의 순환이 가져오는 즐거움은 생명을 가지고 있는 것들이 생명의 유지동안 누리는 세포적인 쾌락이다. 봄의 온화함과 안락함으로 느끼는 육체적인 쾌락과 약동의 봄이 부여하는 생기발랄한 정신적인 쾌락은 생명부지를 위한 에너지의 섭취를 필수적으로 수반해야 하는 고통의 삶 가운데 인간에게 주어지는 삶의 [백미白眉]다. 이 고통마저 달콤한 노동으로 인식하는 인간들은 자연이 사물을 추동하듯이 삶을 추동하는 막연한 동기를 가진다. 그것은 근원에 대한 향수이자 편집이다. 그리하여 인간이 평생 "순례"의 길을 떠나는 것은 근원을 지향하는 일종의 불가피한 [데자뷰deja vu]가 된다.

스토아학파는 쾌락을 통해서 행복을 추구하지 않고 지혜를 통해서 행복을 추구했다. [제논Zenon]이 대표적인 학자였다. 그는 특히 소크라테스의 용기 있는 죽음에 깊은 감동을 받았다. 인간의 의도와 상관없이 닥쳐오는 죽음과 사건에 두려워하지 말고 당당한 자세를 가지는 것이 철학의 지혜이다. 그들은 외부의 영향에 의해 초래되는 눈물과 공포의 격

---

9) 이 작품의 본 시행과 이후 시행은 [http://www.bremesoftware.com/Chaucer/index.htm]
에서 인용되었다.

정적인 [파토스pathos]를 초월한 상태로서의 평정과 무감동의 [아파테이아apatheia]를 지향한다. 그 강력한 철학의 여정은 스토아학파와 [피론Pyrrhon]의 회의주의를 거쳐 플로티노스에 이른다. 초기 기독교의 탄생은 플라톤과 아우구스티누스와 이 둘을 연결하는 플로티노스를 통해 가능했다. 신플라톤주의라고 부르는 것은 플라톤에 대한 플로티노스의 해석이다. 그는 당시 여러 새로운 철학의 계파들이 우후죽순 발호하는 시절에도 플라톤을 지상최고의 철학자로 삼았다. 그는 만물의 원천과 인간의 근원을 신이라고 보기에 기독인을 닮았다. 그가 제기하는 영혼의 원초적인 독립성은 유물론을 표방하는 스토아학파와 에피쿠로스학파와 이격된다. 영혼을 육체의 하부개념으로 보아 육체가 없이는 영혼이 존재할 수 없다는 아리스토텔레스의 주장과 달리 그는 영혼을 육체를 활성화하는 원초적인 주체로 본다. 영혼은 육체 속에 감금된 죄수이고 자기의 원천으로 회귀하려고 육체를 비집고 종종 탈출을 시도한다. 이것을 질병으로 인한 영혼의 고통이라고 볼 수 있다. 그러면 물질은 왜 실재가 될 수 없는가? 그것은 플로티노스가 보기에 물질이 변질되기 때문이며, 불변하는 것만이 실재이기 때문이다. 이때 실재는 신이며, 물질, 형상, 관념, 지성이라는 지상의 범주에 얽매이지 않는다. 플로티노스는 신을 [일자the One]라고 본다. 일자는 인간, 동물, 식물, 무생물과 같은 유한한 존재를 설명해 주는 척도이자 기준이 되어야 하기에 불변의 절대적인 동일체 이어야 한다. 플로티노스의 고민은 [일자]보다 하위의 인간이 어떻게 [일자]로서의 신을 규정할 수 있겠는가? 이다. 인간의 기준으로 신을 이리 저리 재단하는 것은 불가능하지 않는가? 도공인 조물주보다 하위에 처하는 항아리인 아인슈타인Albert Einstein이 "신은 주사위를 던지지 않는다"라고 어찌 주장할 수 있겠는가?10)

그럼에도 인간은 불변의 신이 세상을 창조한 일과 세상사에 개입한 일에 대해 자족적으로 추정한다. 이 궁극적 테제에 대해 플로티노스가 과감하게 답한다. 사물은 [필연]적으로 신에 의해 창조되었으며, 이 [필연]은 신의 [유출]에 근거한다. 빛과 물이 쏟아지고 흘러내리듯이 신의 유출에 의해서 만물이 창조된다. 최초로 유출된 것이 [정신nous]이다. [누스nous]는 [영혼의 원천]으로 보편적인 지성이자 세계의 초석이 되는 질서이며, 시/공의 제한이 없다. 예이츠W. B. Yeats의 작품에서도 자주 등장하는 개념으로 최고의 [누스]는 [세계의 영혼anima mundi]이라고 하며, 살아 움직이는 세계 전체를 지배하고, 통제하고, 관리하는 근본적인 통일 원리를 의미한다. 이것은 위로는 만물의 영원을 바라보고, 아래로 사물의 원리를 부여한다. 하위개념으로 인간을 포함한 사물의 영역이 있다. 인간의 영혼은 [세계의 영혼]에서 유출된 것이며 공간성, 유한성, 물질성의 육체와 달리 개체의 모습을 유지하는 근원이다. 영혼이 없다면 육체는 그저 물질덩어리에 불과하며 아무런 의미가 없을 것이다. 로댕의 조각품을 능가하는 것은 그 유형의 작품이 지니고 있는 무형의 예술성이다. 이때 조각품은 육체, 예술성은 영혼에 해당한다고 볼 수 있다. 플로티노스가 무형의 영혼을 중시한다는 점에서 물질세계의 피안을 바라보는 플라톤의 형이상과 접목되며 천국을 지향하는 기독교와 소통한다. 인간의 영혼은 영원을 경외하고 순간을 영위할 뿐이다. 육체 속에 거주하는 영혼은 육체를 벗어나 [세계의 영혼] 속에서 다른 영혼들과 조우한다.

---

10) 아인슈타인은 하이젠베르크(Werner Karl Heisenberg)의 불확정성 원리에 매우 반대하였고, "신은 주사위를 던지지 않는다.(God does not play dice.)"라는 말을 남겼다. 이에 대해 보어(Niels Bohr)는 "아인슈타인, 신에게 명령 하지 말게나.(Einstein, stop telling God what to do.)"라는 말로 답하였다. (wikipedia.com)

이렇듯 [누스]의 분출은 [세계의 영혼], [인간의 영혼]으로 이어지고, 마지막으로 이어지는 것이 [물질의 세계]이다. 물질의 세계는 인과론적, 기계론적 질서에 편입되므로 뉴턴Isaac Newton의 역학공식 속에 적용되고 마르크시즘이 찬양하는 대상이 된다. 그런데 물질도 위로는 운동법칙의 아름다움을 지향하고 아래로 충돌과 소멸의 나락으로 추락한다. 발레리나의 우아한 몸짓이, 태권도의 박력 있는 품새가, 마라도나의 현란한 발놀림이 얼마나 환상적이었던가? 비극적이긴 하지만 영혼의 빛은 육체의 어둠 속에 깃들어 있다. 이것이 영혼과 육체, 빛과 어둠, 선/악의 오묘한 조합이다. 악의 원천은 [일자]이며, 부정적으로 보아 악은 어둠, 부재, 결핍, 타락, 변형, 갈등, 무질서이지만, 긍정적으로 보아 사진의 미학에서 어둠이 필수적인 환경조건이듯이 악은 선을 부각시키는 점이 있다. 이런 혼돈의 상황 속에서 인간이 지향해야 할 바는 무엇인가? 실천하기 어렵지만 플로티노스는 물질계 속에 갇힌 영혼의 처지를 비관하지 말고 영혼을 고양, 승화시켜 나아가는 과정에서 자아와 일자의 합일을 주장한다. 이 점을 『캔터베리 이야기』의 「수사편」에 적용해본다.

> 탁발수사가 있었어, 관대하고 즐거운,
> 빈민 구제품 수집자이자 열심당원.
> 세상의 어떤 수사도 필적할 수 없으리라
> 그의 빈둥거림과.
> 그 자신의 돈으로 그는 기회에 지불했다
> 결혼할 많은 여성들을 위해, 엄청 멀리 나갔어...
> 스스로 그는 힘의 기둥이었어.

그는 사랑스럽고 친밀한 얼굴을 하고 있어
도처의 부자 지주들에게
읍내 귀부인들에게
왜냐하면 그와 더불어 그들이 머리칼을 늘어뜨리고
두려운 죄를 고백하니 말이지
보좌신부가 듣기에 너무 끔찍한.

고백을 청취하는 것은 친절한 일이지
그리 즐겁고, 그가 부여하는 면죄도 그러하지:
그가 부여하는 벌은 가벼워
그들이 관대하듯이, 그들은 올바른 것을 보았어
참회자가 해야 할,
이 가난한 사내의 주문에 따라 주어지지, 그가 생존하도록.

그리고 그들이 만족한다면, 수사는 맹세하리라,
이것이 진정한 회개를 보여주었다고
많은 사람들은 뻣뻣한 윗입술을 가지고 있으므로
그들은 슬픔에 사로잡혀있음에도 울 수가 없어.
그러나 한 남자, 신자 혹은 정리廷吏는 아니지만,
대신 가난한 수사에게 은닢 한 푼 줄 수가 있을 거야.

There was a Friar, relaxed and merry,
An alms gatherer and an earnest one.
No friar of any kind has yet begun
To equal his sweet honeyed dalliance.
With his own money he had paid for the chance
For many girls to wed, had gone to great length...
In his order he was a pillar of strength.

He was a fond and familiar face
To rich landowners all over the place
And to the worthy women of the town
Because with him they could let their hair down
And confess some of the sins which I fear
Were rather too great for the curate to hear.

It was so kind, his taking of confession
So pleasant, his granting absolution:
The penance which he gave was just as light
As they were generous, who saw the right
Thing for the penitent to do, was give
To this poor man's order, that he might live.

And if they gave well, the friar would swear,
That this showed a true repentance was there.
For many have such a stiff upper lip
They still cannot weep though in sorrow's grip.
Yet a man, though not a prayer or crier,
Could instead give silver to his poor friar.

여기서 서구철학의 핵심 궤도인 엘리자베스 조에 풍미하던 [존재의 위대한 연쇄great chain of being]가 전개된다. 이는 자연과 인간의 위계질서를 말한다. 최상위에 조물주가 있고, 그 아래에 중재자인 신부가 있고, 그 아래에 인간, 동물, 식물, 무생물이 이어진다. 하나님을 대신하여 신부가 인간의 죄를 청취하고 하나님을 대리하여 면죄를 해준다. 인간은 원래 물질로 형상을 취하고 있기에 죄를 떠나는 것이 거의 불가능하다.

죄악의 동기가 되는 먹는 문제는 삶의 필수적인 조건이기에 먹기 위하여 이웃과 경쟁하지 않을 수 없고 부득이 이웃의 먹이마저 취해야 하는 사건이 발생한다. 먹고 사는 문제가 인간의 죄악과 불가분의 관계를 가진다. 이것이 삶의 희비극이자 삶의 처절한 미학이다. [누스]로부터 야기된 죄를 의식하는 [초자아super-ego]로서의 양심도 어디까지나 육체 속에 존재하기에 양심이 속물적인 육체와 무관한 순수한 양심이 아니라 어디까지나 육체와 연관된 양심이다. 메를로 퐁티Maurice Merleau Ponty의 말처럼 마음이 육체와 연관된 속물적인 마음이듯이.

인간 가운데 천지의 [일자]이신 하나님을 가장 사랑한 인간으로 인정받는 아우구스티누스는 독실한 기독신자인 어머니 모니카의 신앙교육과 지도에도 불구하고 방탕하게 살아간다. 어느 여인과 동거의 와중에도 학문적인 열정은 지속되어 수사학에 깊은 관심을 보였다. 그의 필생의 화두는 [세상을 선하신 신이 창조하였는데 왜 악이 존재하는가?]였다. 그리하여 그는 마니교에서 해답을 찾으려 했다. 마니교는 예수를 통해서가 아니라 [육체적 인간], [정신적 인간], [영적인 인간]으로 나누어

영적인 인간 아우구스티누스

지는 인간의 종류 가운데 [영적인 인간]만이 구원에 이른다는 기독교이단인 [그노시스gnosis]파에 속하며, 우주를 빛[선]/어둠[악]의 대립과 빛/어둠의 혼합물로 보았으며, 원초의 상태로 복귀하는 것이 구원의 길이라고 본다. 마니교의 이론은 아우구스티누스의 고민을 해소한듯하다. 그러나 다른 의문이 발생한다. 그것은 [왜 자연에는 두 개의 투쟁

원리가 존재하는가?]이다. 자신의 타락의 문제는 전적으로 외부의 문제인가? 그는 자신의 타락을 전적으로 외부의 탓으로 전가시킬 수 없었다. 그리하여 그는 막연히 하나님의 존재를 인정하면서도 인간이 제시한 진리에 대한 제반 언급을 회의한다. 그는 암브로시우스에게서 원죄의 비밀을, 신플라톤주의를 통해 인간이 신과 비물질적 세계를 접할 수 있는 정신적 능력이 있음을, 플로티노스로부터는 악이 선의 부재이자 결핍임을 배웠다. 그러나 그의 도덕적인 문제는 여전히 해결하지 못했다. 이 와중에 구세주 예수를 알게 되었고 전적으로 회심하게 되었다. 그러므로 그의 철학은 신학이며 기독교 사상에 철저히 기초한다. 그와 격렬한 논쟁을 벌인 이는 펠라기우스Pelagius였다. 그는 인간이 스스로 올바른 삶을 살아갈 수 있다고 주장하며 원죄설을 부정했다. 이에 아우구스티누스는 인간의 의지가 신의 자비와 은총을 부정한다고 반박했다. 그가 보기에 인간의 모든 지식은 하나님을 알기위한 수단에 불과할 뿐이다. [여호와를 경외하는 것이 지식의 근본이다](잠언 1:7)라는 성경구절이 있듯이, 이는 세상의 모든 것을 허위로 보는 플라톤주의와 일맥상통한다.

그는 감관적 인식을 경계하였는데 그 이유는 감각대상과 감각기관이 수시로 변하기 때문이다. 그리하여 그가 제시한 처방은 현상만을 인정하는 것이다. 그런데 감관적 지식은 항상 근원적인 방향으로 비상한다. 예를 들어, 미인을 보았을 때 미에 대한 근원적인 것을, 낙엽이 떨어지는 것을 보고 인생의 무상함을 인식하려 하기 때문이다. 인간이 빛으로 인하여 사물을 파악하듯이 인간은 계시를 통하여 진리를 바라볼 수 있다. 태양이 없다면 사물을 볼 수 없는 것처럼 계시가 없다면 진리를 볼 수가 없다. 아울러 태양이 있다하더라도 인간의 눈은 사물을 잘못보기 십상이기에 인간의 눈을 초월하는 계시의 눈을 통해 비로소 진리가 드러난다. 모더니즘modernism 계열의 소설에서 나타나는 진리의 아름다움을 은밀히 제시하는 [에피파니epiphany]11)가 일종의 계시에 해당한다고 볼 수 있다. 그런데 이 계시의 눈을 인간이 가지고 있기나 한 것인가? 아우구스티누스는 그렇다고 답한다. 그는 인간의 내면에 불변의 진리를 목도할 수 있는 영원한 정신의 빛이 내재되어 있다고 말한다. 말하자면 토굴 속의 [원효元曉]가 득도하는 사례도 이와 같은 경우로 볼 수 있을 것이다. 여기서 계시는 사물을 감지하고 보는 유한의 인식적 차원을 넘어선다는 것을 의미한다. 플라톤이 허위의 사물을 넘어 진정한 진리로서의 이데아를 바라보는 눈은 육안이 아니라 계시의 눈이라고 볼 수 있다. 그런데 인간이 계시의 눈을 가지고 있다면 세상을 초월하기에 물질로 구성된 인간의 세상사는 재미는 시들해지고 아울러 조물주의 위대한 작품인 만물의 의미가 퇴색해 지지는 않을지 궁금하다. 그럼에도 인간은 여전히 사물너머의 세계를 향수하려 한다. 그것은 인간의 내면에 사물너머의 세계를 추구하는 계시의 흔적이 존재하기 때문이다.

---

11) 가톨릭에서 구세주(예수)가 세상에 비로소 그 존재를 드러냈던 계기는 동방박사의 방문을 통해서다. 세 명의 동방박사가 멀리서 별을 보고 예수를 찾아온 일이 곧 신의 출현을 상징하는 사건인 것이다. 신의 출현, 현현(顯現)을 의미하는 '공현(公現)'을 영어로는 'epiphany'라고 쓴다. 그리고 이들 동방박사가 예수를 방문했던 1월 6일을 공현축일로 기념하는데 에피파니는 공현축일을 의미하기도 단어이기도 하다. 그런데 이 단어가 문학에서는 그 뜻이 확장되어 '평범한 사건이나 경험을 통하여 직관적으로 진실의 전모를 파악하는 일, 혹은 그런 장면이나 작품'을 뜻한다. 이렇게 에피파니의 뜻을 확장시킨 이는 『율리시즈』(*Ulysses*), 『젊은 예술가의 초상』(*A Portrait of the Artist as a Young Man*) 등으로 유명한 아일랜드의 소설가 제임스 조이스(James Joyce)다. 그는 어떤 의미나 가치가 고조되거나 마술적인 분위기에 둘러싸인 듯한 갑작스럽고 극적인 순간에 관심을 가졌고, 그런 순간을 '신의 출현'으로까지 비유했던 것이다. (http://huhyong.egloos.com/viewer/2953282)

인간은 조물주가 창조한 사물의 물질성을 취하여 만족할 수가 없다. 아우구스티누스가 한때 육체적 쾌락을 탐닉하였지만 결코 만족할 수 없었으며 누구나 감각적인 쾌락 속에서 평화를 획득할 수가 없다. 이때 상기되는 인물이 엘비스 프레슬리Elvis Presley이다. 그는 미국의 전무후무한 록 가수로서 황제와 같은 엄청난 인기와 명예와 금전을 획득하였지만 항상 불안과 불만의 세계를 살았다는 정황이 그가 즐겨 부른 가스펠송 <교회에서의 통곡>Crying in the Chapel12)에 잘 드러난다. 인간 주변의 사물은 무상[無常: 세상의 사물이 늘 굳건하지 못하는 흥망성쇠의 현상]하고 이를 바라보는 인간의 정신마저 오류투성이로서 온전치 않다. 그렇다면 어떻게 인간은 살아갈 것인가? 이것이 과거 아우구스티누스의 고민이자 현재 [배부른 돼지]가 아니라 [배고픈 소크라테스]가 되려는 일부 식자들의 고민이다. 아니 현재의 식자들은 누구나 [배부른 소크라테스]가 되려고 한다. 비록 유한하고 불완전한 정신과 타락하기 쉬운 육체의 소유자인 인간은 이 부족한 수단이나마 동원하여 진리의 세계로 나아가려 한다. 닳아빠질 육체를 동원하여 영원 무구한 진리의 세계로 나아간다? 참으로 어이가 없지만 이것이 니체가 『차라투스트라는 이렇게 말했다』에서 말하는 진정한 초인의 자세가 아닐까 생각한다. 인간이 자신의 변화와 유한의 속성을 반성하며 무한의 영원과 불변의 진리를 지향한다

---

12) 그 가사내용은 엘비스의 섹슈얼한 이미지와 상반된다. [You saw me crying in the chapel The tears I shed were tears of joy I know the meaning of contentment Now I am happy with the Lord / Just a plain and simple chapel Where humble people go to pray I pray the Lord that I'll grow stronger As I live from day to day / I've searched and I've searched But I couldn't find No way on earth To gain peace of mind / Now I'm happy in the chapel Where people are of one accord "(one accord)" We gather in the chapel Just to sing and praise the Lord....]

는 점은 신성의 존재를 증명하는 증거로 볼 수 있다. 이런 점에서 인간의 내면에 신성을 수신하는 [장치divine receiver]가 존재한다는 점에서 인간과 조물주는 상호 교통한다고 볼 수 있다. 단지 그 장치를 가동하는 사람[유신론자]과 가동하지 않는 사람[무신론자]이 있을 뿐이다. 이 점을 『캔터베리 이야기』의 「교구목사」 편에 적용시켜볼 수 있다.

> 신실한 믿음을 가진 이가 우리와 함께 거하였다
> 그는 교구목사, 가난하다,
> 그러나 그는 신앙과 자비가 풍족하고,
> 또 위대한 신학자이다.
> 설교할 때 그리스도의 진리가 설파된다.
> 그는 신자들을 최선을 다하여 경건하게 잘 가르쳤다.
> 그는 더할 나위 없이 인자하고 양심적이며
> 그는 역경에 처하여 인내했으며,
> 그것은 그의 삶에서 입증되었다.
>
> 그는 신자들에게 강제로 십일조를 내지 않도록 했다
> 파문시킨다고 위협하며, 그는 좋아했다
> 가난한 이에게 나눠주기를 헌금을
> 부활절에 받은 혹은 그가 소유한 무엇인가를,
> 스스로 안빈낙도安貧樂道하며.
>
> A good man of religion was with us
> A parish priest, and impecunious,
> But he was rich in faith and charity,
> And a great scholar of theology.
> When preaching, the truth of Christ's gospel would tell.

He taught his whole flock most devoutly and well.

Benign and conscientious as can be

He was all patience in adversity,

As was all too often proved in his life.

He hated to force men to pay their tithe

By excommunication, preferring

To give to the poor from the offering

Made at Easter or what else he might own,

Himself content to live simply at home.

여기서 우리는 아우구스티누스의 도를 실천한 "교구목사"의 사례를 발견할 수 있다. 겉으로 신성을 추구하는 척 하면서도 속으로 물질을 취하려는 이율배반적인 간악한 기독사제의 모습이 아니라 물질을 [초개草芥]와 같이 생각하며 물질을 신성으로 나아가는 동력으로 삼으려는 진정한 사제의 모습을 구현한다. 사제는 물질이 곧 썩고 부패할 본질을 가지고 있음을 인식하고 인간 삶의 목적이 물질의 소유에 국한하는 것이 아니라 이 물질을 만민구제에 사용하려한다는 점에서, [이웃을 내 몸처럼 사랑하라]는 그리스도의 신성을 밝히려는 불쏘시개로 사용하려 한다는 점에서, 21세기 현재 물질주의에 사로잡힌 여러 종교의 패악스런 현상을 반성케 한다.

개별적인 인간과 개별적인 사물은 물리적으로 생성, 변화, 소멸하지만 인간이라는, 동물이라는, 식물이라는 비가시적인 보편적인 형상들은 변함없이 지속된다. 유한한 사물을 통해 보편적인 형상의 전승이 실현됨이 신비롭지 않은가? 누가 사물의 형상들이 무한히 전승되게 창조하였고 [추동推動]하고 있는가? 물질세계가 인간에게 상대적인 불만을 주지만 그럼에도 인간은 물질계의 공간속에서 살아갈 수밖에 없다. 이것이 조물주의 섭리이다. 인간이라는 유한한 존재를 설명하기 위하여 도토리 키재기식의 동급의 차원에서는 불가능하고 이보다 더 높은 차원으로부터의 설명이 필요하다. 아무튼 아우구스티누스의 창조론은 [무에서 유의 창조]이다. 이 점이 플로티노스가 주장하는 신의 본래적인 필연성의 소산인 [유출설]과 유사하다. 세계는 신의 자유로운 행위와 의지가 드러난 현장이다. 인간은 인간을 생산하고, 동물은 동물을 생산하며, 식물은 식물을 생산하지만, 애초에 인간, 동물, 식물을 만든 [제1 원인]이 되는 존재는 누구인지 모른다. 이 주위에 범람하는 존재들은 이미 존재하는 것들을 재생산하는 반복적인 기능만을 수행할 뿐이다. 그러므로 아우구스티누스는 만물의 [제1 원인]을 신의 진리라고 생각한다. 세상에 어느 것도 사물의 새로운 형상을 창조할 능력, 즉 [인과적 능력]이 없다. 단지 인간을 포함한 사물은 비슷한 모양의 자손만을 생산할 내적인 능력을 조물주로부터 받았을 뿐이다. 이것이 [배아의 원리]로서, 가능태가 현실태로 나타나는 능력을 사물이 배태한다. 메마른 겨울가지가 봄의 풍성한 이파리를 품고 있듯이. 조물주가 인간을 만들고 인간은 인간을 생산할 수 있는 잠재성을 내재하고 있다. 인간의 삶은 가능태를 현실태로 환원하려는 욕망실현의 구도 속에 자리하기에 근본적으로 도덕성에 맞추어져 있으며 이를 추구하는 것이 행복의 공식이다. 이를 상실하면 세상에서의 삶은 고달파지게 되어 있다. 그러나 아우구스티누스의 행복은 사물적인 차원을 뛰어 넘어 초월적인 차원을 추구하는 과정에서 얻어진다. 이와 달리 아리스토텔레스는 균형 잡힌 삶과 자연적인 기능이 원활할 때에 행복이 성취된다고 본다. 성경의 언명처럼 하나님의 형상 [이마고

데이[imago Dei]대로 창조된 인간은 신의 자취이자 흔적이기에 결코 신에 대한 [향수nostalgia]를 포기하지 않는다. 마치 기호가 기호의, 사물의 흔적이나 자취에 불과하다는 데리다Jacques Derrida의 언명처럼.

3

브루노, 다빈치 미학 /
시드니, 스펜서, 셰익스피어

흔히 잊힌 철학자로 불리는 [브루노Giordano Bruno]는 철학자, 사제, 우주론자, 신비주의자의 범주에 들어있다. 그는 코페르니쿠스Nicolaus Copernicus의 [지동설heliocentric model]을 지지한다. 18세에 도미니코 교단에 들어가 사제司祭가 되었으나, 가톨릭 교리에 대한 회의를 품게 된다. 아베로에스와 니콜라우스 쿠사누스의 형이상학과 루크레티우스와 데모크라토스의 물리적 우주관과 스피노자Baruch de Spinoza와 갈릴레오의 영향을 받았다. 실체를 사물에 국한시킨 아리스토텔레스를 비판하고 신神만이 유일한 실체이며 사물은 그 우연적인 존재로 본다. 그는 신의 현상으로서의 자연을 이해함에 있어 우주를 내면에서 구성하는 두 가지 내적원리로서 세계영혼(형상)과 질료質料를, 외적원리로서 보편적 지성을 세계영혼을 주장한다. 또 질료를 감각적인 것과 가지可知적인 것에 공통하는 보편적 원리로서 본다. 그러나 그에 의하면 질료는 세계영혼을 그 내부에 수용하여 세계영

G. 브루노

혼(형상)과 합일하고 결과적으로 가능태可能態(디나미스)와 현실태(에네르게이아)를 결합한다. 그 결합이 무한하고 유일한 일자 -者로서의 우주가 된다. 그는 우주 내 존재하는 세계의 지속적인 영고성쇠를 주장하고 물체의 변화 뒤에 사라지지 않고 존재하는 불멸의 극소 단재[모나드]를 인정하였다. 브루노의 사상은 늦게 부각되어 18세기 후반 야코비Günter Jacoby와 셸링의 연구를 통하여 전파되지만 그를 스피노자 계열의 범신론자로 규정하는 야코비의 주장에 의해 신과 우주를 구별하려는 초기 브루노의 견해는 퇴색되고 있다.

　　브루노에 대한 이상의 개괄적인 정리에 더하여 보다 더 저변에 관류할 수 있는 정보가 필요하다. 그가 화형당한 이유는 가톨릭 정통교리에 어긋났다는 것이다. 마치 당시의 에피스테메인 아리스토텔레스와 프톨레마이오스가 주장한 천동설에 반대한 갈릴레오의 비참한 운명처럼. 브루노가 교회와 갈등하는 주요 이유는 그가 '헤르메스주의'와 연관되어 있기 때문이다. 코페르니쿠스 또한 헤르메스주의와의 연관성이 의심된다. 태양숭배를 핵심 원리로 삼는 이 종교는 파라오 치하의 이집트의 민족종교와 불가분의 관계에 놓여있다. 그리고 우주가 하나 뿐만이 아니라 다수가 존재한다고 주장함으로써 파란을 일으켰다. 이 점이 현재 외계인을 추적하는 인간의 우주사업과 연관된다. 이처럼 그 당시로는 혁신적인 인물인 브루노는 고대 이집트 종교가 참된 종교이므로 가톨릭교회가 이를 본받아야 한다고 주장하여 가톨릭교회의 엄청난 반발을 일으켰다. 그가 보기에 태양숭배의 이집트 종교가 정통이고 유럽의 가톨릭은 이단인 셈이다. 아울러 그는 예수는 신에 의해서 창조되었지만 신 자체는 아니라는 삼위일체를 부정하는 아리우스파의 주장에 동조하였다. 결국 그는 [종교재판Inquisition]에 회부되어 자기신념의 순교자로서 화형선고를 받았다. 그러나 나중에 그는 감옥에서 예수가 곧 신 자체임을 믿게 된다. 브루노는 르네상스 이후 예술이 '미'의 투사라는 개념이 정립되지 않는 무지의 시대에 살았지만 아리스토텔레스의 모방 개념과 플로티노스의 일자론을 지지했으며, 사물이면에 내적인 조화와 질서가 엄존하며 이를 간파하는 것이 자연을 이해하는 첩경임을 주장함으로써 범신론의 태도를 취했다. 이 점이 만물의 [영혼over-soul]이 있다고 보는 미국의 [초월주의자transcendentalist]들의 입장과 유사하다. 그가 세상에서 배척을 당한 이유는 조물주의 천지창조론을 부정했고, 복음으로의 성경의 절대적 가치를 도덕적인 관점에서 바라보려고 했기 때문이다. 또 종교를 무지한 민중을 교화하는 수단으로, 철학을 인간의 자발적인 행동양식임과 동시에 민중을 지도할 수 있는 소수 선구자들의 학문이라고 본다. 나아가 그는 정형적인 로마 가톨릭 뿐만 아니라 신앙에 의한 구원을 강조하는 칼뱅주의마저 반대하며 신의 경배가 아니라 인간의 존엄을 주장했다. 이 점이 기독교를 노예의 종교로 치부하며 초인을 주장하는 니체의 입장과 동조하는 혐의를 가진다. 결론적으로 브루노는 중세 암흑시대에서 마녀심판을 감수하고 정통 기독교 체제에 변증법적 도전과 저항을 시도한 자기신념에 투철한 진보주의자로 기억될 것이다. 이 점을 시드니의 소네트 「아스트로펠과 스텔라 30」에 적용해보자.

> 진정 수척한 걸음으로, 오 달이여, 그대 하늘을 오르시는가,
> 얼마나 잠잠히, 얼마나 야윈 얼굴로!
> 정말, 하늘에서도 그 분주한 궁사는
> 예리한 화살을 시험해보는가?
> 오래 사랑을 해본 이 몸이 바라보기에,
> 분명 그대는 사랑의 홍역을 앓고 있다;

그대 모습에서 그것을 읽을 수 있어: 네 수척한 얼굴은,
유사한 고통을 겪은 내게, 그대의 처지를 말해주노라.
그러니, 같은 입장에서, 오 달아, 내게 말해다오,
영원한 사랑은 거기서도 위트의 부족으로 여겨지느냐?
그곳 여인들도 이곳 여인처럼 도도하냐?
천상의 여인들은 사랑받기를 원하면서도
　　사랑에 사로잡힌 남성들을 경멸하더냐?
　　거기서 그들은 배은망덕을 미덕이라고 부르느냐?

With how sad steps, O moon, thou climb'st the skies!
How silently, and with how wan a face!
What! may it be that even in heavenly place
That busy archer his sharp arrows tries?
Sure, if that long-with-love-acquainted eyes
Can judge of love, thou feel'st a lover's case:
I read it in thy looks; thy languished grace
To me, that feel the like, thy state descries.
Then, even of fellowship, O Moon, tell me,
Is constant love deemed there but want of wit?
Are beauties there as proud as here they be?
Do they above love to be loved, and yet
　　Those lovers scorn whom that love doth possess?
　　Do they call 'virtue' there－ungratefulness?[13]

얼마나 아름다운 작품인가? 여기서 아름답다고 함은 달의 불그스레
한 모양을 보고 사랑의 홍역으로 질고에 빠진 연인의 모습으로 비유한

---

13) 본 시행은 [http://www.poetryfoundation.org/poem/180865]에서 인용함.

것이며, 사랑에 대한 지상의 정의와 천상의 정의를 탐문하고 있다. 당시 인식론이 그리 발달하지 않은 환경 속에서 이만한 작품을 창작했다는 것은 놀라운 일이다. 문맹률이 높았던 암흑기에 탄생한 이 작품은 고도의 문화가 반영된 현재의 작품과 비교해도 모자람이 없을 것이다. 그리고 소네트의 형식이 그러하듯이 기승전결로 나아가다 마지막 두 행에서 사랑에 대한 총체적인 결론을 내리고 있다. 여성에 대한 남성의 아낌없는 마음에 대한 여성의 "배은망덕"을 숙녀의 미덕으로 볼 수 있겠는가? 이 점은 위에서 언급한 기성의 관습에 도전하는 이단자 브루노처럼 숙녀의 오만함을 매력으로 여기는 기성의 관점에 도전하는 시인의 혁명가적인 발상이다. 그리고 "영원한 사랑"을 "위트의 부족"이라고 봄은 굉장히 지능적인 표현이라고 하지 않을 수 없을 것이다. 『로미오와 줄리엣』의 경우를 연상케 하는 상투적인 "영원한 사랑"이라는 말은 시인이 보기에 그리 달갑지 않은 표현력이 결핍된 말이다.

다빈치의 경우 영혼의 창이 눈이다. 눈이라는 시각을 통해 사물의 '미'를 바라보고 향유한다. 그는 결코 미켈란젤로처럼 [피그말리온 Pygmalion]의 탄생과 같은 공허한 사변에서 해방되어 사물을 정신으로 그리는 방식을 취하지 않았다(강대석 102). 그에게 창의력이란 가시적인 세계 내에서 재현의 규칙을 발견하는 것이기에(진중권 204) 사물의 불가해한 피안을 향수했던 플라톤의 입장과 배치된다. 따라서 그는 사물에 대한 과학적인 입장을 취하는 점에서 반-플라톤적이며, 세상의 '미'를 눈으로 확인 가능한 [명암, 색깔, 형태, 위치, 거리, 운동]의 수준이나 정도로 본다. 신성에서 탈출하고 동시에 자연의 법칙에 저항하려는 인간은 신을 감지하는 수단으로서의 이성의 등불을 사용하여 스스로의 길을 밝혔다. 계몽enlightenment은 인간의 미래를 스스로 밝히는 이성의 빛이다. 이는 스스로를 태우고 발열하며 소진되는 인간의 운명과 다름 아니다. 신/자연의 구속에서 해방되려는 인간의 처절한 몸부림이다. 이러한 인간의 자유의지는 군주의 철권통치에서 벗어나려는 시민의식의 성숙을 추진하는 도약의 전기를 맞이한 시대에 발휘된다. 르네상스의 휴머니즘에서 한 걸음 더 나아가 시민의식이 발현된 운동으로서, 르네상스가 이탈리아를 근거지로 발생하였다면 계몽주의는 프랑스와 영국을 무대로 발생했다. 프랑스의 합리주의와 영국의 경험주의가 계몽주의의 속을 채운다. 다시 말해 자연에 대한 방법적 회의와 이성에 의한 합리적 접근이 모색되었다. 따라서 '미'를 추구하는 예술은 부득이 자연의 모방으로 환원될 수밖에 없기에 자연법칙은 이성에 의해서 파악됨이 타당하다고 보았다. 이를 주장하는 지성인들이 뉴턴, 데카르트, 베이컨이다. 이성과 세상의 일치라는 합리주의와 달리 경험론은 인식의 근거를 실험이나 경험으로 보기에 인간의 선험적인 상태를 부정한다. 그 계보는 귀납법을 도입한 베이컨, 형이상학을 부정한 홉스, 감각과 이성의 불일치를 주장하는 로크John Locke로 이어진다. 그러나 이

들의 시도는 흄David Hume에 이르러 불가지론으로 지지부진하게 흐른다. 보편주의를 추구하는 프랑스 합리주의와 사실주의를 추구하는 영국의 경험주의는 대립관계에 선다. 미학의 분야에서 미치는 계몽의 효과는 당연히 이성 제1주의이다. 계몽주의와 함께 등장한 시민계급은 당시 문화와 예술의 주체인 왕과 귀족의

다빈치와 모나리자[14]

14) 다빈치가 모나리자를 창작했기에 모나리자의 이면에 다빈치의 타자성이 자리한다.

독점적 권리를 완화시킨다. 흐릿한 고대의 이론들은 이제 이성이라는 명확한 조명하에 놓여 이성적 인식이 예술에 대한 판단의 시금석이 되었다. 초월이니 실재니 하는 흐리멍덩한 플라톤의 개념은 계몽의 시대에 사라졌다. 인간에게는 오직 확인 가능한 것만이 진리로 판명되게 되었다. 아울러 예술에 대한 관점은 주지적인 점이 강조되었다. 예술은 자연의 모방에 불과한 것이고 상상력이나 감성 또한 이성의 힘에 의해서 조율되어 예술로 재현되는 것이다. '미'의 개별적인 현상인 '취미'도 공동체의 규칙이나 법칙에 부합할 때에만 정당하고 정상적인 것이다. 인간은 상호 공존하기 위해서 욕망을 절제할 관습이라는 장치를 마련해야 한다. 인간의 자유는 상대적인 것이며, 이성에 의한 자유에 불과하며, 결코 흐트러지는 무절제의 방종이 아니다. 계몽적 인식은 당시의 유행에 그치지 않고 지금도 역시 유효한 인식이다. 그럼에도 일부 예술가들에 의한 자유로운 예술혼의 발휘가 공공성을 저해하여 사회에서 지탄을 받는 일이 종종 벌어지지 않는가? 따라서 '미'에 대한 계몽주의적 인식은 이성의 존중이며 공공성의 존중에 근거한다고 볼 수 있다. 그래서 인체를 과도하게 보여주는 문학이나 그림이나 대위법에 어긋나는 음악은 계몽시대에 공공의 적이 된다. 예술은 어디까지나 질서와 절제와 지성의 우산 하에 두어야 함을 계몽주의자들은 강조한다. 그러나 인간의 마음은 늘 일관되지 않고 균일하지 않기에 이성과 절제의 구속을 거부하려는 몸부림이 왕왕 발생한다. 마치 현실에서 의식의 구속이 꿈속에서 무의식의 광란을 초래하는 것처럼 이성을 초토화시키려는 [질풍노도]의 광풍이 불어온다. 이 점을 스펜서의 소네트 연작 「아모레티」와 셰익스피어의 「소네트 18」에 연달아 적용해보자.

내님은 얼음이요, 나는 불이다:
어쩐 일인가? 무지하게 차가운 그녀의 냉기가
나의 뜨거운 정열에 녹지 않고,
내가 애원할수록 그녀의 차가움은 더욱 극심하니?
나의 강력한 열정 또한 그녀의 얼음 같은 냉정함에도
식을 줄 모르고,
나는 더욱 비지땀을 흘리며
타오르고 불꽃이 몇 배나 증가함을 느끼는 것은 어인 일인가?
신비롭게도,
모든 것을 녹이는 불이 더 단단한 얼음을 만들고,
감각을 마비시키는 차가운 얼음은
불꽃을 더욱 지피니, 이보다 신기한 장치가 어디 있을까?
    그처럼 온화한 사람에게 사랑의 힘은,
    자연의 섭리조차 변경할 수 있나니.

My Love is like to ice, and I to fire:
How comes it then that this her cold so great
Is not dissolved through my so hot desire,
But harder grows the more I her entreat?
Or how comes it that my exceeding heat
Is not allayed by her heart-frozen cold,
But that I burn much more in boiling sweat,
And feel my flames augmented manifold?
What more miraculous thing may be told,
That fire, which all things melts, should harden ice,
And ice, which is congeal'd with senseless cold,
Should kindle fire by wonderful device?
    Such is the power of love in gentle mind,
    That it can alter all the course of kind.15)

이 작품이 인식론적으로 특히 아름다운 점은 남성의 정열이 오히려 여성의 냉정을 가속적으로 초래한다는 절묘한 발상이다. 이 현상은 강한 쪽에서 약한 쪽으로 흘러가는 에너지의 원리에 정면으로 [배치背馳]된다. 남성의 열정에 반비례하는 여성의 냉정을 당시와 같이 무지한 암흑시대에서 교묘하게 그려낼 수 있었다는 것은 경탄할 만하다. 남성의 열정은 여성의 냉정에 반비례하여 더욱 증가한다고 보아 불꽃의 연료가 열정이 아니라 냉정이라는 역설은 과히 혁명적인 발상이다. 하지만 물리학의 원리에 반한다는 점에서 반-계몽적인 발상이다. "자연의 섭리"마저 뛰어넘는 사랑의 "장치"와 "사랑의 힘"을 제시했다는 점은 현실과 그 피안을 바라보는 혜안으로 인식될 수 있을 것이다. 마치 차가운 지옥 [하데스 Hades]로 연인 에우리디케Eurydice를 찾아 내려가는 오르페우스Orpheus의 불타는 격정을 이에 비교할 수 있을까?

> 나 그대를 한여름 날에 비할 수 있을까?
> 그대는 여름보다 더 아름답고 부드러워라.
> 거친 바람이 5월의 고운 꽃봉오리를 흔들고
> 여름의 빌려온 기간은 너무 짧아라.
> 때로 태양은 너무 뜨겁게 내리쬐고
> 그의 금빛 얼굴은 흐려지기도 하여라.
> 어떤 아름다운 것도 언젠가는 그 아름다움이 쇠퇴하고
> 우연이나 자연의 변화로 고운 치장을 빼앗긴다.
> 그러나 그대의 영원한 여름은 퇴색하지 않고
> 그대가 지닌 미는 잃어지지 않으리라.
> 죽음도 자랑스레 그대를 그늘의 지하세계로 끌어들여 방황하게 하지

---

15) 본 시행의 인용은 [http://www.poetryfoundation.org/poem/180614]에 근거함.

못하리.
불멸의 시구 형태로 시간 속에서 자라게 되나니.
　　인간이 살아 숨을 쉬고 볼 수 있는 눈이 있는 한
　　이 시는 살게 되어 그대에게 생명을 주리라. (피천득)

Shall I compare thee to a summer's day?
Thou art more lovely and more temperate:
Rough winds do shake the darling buds of May,
And summer's lease hath all too short a date:
Sometime too hot the eye of heaven shines,
And often is his gold complexion dimm'd;
And every fair from fair sometime declines,
By chance, or nature's changing course, untrimm'd;
But thy eternal summer shall not fade
Nor lose possession of that fair thou ow'st;
Nor shall Death brag thou wander'st in his shade,
When in eternal lines to time thou grow'st;
　　So long as men can breathe or eyes can see,
　　So long lives this, and this gives life to thee.[16]

운rhyme이 [abab / cdcd / efef / gg]로 전개되는 시행 속에서 사물은 단속적으로 변질되므로 영고성쇠가 사물의 진행방향이다. 그러나 이를 역행할 수 있는 것은 사물의 물질적인 속성을 보존할 장치 속에서 비로소 가능하다. 그것이 문학기제이다. 이는 물질의 추억을 담보할 수 있는 추상적인 기제이자 인간만사를 기록한 연대기이다. 이 작품이 보여주는

---

16) 본 시행의 인용은 [http://www.shakespeare-online.com/sonnets/18.html]에 근거함.

절묘한 아름다움은 모두에 물리적인 차원에서 사물의 발생과 소멸의 당위를 설파하고 독자들의 이 허허로운 심정을 메우기 위해서 사물이 영구불변하기 위한 장치로서 문학이라는 현실적이면서도 형이상학적인 차원을 도입한다는 것이다. 물론 문화가 미개한 르네상스 시대에 이만한 기발한 발상이 담긴 작품이 생산되었다는 것은 당시의 무지한 상황과는 별개로 문호 셰익스피어의 탁월한 문학적 재량이 발산된 것으로 볼 수밖에 없다. 그런데 사물이 영속화되는 것은 조건이 있다. 그것은 르네상스적 인식으로서 "인간이 살아 숨을 쉬고 볼 수 있는 눈이 있는 한" 가능하다. 이때 "눈"은 교양과 상식의 눈이며, 사물이 새겨진 활자를 인식할 [식자성literacy]이 요구된다.

4

바움가르텐 미학 /

포프, 블레이크, 워즈워스

근대미학의 선구자로 알려진 [바움가르텐A. G. Baumgarten]은 베를린 태생으로 목사의 아들로서 조실부모하고 세상을 비관하다가 시학에 몰입하여 생의 의미를 발견하고 [아름다움이란 무엇인가?]라는 궁극적인 화두를 붙들고 미학개념의 토대형성에 기여했다. 종래 미에 대한 그리스적 개념은 대상에 대한 감각적 인식, 즉 감각적 자극에 대한 반응이었으나 그는 미를 사물에 대한 개인적 기호로서의 취향으로 인식하고 [좋은 취향]과 [나쁜 취향]을 구분하려는 객관적인 기준을 확립하고자 노력했다. 이른바 사물에 대한 [감각적 감수성]이 아니라 사물에 대한 [감각적 판단력]을 주장한다. 전자는 열등한 자질에

의해 파악되는 [지각된 것]이고, 후자는 우월한 자질에 의해 파악되는 [인지된 것]이다(Cothey 46). 이 점이 그의 불후의 명저 『미학』(1750)에서 사물에 대한 오감의 인식 대신 합리적인 입장으로 표명된다. 아울러 『형이상학』(1739)에서 취향을 감각에 의한

바움가르텐

판단능력으로 보아 취향의 판단은 [쾌/불쾌의 미학]이 된다. 개별취향으로부터 인공미/자연미에 대한 원리와 법칙이 유추되고 이것이 미에 대한 과학적 인식이다. 미에 대한 형이상학적 접근을 시도하는 바움가르텐은 '미'에 대한 두 가지 인식을 가지고 있었다. 그것은 [어둠의 의식]과 [밝음의 의식]이다. 그가 보기에 후자는 혼연混然의식과 판명判明의식으로 나뉘며 미학은 혼연 의식에서 발생한다. 이 혼연 의식은 사물을 바라보는 감성적 인식이다. 그리하여 '미'는 사물[자연물/인공물]에 대한 인간적 성찰을 다루는 학문으로 인식되어 '미학'으로 정의된다. 그런데 칸트는 바움가르텐을 비판하는데, 그 이유는 그가 자연미/인공미에 대한 원리와 법칙을 제대로 제시하지 못했다는 것이다. 이성의 원리하에서 미를 판단할 경우에 미가 사고인지 느낌인지 불투명하다는 것이다. 그러나 칸트는 『판단력 비판』에서 비로소 바움가르텐의 미학 개념을 인정하고 취향의 판단 혹은 미적 평가로 인식한다. 하지만 칸트의 경우 미적 판단은 어디까지나 주관적인데 그것은 그 판단이 쾌/불쾌의 내적인 느낌이며 외적 대상에 대해 어떤 영향력도 행사할 수 없기 때문이다.

한편 톨스토이는 『예술이란 무엇인가』에서 바움가르텐의 미학을 비판했다. 특히 그는 바움가르텐이 강조하는 미의 3형식인 [진/선/미]를 신랄하게 비판했다. 그의 주장은 이 개념들의 의미가 불투명하고 예술존재의 이유를 확증하지 못한다는 것이다. 그러나 바움가르텐은 사물을 완전하게 이해하는 데 이 3요소가 절대적으로 필요하다고 본다. 그가 보기에 [미]는 감각에 의해 인식되는 완전한 개념이며, [진]은 이성에 의해 인식되는 완전한 개념이며, [선]은 도덕적 의지에 의해 파악되는 완전한 개념이다. 그러나 톨스토이는 바움가르텐의 견해에 반대하고 이 3요소들이 아무 상관이 없으며 오히려 서로 배척한다고 본다. 이것이 좋은 기분을 주는 고급예술과 나쁜 기분을 주는 저급예술의 차이를 없애는 토대로 작용하여 급기야 말초적인 쾌락만을 주는 예술이 고등예술로 둔갑하는 경향이 생긴다는 것이다. 따라서 예술은 스스로 지향하는 고고한 것이 아니라 게으른 인간들의 공허한 전유물로 타락할 수 있다. 톨스토이의 이러한 관점은 그의 작품에서도 극명하게 드러난다. 『크로이체르 소나타』17)에서 1인칭 화자가 의심과 질투심에 사로잡혀 아내를 죽이는 사건을 통해 톨스토이는 지나친 예술적 상상력이 인생이라는 실상을 죽이는 것으로 이해한다. 바움가르텐의 입장에 대한 신랄한 비판에도 불구하고 그가 미학의 개념을 정초했다는 점에 대해서는 크게 이견이 없을 것이다. 미학을 그저 모호하게 바라보는 시각에 대해 철학적 분석을 시도할 수 있는 합법적 토대를 마련했다는 것이 그의 공적이다. 이 점을 포프의 「고독에 대한 송가」에 적용해보자.

> 자신의 바람과 소망이
> 물려받은 땅 몇 마지기에 한정되고,
> 자신의 땅에서 고향 공기를 마시며
> 사는 사람은 행복하리.
>
> 소떼 길러 우유를, 논밭에서 양식을 얻고,
> 입을 옷을 제공하는 양떼와,
> 나무들은 여름에 그늘을,
> 겨울엔 땔감을 주네.

---

17) 이 타이틀은 [악성(樂聖)] 루트비히 판 베토벤의 <바이올린 소나타 9번>(가장조, Opus 47)에 해당하는 곡으로서 1802년 작곡한 바이올린 소나타이다. 사람들이 흔히 <크로이체르 소나타>라고 부른다.

걱정 없이 시간들과, 날들과 해들이
조용히 흘러가는 것을 볼 수 있는 사람은, 복 받았네
몸은 건강하고, 마음은 평화롭고,
낮은 고요하네,

밤에는 깊은 잠을 자고; 연구와 휴식을
적당히 번갈아 하며, 여가시간을 즐기고,
기쁨을 만들어내는 소박한 생활은,
명상함으로 얻어지네.

나 이렇게 살고 싶네, 눈에 띄지 않고, 알려지지 않은 채:
그래서 슬퍼하는 이 없이 나 죽어,
세상에서 사라져, 내가 어디 누워 있는지 알리지 않도록
묘비도 남기지 않으리라.

How happy he, who free from care
The rage of courts, and noise of towns;
Contented breathes his native air,
In his own grounds.

Whose herds with milk, whose fields with bread,
Whose flocks supply him with attire,
Whose trees in summer yield him shade,
In winter fire.

Blest! who can unconcern'dly find
Hours, days, and years slide swift away,
In health of body, peace of mind,
Quiet by day,

Sound sleep by night; study and ease
Together mix'd; sweet recreation,
And innocence, which most does please,
With meditation.

Thus let me live, unheard, unknown;
Thus unlamented let me die;
Steal from the world, and not a stone
Tell where I lie.[18]

　이 작품에서 그리고 있는 욕망부재의 세계가 유토피아이며 시성 예
이츠가 그토록 갈구하던 이상향으로서 비잔티움이나 "이니스프리"를 연
상시킨다는 점에서 공연한 망상인지 모르지만 [이니스프리의 호도]와의
상호텍스트성을 감지하게 되는 것은 우연의 일치일까? 이 작품의 아름
다움은 [범부凡夫]의 삶이 글 속에 담겨져 그것을 교감할 수 있다는 것이
다. 그는 소박함을 연상시키는 "땅 몇 마지기"에 생존을 의탁하고 나머
지 의식주는 "소떼"와 "양떼"의 부산물에 의해 자급자족하는 삶을 살려
고 한다. 이른바 미국식 초월주의적 삶의 양식이 포프에게 미리 드러난
셈이다. 소박한 공동체의 삶을 통해 살생대신 공존을 택하는 미시적인
미덕이 이 작품의 투명한 미학이다.
　미학은 상대적으로 최근에 등장한 철학적인 규율이다. 고대의 미학
이 그리스에서 탄생했다면 근대의 미학은 독일에서 재생되었다. 그 위인
들이 바로 라이프니츠Gottfried Wilhelm Leibniz와 [울프Christian Wolff]이며 그 다
음이 바움가르텐이다. 그는 『미학』의 제14장에서 이렇게 말한다. [미학

18) 본 시행의 인용은 [http://famousliteraryworks.com/pope_ode_on_solitude.htm]에 근거함.

의 목적은 분별력 있는 인식의 완성이며 그것이 [미]이고, 반면 분별력 있는 인식의 결함이 [추]에 해당하며 그것을 피해야 한다]고 말한다. 그는 볼프의 관점을 계승하여 미적인 의식으로서의 취향을 유심히 살펴보고 그것을 감각의 지식으로 연관시킨다. 미를 평가함에 있어 실재의 일환인 감각[19]의 역할은 무엇이냐? 이것은 21세기에도 여전히 논의 분분한 화두이다. 그것은 이성적 고려가 감각적 인식에 영향을 줌과 아울러 미를 표현하는 예술의 가능성이 지성의 매체를 통하여 등장하기에 감각은 결국 미적 경험 속에 수용되어야 함을 의미한다. 이를 간단히 말하면, 살을 에는 아픔은 반드시 언어로 표현되어야 타자들이 알 수 있다는 것이며, 문자로 상징화되지 않은 내면의 아픔은 사실 아픔이 아닌 셈이다. 그의 미학은 신고전주의를 주장하는 포프와 상당이 친근하다.

개별현상에 대한 인식론적 저항, 추상화와 개념화는 대상에 대한 이해를 훼방한다. 대상에 대한 명백한 인식은 자질의 나열과 논리의 진실, 논리와 미적 진실과의 차이를 초래하며, 형식적 완전성은 물질적 완전성의 상실을 대가로 치른다. 말하자면 추상화는 물질적 완전성의 상실을 초래한다. 무정형의 대리석을 잘라서 석상을 조각할 때 잘려나가는 조각들, 그 물질의 일부를 희생함으로써 고도의 미적 가치를 파생하는 석상을 얻는다. 대리석 원석과 대리석상과의 관계가 바움가르텐 미학의 핵심이다. 논리적 명료성은 전체의 복잡성을 해체하고 절제한 결과, 물질적 풍요성을 감소시킨 결과로 획득된다. 간단히 말해 논리적 투명성과 개념적 확실성을 희생해야 사물의 실체를 이해할 수 있다. 미학은 현상을 인식하는 아름다운 사고, 이성과 유사한 사고의 예술, 오감적 인식의 과학

---

19) 감각은 문자로 완전히 포착이 되지 않기 때문에 자연자체, 대상자체와 마찬가지로 실존 혹은 실재의 일환으로 볼 수 있다.

이다. 라이프니츠의 감각적 인식의 바탕하에 바움가르텐은 미학을 혼란과 불명확의 사고에 영향을 주는 인식의 구체적이고 명증한 형태의 분석과 실천으로 개발했다. 그런데 이것은 개념적이고 논리적인 사고의 명증한 인식과 다르며 가능성에 입각한 사고의 양식이다. 이런 점에서 그는 미가 논리학과 철학으로 환원됨을 비판한다. 영혼에 드리우는 어두운 부분이 영혼의 바탕이고, 그 어둠에 대항하여 명증한 빛이 있다는 것이다.

그리스 철학자들과 교부들은 항상 [감각의 대상objects of sense]과 [사고의 대상objects of thought]을 구분하려 했다. 후자는 마음의 고도의 능력을 통하여 파악할 수 있는 것으로 논리의 대상이다. 고로 미학은 인식의 과학이다. 시의 본질과 그것의 체험에 대해 바움가르텐은 용감하게 말한다. 그것은 담론이라는 단어로부터 시작된다. 물론 담론이라는 개념은 푸코Michel Foucault의 개념과 혼동된다. 한 시대를 좌지우지하는 특정적인 언술로서의 담론. 담론은 재현과 더불어 환기되는 일련의 낱말들의 얼개로 정의될 수 있다. 혹은 인식능력의 낮은 단계를 통해 수용된 것으로서의 감각적 재현, 그리고 마침내 완전한 감각적 담론으로서 시를 정의한다. 시는 진리를 전달하려는 것이 아니라 감각적 재현이라는 수단을 통하여 진리를 전달하려는 것이다. 이는 감각에서 추출된 이미저리를 통하여 진리를 전달하려는 것이다. 시의 성패는 매체, 즉 낱말과 그것이 형성하고 환기시키는 이미저리에 달려있다. 낱말과 이미저리가 시의 완전성을 좌우하는 가장 중요한 요소들이다. 시에 대한 구성적 해석을 시도한 그는 시에 대한 모호한 입장을 거부한다. 이 점을 블레이크의 「호랑이」에 적용해보자.

W. 블레이크

호랑이! 호랑이! 활활 불타는
밤의 숲 속에서,
어떤 불멸의 손과 눈이
너의 무섭도록 균형 잡힌 몸을 만들 수 있었던가?

어떤 먼 대양 혹은 천상에서
그대 두 눈의 불이 타오르고 있었나?
어떤 날개를 타고 감히 솟구치려 하는가?
어떤 손이 감히 그 불을 잡으려 했던가?

또 어떤 어깨와 어떤 기술이,
그대 심장의 근육을 비틀 수 있었던가?
그리고 그대 심장이 뛰기 시작했을 때
어떤 무서운 손이? 어떤 무서운 발이?

어떤 망치가? 어떤 사슬이?
어떤 용광로에 그대의 두뇌가 있었던가?
어떤 모루가? 어떤 무서운 손아귀가
감히 그 무서운 공포를 잡을 수 있는가?

별들이 그들의 창을 내던지고,
그리고 그들의 눈물로 천상을 적실 때,
조물주는 자신의 창조물을 보고 미소를 지었던가?
어린 양을 만든 조물주가 그대를 만들었던가?

호랑이! 호랑이! 활활 타오르는
밤의 숲 속에서,
어떤 불멸의 손과 눈이
그대의 무섭도록 균형 잡힌 몸을 만들 수 있었던가?

Tyger Tyger, burning bright,
In the forests of the night;
What immortal hand or eye,
Could frame thy fearful symmetry?

In what distant deeps or skies.
Burnt the fire of thine eyes?
On what wings dare he aspire?
What the hand, dare seize the fire?

And what shoulder, & what art,
Could twist the sinews of thy heart?
And when thy heart began to beat,
What dread hand? & what dread feet?

What the hammer? what the chain,
In what furnace was thy brain?
What the anvil? what dread grasp,
Dare its deadly terrors clasp!

When the stars threw down their spears
And water'd heaven with their tears:
Did he smile his work to see?
Did he who made the Lamb make thee?

Tyger Tyger burning bright,
In the forests of the night:
What immortal hand or eye,
Dare frame thy fearful symmetry?[20]

호랑이의 대칭

메마른 시어 속에 "호랑이"가 등장한다. 호피에 장식된 화려한 무늬와 머리부터 발끝까지 근육질의 용맹스런 자태를 독자들의 목전에 생생하게 전달한다. 인식을 통한 감각의 재현이 실현된다. 허상의 이미저리를 통하여 현전의 진리를 초대한다. 낱말이 결합하여 호랑이의 이리저리를 형성하지만 각각의 낱말들로 환원될 때 호랑이는 종적을 감춘다. 부분이 전체에 일조할 때 호랑이가 등장하고 전체가 부분으로 와해될 때 호랑이는 사라진다. 죽은 낱말을 통해 살아있는 호랑이를 출현시키는 능력이 시인의 능력이다. 마찬가지로 생명 없는 점, 선을 통해 황소를 되살리는 것이 화가 이중섭의 능력이다. 한편 이 작품에서 시적화자는 사물의 근본에 대해 회의적인 태도를 표명한다. 그것은 시적화자의 궁극적인 물음을 통해 함축되는 서구사회의 존재의 이유가 되는 조물주와 피조물 간의 [존재의 위대한 연쇄great chain of being]에 대한 의심이다.

시는 사물에 대한 일반적인 추상화를 시도하기보다 사물에 조응하는 밀도를 가진 이미저리를 조성해야 한다. 시의 과학화에 있어 유해한 것은 사유가 상호 연관됨이 없이 함축되어 있는 경우이다. 그런데 바움가르텐은 모호성의 패러다임을 지양하고 사물과 이미저리를 연관시켜 시의 과학화를 도모한다. 그가 보기에 시는 진리를 전달하는 수단이 아니라 사물을 재현하는 하나의 과학적인 수단에 불과하다. 그는 이처럼 시의 목적에

이중섭의 〈소〉

20) 이 시작품은 [http://www.poetryfoundation.org/poem/172943]에 근거함.

대해 계량화된 생각을 가지고 있다. 시는 독자에게 감정적으로 영향을 주며 감정을 유발시키고 감각적이기에 감정에 개입한다. 감정은 고통과 즐거움의 수준이므로 그것들의 감각적 재현은 좋고 나쁜 것으로 무엇인 가를 재현한다. 시에 대한 구조적이고 계량적인 분석에 관한 바움가르텐의 주장은 시의 목적에 대한 전통적인 해석을 전복시키는 혁신적인 것이다. 그의 제자 마이어는 시를 포함하여 미학은 감각적 인식의 과학이라고 본다. 그는 감각적 인식과 협력하는 [열등]과 [인식의 낮은 능력]에 대해서 정의한다. 감각적 재현은 두 가지의 수단에 의해서 발전된다. 그것은 낱말의 명료성과 생동성이다. 이는 화가가 사물을 명료하게 재현하고 그 재현체로부터 생동감이 넘쳐야 하고 대중이 이를 체험해야 한다는 것이다. 바움가르텐은 판단을 사물에 대한 완전성과 비완전성에 대한 재현이라고 본다. 이때 판단은 [실용적인 판단]과 [이론적인 판단]으로 구분된다. 후자는 다시 [명백한 판단]과 [분별적 판단]으로 나뉜다. [분별적 판단]은 일반적인 취향이며, 취향은 지성적이라기보다 분별적으로 [완전]과 [불완전]을 판별하는 능력이다. 그렇다면 [완전]과 [불완전]은 무엇인가? 그것은 일치와 불일치로 본다. 분별적 재현 혹은 완전/불완전의 판단을 [직관적인 것]과 [상징적인 것]으로 나눈다. 다시 말해 직접 분별적인 자질 속에 존재하는 것과 무엇에 대한 상징으로 수용된 분별적 자질 속에 존재하는 것을 말한다. 일상적으로 완전에 대한 분별적 인식은 즐거움을 주고 불완전에 대한 분별적 인식은 불쾌함을 준다. 만약 내가 사물에 대해 완전 혹은 불완전에 대한 인식을 하지 못한다면 그것은 나에게 무관한 것이다. 바움가르텐은 [미]란 순수한 지성에 의해서라기보다는 감각의 수단에 의해서 감지되는 완전이라고 본다. 이 점을 워즈워스의 「수선화」에 적용해보자.

골짜기와 산 위에 높이 떠도는
구름처럼
홀로 노닐다가 갑자기 보았네,
한 무리의 황금빛 수선화를.
호숫가 나무 아래
산들바람에 일렁이며 춤추는 무리를.

빛나는 별처럼
은하수처럼 빛나며
끝없이 줄지어 피어 있었네.
물가를 따라
얼핏 보니 수만 송이가 뻗어
산들바람에 일렁이며 춤을 추었네.

물결도 그 옆에서 춤추었으나, 꽃들은
환희 속에서 반짝이는 물결을 타고 넘었네.
시인이 어찌 기쁘지 않으랴,
이런 즐거운 벗들 속에서.
보고 또 보았지만, 미처 몰랐네
그 광경이 내게 가져다준 풍요로움을.

시시 때때로 소파에 누워
멍하니 있노라면
그 무리들이 내면에 비쳐오네.
그것은 고독의 축복;
그때 내 마음은 기쁨으로 충만하여
그 수선화들과 함께 춤추네.

I wandered lonely as a cloud
That floats on high o'er vales and hills,
When all at once I saw a crowd,
A host, of golden daffodils;
Beside the lake, beneath the trees,
Fluttering and dancing in the breeze.

Continuous as the stars that shine
And twinkle on the milky way,
They stretched in never-ending line
Along the margin of a bay:
Ten thousand saw I at a glance,
Tossing their heads in sprightly dance.

The waves beside them danced; but they
Out-did the sparkling waves in glee:
A poet could not but be gay,
In such a jocund company:
I gazed—and gazed—but little thought
What wealth the show to me had brought:

For oft, when on my couch I lie
In vacant or in pensive mood,
They flash upon that inward eye
Which is the bliss of solitude;
And then my heart with pleasure fills,
And dances with the daffodils.

수선화의 자태

낭만주의를 대변하는 원조격인 이 작품은 대개 자연을 관조하는 입장에서 자연의 아름다움을 노래한 것으로 대개 인식되고 있다. 푸른 호수 주위에 피어있는 화사한 수선화로부터 유발되어 독자에게 부과되는 과도한 감정마저 정당화하려는 이른바 [불신의 자발적 중단willing suspension of disbelief]21)이 상기된다. 하지만 위에서 언급한 바움가르텐의 입장을 따르면 이 작품을 사물에 대한 완전성과 비완전성에 연관되는 재현의 결과물로 볼 수 있다. 물론 전자에 해당하고 이때 판단은 [이론적인 판단]의 하부구조인 [분별적 판단]에 의한 [완전]과 [불완전]을 판별하는 능력이다. 위 작품에서 독자가 수선화의 감동적인 풍경을 내면에 그리며 호응하듯 영혼 안팎의 상황에 대한 [완전]의 인식은 인간에게 평안과 즐거움을 준다. 마치 기호의 메마른 가지에서 다양한 의미의 꽃이 재생되는 것처럼 느끼는 경우와 같다. 이 작품은 독자에게 죽은 기호를 통해 사물의 생생한 이미지를 전달한다는 점에서 [완전]한 작품으로 인식될 수 있다.

바움가르텐은 [이성의 유사analogue of reason] 개념에 대해서 정의한다. 사물의 연관에 대한 통찰에 대한 인식, 즉 이성의 기능과 사물과 연관된 희미한 통찰력의 일환으로서의 이성과 유사한 것을 다음과 같이 정리해볼 수 있다. (a) 사물간의 일치를 포착하는 통찰력, (b) 사물간의 차이를 인식하는 분별력, (c) 분별적 기억, (d) 창안의 능력, (e) 분별력과 감각, (f) 유추의 능력, (g) 분별적 지시의 능력. 이런 인식의 능력은 사

---

21) [불신의 자발적 중단에 대한 다음의 영문을 참고할 필요가 있다. **[Suspension of disbelief or willing suspension of disbelief** is a term coined in 1817 by the poet and aesthetic philosopher Samuel Taylor Coleridge, who suggested that if a writer could infuse a "human interest and a semblance of truth" into a fantastic tale, the reader would suspend judgment concerning the implausibility of the narrative.] (wikipedia.com)

물과 연관된다는 점에서 이성과 유사하며 이를 사물 간의 연관을 확인하는 인식적 능력의 총합으로 본다. 바움가르텐의 예술에 대한 계량적 과학적 정의를 거듭 상기한다. 미학은 [자유 예술의 이론, 인식의 하위 능력, 아름답게 사고하는 예술, 이성유사의 예술] 분별적 인식의 과학이다. 그는 미술의 이론이나 미술에 대한 인간의 취향을 논하기보다 분별적 인식의 일반 과학을 제공할 의도가 있다. 그가 보기에 미학의 목적은 분별적 인식의 완전함이고, 그 인식이 불완전하다면 회피해야 할 추함인 것이다. 작품의 형식 속에서의 아름다움은 내용의 아름다움과 마찬가지로 분별적 재현에 대한 인간의 복잡한 능력을 즐겁게 한다. 이것이 이성의 [상사성homoplasy]22)이며, 그것의 내용은 이론적이고 실용적인 이성 자체를 즐겁게 한다. 이성의 상사물로 수렴되는 정신적 능력의 만족이 자발적인 즐거움의 원천이다. 즐거움의 원천으로서 분별적 인식의 완전에 대한 바움가르텐의 인식은 미의 잠재적 원천을 추구한다.

우리가 사물의 질서와 기호로부터 추상하는 한 사고의 조화, 아름답게 사고되는 것에 대해 명상하는 과정에서 질서의 하모니, 기호의 하모니, 창안의 하모니, 사고의 하모니, 표현의 하모니가 중요하다. 전체적으로 바움가르텐이 미학에 구사하는 세 가지 인식은 발견적 교수법, 방법론, 기호론이다. 그의 업적은 논리적 과학적 인식의 내용에 대한 완전성

---

22) 상동성(相同性, homology)은 계통분류학상에서 상동성은 기능이나 외관이 다를지라도, 그 발생 또는 그들의 계통 발생적 기원이 동일한 관계를 가지는 구조를 말한다. 예를 들면, 새의 날개, 돌고래의 앞 물갈퀴, 사자의 앞발은 모두 형태적으로 다르지만 공통적인 발생기원을 가지고 있어 상동성에 해당한다. 이에 반해 상사성(相似性, homoplasy)은 계통 분류학상에서 상사성은 기능이나 외관이 같은 모습으로 진화한 것이라도, 그 발생 또는 그들의 계통발생적 기원이 다른 구조를 말한다. 예를 들면, 나비와 박쥐 모두 날개를 가지고 있고 비행에 이용하지만 날개의 구조와 발생기원이 다르므로 상사성에 해당한다. (http://kin.naver.com/open100)

의 범주를 작성하는 것이며 그것에 대해 분별적이고 미적인 완전함의 목록에 도달하도록 [분별적]이라는 형용사를 창안한 것이다. 그가 창안한 분별적 인식의 완전성에 해당하는 낱말은 다음과 같다. 풍부, 거대, 진리, 투명, 원기. 미는 이러한 완전성의 보편적 관점 속에 존재한다. 그는 평소 예술작품의 주제에 대해 도덕적인 측면을 강조했으며 예술작품은 감동적인 것이 되어야 한다고 본다. 하지만 그는 작품의 도덕적 측면은 미의 한 부분이며 이것의 부재에도 충분히 아름다울 수 있다고 주장했다. 미적 위엄은 부분적으로 미를 결정하는 미적 요소에 속한다. 만약 예술작품이 도덕적인 면을 제한한다면 그것은 도덕적인 위엄을 재현함이 없이 제대로 아름다울 수가 없을 것이다. 만약 작품이 도덕성에 [반反]하는 것을 전달한다면 전혀 아름다울 수가 없을 것이다. 중요한 것은 작품 속에 담기는 도덕적 명성이지 예술가 자신의 실제적 도덕성이 아니다. 따라서 자연에 대한 인간의 관점은 균형과 절제가 필요하다. 이 점을 포프의 「아르고스」에 적용해보자.

영리한 율리시스는, 고향 해변을 떠나
전쟁으로 오래 붙들려, 그리고 폭풍으로 오랫동안 시달리다가,
마침내 도착했다 초라하고 늙고 위장하고 외롭게,
그의 친구들에게, 그의 왕비마저 모른 채,
그의 모습이 변하였지만, 나이, 고생, 근심이,
그의 존귀한 얼굴에 이랑을 파놓았네, 그리고 그의 백발이,
자신의 궁궐에서 억지로 빵을 구걸하고
그의 자비로 살아가던 그의 노비들로부터 문전박대를 당하고,
식솔들로부터 잊혀졌으나,
오직 충직한 개만이 주인을 올바로 알아보네!

When wise Ulysses, from his native coast

Long kept by wars, and long by tempests toss'd,

Arrived at last, poor, old, disguised, alone,

To all his friends, and ev'n his Queen unknown,

Changed as he was, with age, and toils, and cares,

Furrow'd his rev'rend face, and white his hairs,

In his own palace forc'd to ask his bread,

Scorn'd by those slaves his former bounty fed,

Forgot of all his own domestic crew,

The faithful Dog alone his rightful master knew![23]

시인은 가톨릭 집안에서 태어나 시인의 필수조건인 결핵을 평생 앓았고, 등이 휘어지는 신체적인 결함을 안고 살았으나 삶에 대한 그의 관점은 그다지 비관적이지 않았다. 인간에 대한 그의 관점은 「비평론」 "Essay on Man"이나 「던시아드」"The Dunciad"에 잘 나타난다. 이 육체적인 곤경의 와중에 다행스러운 것은 부친의 거대한 재산을 상속하여 비교적 풍족하게 창작생활을 할 수 있었다는 점이다. 그는 르네상스로부터 시작하는 계몽주의의 여파로 점차 인간들이 기계화 속물화되는 점을 우려하고 합리주의와 상업주의를 비판했다. 그가 은퇴하여 런던 외곽에 스스로 신고전주의적인 빌라를 지었으며 정원 가꾸기에 열중했다는 점은 상당한 미적안목을 입증한다. 그의 입장은 「머리타래의 강탈」"The Rape of the Lock"에서 아우구스투스 시대의 경향을 반영하고 있는데 이는 인유의 정확성, 화려한 미사여구, 도덕적인 기준이다. 여기서 그는 공적인 입장을 견지하며 자기균제를 강화하고 균형의 미덕을 유지하려고 한다. 『비평

---

23) 본 시행은 [http://www.poemhunter.com/poem/argus]에 근거함.

론』에서 미적가치의 하락은 개인과 사회의 총제적인 도덕적 불균형의 결과물이라고 본다. 그가 보기에 자연은 변함이 없는 로고스이자 [보편적인 진리]이다. 이것을 멋대로 흔드는 것이 개인적인 취향이며 주관적인 관점이다. 이 작품 속에 등장하는 "율리시즈"는 매우 분별이 있는 인간이다. 여로에 놓인 유혹과 함정을 잘 회피하여 고향으로 돌아올 수 있었으며 돌아와서도 주변의 선과 악을 분별하기 위하여 자신의 모습을 제3자로 위장하고 있다. 그래서 "율리시즈"는 위에서 언급한 분별의 인식적 요소로서 변화무쌍한 상황을 극복하는 풍부, 거대, 진리, 투명, 원기를 소유한 주체가 된다. 그의 아내 페넬로페가 결사코 정절을 지키려고 몸부림을 치는 사건은 도덕적인 정점에 도달한다.

5

칸트 미학 /
라킨, 오든

▌주요개념: 진/선/미, 무관심, 숭고, 판단
▌분석작품: 나무들, 교회방문, 미술박물관에서

칸트 미학의 핵심으로 등장하는 개념이 [무관심disinterestedness]이다. 자신의 이익을 추동하지 않는, 자신의 이익에 동기화되지 않는 것이 무관심이다. 상호이해관계가 설정되는 욕구적인 차원, 지적인 차원이 아니라 그 거래관계를 벗어난 상상력의 차원에서 사물을 바라본다. 뒤이어 등장한 칸트I. Kant를 미학에서 중요하게 생각하는 이유는 아무래도 그의 명저 『판단력 비판』 시리즈의 영향력에 연유하는 것 같다. 왜냐하면 사물이나 예술을 바라볼 때 중요한 것이 바로 [판단력judgement]이기 때문이다. 사물이나 예술작품을 어떻게 판단할 것인가? 미학의 핵심적인 물음이 아

칸트

닐 수 없다. 칸트의 물음은 대개 세 가지로 압축된다. (1) 나는 무엇을 인식할 수 있는가? (2) 나는 무엇을 해야 하는가? (3) 나는 무엇을 선망先望할 수 있는가? 이 물음에 대한 답은 이성이 가지고 있다. 칸트의 이성은 사물을 표상하고 관조하는 능력, 사물

을 극복하거나 부재하는 사물을 존재하도록 하는 실천 능력, 개별적으로 파생되는 특수한 현상들에 대한 반성을 통해 통일적 원리를 유추하는 능력이 있다. 이것을 [이론적 이성], [실천적 이성], [반성적 판단력]으로 정리할 수 있다. 다시 말해 이러한 이성의 활동은 [인식작용], [도덕행위], [합목적적 판단]과 연관된다. 그의 세 가지 비판서 가운데 (1) 『순수 이성 비판』(1781)에서는 두 가지 세계가 제시된다. 그것은 '감성'에 의해 감지되고 '오성'24)에 의해 인식되는 물리적인 세계인 [시/공間/쑤의 현상계]와, 인식할 수는 없지만 사유는 할 수 있는 [형이상학적인 세계]인 [물자체Ding an sich]의 거처인 [초-감성적인 세계]를 제시하고 있다. 그래서 본서는 구상과 비구상에 대한 비판의 근거를 제공한다. (2)『실천이성 비판』(1788)에서는 이성을 '실천'함에 따른 한계인 [도덕]에 대한 인식을 표명한다. 그리하여 이성실천의 선언이 탄생한다. 그것의 핵심은 "언제나 그대 의지의 준칙이 보편적인 입법 원리로서 타당하게 행동하라"이다. 이후 칸트는 현실적인 의지의 자유, 초월적인 영혼의 불멸성, 피안의 신의 존재와 같은 세 가지 도덕법칙을 확립했다. (3)『판단력 비판』(1790)에서 칸트는 인공적 세계와 자연적 세계와의 관계를 조화롭게 설정하여 자연과 인간의 합일을 시도했다. 솔직히 이 문제는 요즘 회자되는 생태학의 주제로서 인간이 자연을 점령할 것인지 인간이 자연의 제물이 될 것인지 양자택일의 문제이다. 그러나 칸트는 과학/형이상학, 필연/우연, 현상/본질 간의 대립을 완충하는 것이 [판단력]임을 주장한다. 인간과 사물을 완충하는 것이 언어이기에 판단력은 일종의 언어적 기능

---

24) '이성'은 인간의 의식을 추동하는 능력이며, 사물에 대한 감각적인 인식인 색이나 맛을 아는 능력을 '감성', 이를 토대로 사물을 파악하는 지성적인 인식을 감수성 혹은 '오성'으로 본다. '감성'적인 차원에서 사과는 색은 빨간색과 푸른색이며, 맛은 단맛과 신맛을 가지고 있으며, 형태가 둥글기에, '오성'적인 차원에서 사과로 판명된다는 것이다.

을 수행한다. 사물과 예술에 대한 인간의 반응인 '쾌'/'불쾌'의 감정이 인식능력과 욕구능력의 중간지대에 위치하듯이. 흔히 인간들은 전자를 '미'라고 옹호하고 후자를 '추'라고 비판한다. 칸트는 우리의 [도덕 판단]과 [미적 판단]이 단순히 주관적인 차원이 아니라 객관적인 차원에도 합당하기 위해서는 무엇을 근거로 삼아야 할지를 탐문한다. 어떻게 주관적 판단과 객관적 판단을 동시에 충족시켜 만인으로 하여금 보편타당한 상태에 이르게 할지에 대한 사유를 보다 심층적으로 탐색해보아야 할 것이다. 그래서 판단력에 대한 합당한 비판을 다루는 것이 제3 비판서이며, 이는 [미적 판단력 비판]과 [목적론적 판단력 비판]으로 나뉜다. 전자는 쾌/불쾌의 감정을 형식적 합목적성(주관적 합목적성)에 입각하여 판정하는 능력을, 후자는 자연의 실재적 합목적성(객관적 합목적성)을 오성과 이성에 의하여 판정하는 능력을 의미한다. [미적 판단력]은 사물들을 개념에 의해서가 아니라 규칙에 의해서 판단하는 특별한 능력이다. 이와 달리 [목적론적 판단력]은 특별한 능력에 의존하는 것이 아니라 객체를 규정하지 않고 오직 반성적인 판단력으로 움직이는 것을 의미한다. 그리고 사물에 대한 미학적 판단에서 중요한 것이 [취미 판단]이다. 조선백자의 '미'를 어떤 이는 알아보고 또 어떤 이는 알아보지 못한다. 또 무료한 재즈의 선율이 흘러나올 때 어떤 이는 몰두하고 어떤 이는 지루해 한다. 취미 판단이란 어떤 개별적인 사물을 아름답다 혹은 그렇지 않다고 보는 판단이다. 칸트는 미의 본질을 묻는 대신, 어떤 사물을 아름답다고 말할 때(미적 판단) 그것이 무엇을 의미하는지를 물음으로써 미학을 사유한다. 칸트는 취미 판단을 반성적 판단의 예로 삼는다. 취미 판단에서 대상은 정해진 규정과 연관하여 판정되는 것이 아니라, 그것에 대한 응시가 어떻게 인간 내부에서 '쾌' 또는 '불쾌'의 감정을 촉발시키는가와 연관된다. 따라서 취미 판단은 보편타당하지 않다. 이는 경험을 초월하는 문제이며 선험적인 차원을 지향한다. 이에 이러한 선험적 판단에 비판이 필요하다는 것이다. 취미 판단은 두 가지 특징을 갖는다. (1) 한 대상을 합리적으로 바라보는 논리적 판단과 다르고, (2) 일반적인 미적 판단은 '쾌'나 '만족'의 상태에 관한 것이지만 어떤 미적 판단은 '무관심'과 연관된다. [미적 무관심성]에 대해 아도르노는 무관심적인 것이 빈곤한 상황에 처하지 않도록 불가피하게 관심이 동반되어야 함을 주장한다. 그가 보기에 미적 무관심성은 개별적인 만족을 떠나 무제약적인 쾌락을 목표함으로써 부박한 [향락주의hedonism]로 전락할 수 있다. 그는 [무관심성]에 내재된 향락의 마성魔性을 [예술향락] 혹은 [거세된 쾌락주의]라 명한다. 이런 점을 라킨의 「나무들」에 적용해보자.

> 나무들 들어오고 있다 잎 속으로
> 거의 말해지고 있는 그 무엇처럼;
> 최근의 싹들 느슨해지고 펼쳐진다,
> 그것들의 초록은 일종의 슬픔.
>
> 그건 그것들 다시 태어나고
> 우리는 늙는다는 건가? 아니, 그것들 또한 죽는다.
> 해마다 새로워 보이는 그것들의 비법은
> 적혀 있다 나뭇결 나이테로.
>
> 그렇지만 그 쉬지 않는 성城들이 요동친다
> 다 자란 두터움으로 5월마다.
> 작년은 죽었다, 그것들이 말하는 듯,
> 시작하라 새롭게, 새롭게, 새롭게.

The trees are coming into leaf
Like something almost being said;
The recent buds relax and spread,
Their greenness is a kind of grief.

Is it that they are born again
And we grow old? No, they die too,
Their yearly trick of looking new
Is written down in rings of grain.

Yet still the unresting castles thresh
In fullgrown thickness every May.
Last year is dead, they seem to say,
Begin afresh, afresh, afresh.[25]

여기서 우리가 적용해볼 수 있는 개념이 [무관심]이다. "나무"는 인간 사이에 이해가 상충하지 않는 중립적인 사물이다. 도처에 존재하는 나무는 인간 모두의 자산이고 희귀한 보물이 아니다. 그런데 주변에 산재하는 나무는 인간과 보편성을 공유한다. 그것은 인간이나 나무에 공통으로 적용되는 생로병사의 법칙이다. 그러니까 "초록"의 나무는, 젊은 청춘 속에 쇠락의 "슬픔"이 잠재해 있다는 것이다. 이것은 인간 각자의 이익이 추동되지 않는 이기심과 무관한 공통적인 [무관심]의 주제에 해당한다. 그러나 죽음을 배태한 "초록"은 해마다 "새롭게" 등장한다. 그것은 "작년은 죽었다"에서 암시하듯이 "초록"의 나무는 쇠락의 운명을

---

25) 본 시행은 [http://www.poetryconnection.net/poets/Philip_Larkin/4815]에 근거함.

배태한 채 이를 초월하여 올해에도 어김없이 "새롭게" 인간의 주변을 장식한다.

철학적 미학의 역사에서 가장 영향력이 있는 저술이 위에서 잠시 언급한 칸트의『판단력 비판』이다. 그것은 칸트가 자연의 아름다움에 비해 예술의 아름다움에 대해 제한적인 의미를 부여하였기 때문이다. 그는 인간의 삶을 포위하는 인식과 도덕의 본질에 대한 판단과 아울러 인간의 품격 있는 생활에 수반되는 [미]의 본질에 대해서도 고민했다. 그것은 [미]가 외면적인 것인가? 내면적인 것인가?에 대한 갈등이다. 거죽으로 드러난 사물의 모습이 현실적인 미의 기준이 되는가? 내면에 함축된 사물의 모습이 진정한 미의 기준이 되는가? 하지만 허무주의적인 관점에서 플라톤의 언명에 따라 인간을 포함한 세상에 존재하는 모든 것이 허위인데 과연 세상에 아름다운 것이 있겠는가? 반면에 아리스토텔레스는 인간이 파악할 수 있는 것은 질료에 해당하는 가시적인 것뿐이라고 하였으니 세상의 아름다움은 형식적이고 물질적인 아름다움인가? 칸트는 예술이 저속한 것인가 숭고한 것인가에 대해서 방황한다. 그러나 그는 예술을 인식의 대상으로 삼음으로써 인식 우위의 입장을 표방한다. 현재 예술은 워홀Andy Warhol이나 뒤샹Marcel Duchamp의 사례에서 보듯이 진리와 상관없는 그저 인간의 삶을 소비하기 위한 장식적인 기호이자 수단일 뿐이다. 그러나 인간들은 예술이 진리이고 예술에 대한 아름다움을 논리적으로 증명하려고 애쓴다. 미는 [판단력 비판] 속에서 의미를 획득한다. 그러나 이 의미는 [의미화 연쇄chain of signification]를 수반하기에 결코 고정적인 것이 아니다. 칸트는 소위 인간의 위대한 예술작품에 회의하며 형식미학의 수준을 견지한다. 그가 바라보는 [미]에 대한 견지는 [취미 판단]에 관한 것이다. 플라톤이 바라보는 미는 그의 걸작『티마이

오스』에 나오듯이 이데아의 세계에서 우주만물의 조화이며 이는 절대자의 빛이 세상에 흘러넘쳐 만물이 창조되었다는 [일자사상the ideal of the Oneness]을 선포한 플로티노스에게 귀속된다.

칸트는 [미]와 [예술]을 구분한다. 이때 우리는 [미]를 거칠게 [자연미]와 [인공미]로 나누어볼 수 있고 그는 전자를 선호하는 듯하다. 그러나 인간의 절대이성만이 우주만물을 지배하는 [유일한 수단the rational alone is real]임을 역설하는 헤겔 이후에 아도르노를 경유하여 포스트모던 시대에 이르러 자연미의 자리를 인공미가 차지한다. 또한 그는 [자유미]와 [부수미]를 주장한다. 전자는 대상에 속한 것이며 후자는 대상의 의미에 관한 것이다. 전자는 사물의 고유한 독자성을 말하며 후자는 사물의 합목적인 [조건telos]을 지시한다. 전자는 순수한 판단이며, 후자는 응용된 판단이다. 말하자면 미스 코리아 각자에 대한 아름다움은 전자에 속하며, 미스 코리아가 어떤 기준 [7등신 혹은 8등신]에 부합하는 가는 후자에 속한다. 그렇다면 인간사회에서 중시되는 것은 당연히 후자인 [부수미]일 것이다. 그것은 인간관계가 주로 합목적적으로 구성되기 때문이다. 그러면 음악은 어디에 속하는 것일까? 우리는 고전음악, 팝, 재즈, 포크송 가운데 한 가지는 대개 선호하는 편이다. 이성의 유희를 즐기는 식자들은 대위법에 기초한 고전음악에 경도되고 일반인들은 생활과 밀접한 팝 혹은 재즈를 선호할 것이다. 그런데 칸트는 음악을 저급한 예술로 평가하고 열등한 수준의 감각과 유희하는 쾌락에 해당한다고 본다. 이 주장은 베토벤의 「교향곡 9번」이나 말러Gustav Mahler의 「교향곡 2번－부활」을 심각하게 들으며 인생의 의미를 진지하게 탐구하려는 식자들의 자존심을 건드린다. 그의 입장을 오든26)의 「미술박물관에서」에 적용해본다.

옛날 거장들은 고통의 문제에 관해 틀림이 없이,

너무나도 잘 알고 있었다.

인간에게 고통이란 무엇인지를. 어째서 고통의 순간에

다른 누군가는 식사를 하거나, 창문을 열거나, 그저 무심히 걷고
    있는지를.

늙은이들이 경건하고도 간절하게

기적 같은 탄생을 기다릴 때, 어째서 그곳에는 어김없이

그런 탄생 따위 바란 적 없다는 얼굴로

숲 가장자리 연못 위에서 스케이트를 타는 아이들이 있을 수 있는지를.

그들은 결코 잊지 않았다

그것은 끔찍한 순교의 현장에서도 다르지 않다는 사실을

어느 후미진 곳, 어수선한 공터에서 순교자가 처형될 때

그곳에는 개들이 개로서의 삶을 이어가고 고문 집행자의 말이

무지한 엉덩이를 나무 둥치에 비벼대고 있으리라는 것을.

브뤼겔의 이카루스를 보라. 모든 것이 고통으로부터

등을 돌리고 있지 않은가, 그것도 꽤나 한가로운 모습으로.

농부는 분명 첨벙 하는 소리, 그 외로운 비명을 들었으리라.

그러나 그것은 그에게 중요한 사건이 아니었다;

태양은 어느 때와 같이 초록의 물속으로 사라져가는 하얀 다리를
    비추었고,

저 호화롭고 우아한 저 배도

---

26) 위스턴 휴 오든(Wystan Hugh Auden, 1907-1973)은 영국의 시인이다. 옥스퍼드 대학
을 졸업하였고, 제2차 세계대전 직전에 미국으로 건너가서 그 후 시민권을 얻는다. T.
S. 엘리엇이 대표하는 1920년대의 정신에 반기를 들어 마르크시즘의 문제를 시 가운
데 넣어서 데이루이스와 스티븐 스펜더 등과 함께 신풍을 영국시단에 일으킨다. 이른
바 '오든 그룹'의 지도적 존재이며 임상의(臨床醫)와 같이 병든 사회를 정신분석과 사
회의식을 합친 수법으로 파헤쳤다. (위키백과)

하늘에서 한 소년이 떨어지는 놀라운 광경을 보았겠지만,
가야 할 곳이 있기에 유유히 지나갔다.

About suffering they were never wrong,
The Old Masters: how well they understood
Its human position; how it takes place
While someone else is eating or opening a window or just walking
        dully along;
How, when the aged are reverently, passionately waiting
For the miraculous birth, there always must be
Children who did not specially want it to happen, skating
On a pond at the edge of the wood:
They never forgot
That even the dreadful martyrdom must run its course
Anyhow in a corner, some untidy spot
Where the dogs go on with their doggy life and the torturer's horse
Scratches its innocent behind on a tree.

In Brueghel's Icarus, for instance: how everything turns away
Quite leisurely from the disaster; the plowman may
Have heard the splash, the forsaken cry,
But for him it was not an important failure; the sun shone
As it had to on the white legs disappearing into the green
Water; and the expensive delicate ship that must have seen
Something amazing, a boy falling out of the sky,
Had somewhere to get to and sailed calmly on.27)

---

27) 이 작품의 인용은 [http://www.english.emory.edu/classes/paintings&poems/auden.html]
    에 근거함.

인간에게 고통은 각자의 [소관所管]이다. 나의 고통을 남이 알 수 없고 남이 대신 겪을 수 없는 것이다. 인간이 할 수 있는 일은 고통에 대한 기호적 접근뿐이다. 말을 한다든지, 포옹을 한다든지, 물질을 제공한다든지. 이것은 고통에 대한 직접적인 처방이나 접근이 아니라 대체적인 것이다. 하지만 고통은 기호로 대체될 수밖에 없다. 예수의 십자가위에서의 비참한 고통에 대해서 막달라 마리아가 할 수 있는 행동은 비통한 마음과 통곡뿐이었다. 따라서 고통은 삶의 작용에 대한 환경의 반작용으로 인해 불가피하게 야기되는 인간의 숙명으로 수용되어야 한다. 그런데 시인은 인간에게 부여된 고통의 운명을 나누어야 한다고 역설한다. 이때 타인에 대한 책임의식을 강조하는 [레비나스E. Levinas]의 타자의 윤리학이 상기된다. 이것은 자연의 이치를 역행하는 인공적인 가치이다. 이 작품에서 자연이 흔하게 늘려있지만 칸트가 좋아하는 [자연미]는 찾아볼 수 없고 자본주의 경쟁의 현실을 질타하며 이타주의의 인간적 분배와 관심을 강조하는 근본주의적 마르크시즘이라는 [인공미]가 물씬 느껴진다. 아울러 웅장한 자연의 파노라마에서 절로 우러나오는 [자유미]가 아니라 자연 속에서 처절하게 살아가는 인생의 의미를 천착한다는 점에서 자연의 법칙에서 가공된 응용미로서의 [부수미]를 발견할 수 있다.

그는 인간이 [미]를 평가하기 위해 [취미]가 필요하며 취미는 [미]를 판정하는 능력이라고 본다. 취미 판단은 인식적 판단이, 논리적 판단이 아니고 주관적 판단이다. 그가 보기에 미적 판단은 이성적 판단이 아니기에 인간에게 계몽할 이유를 상실한다. 칸트는 세 가지 즐거움을 열거한다. 우선 [쾌적의 즐거움]은 선택의 즐거움이다. 맥주보다 막걸리를, 고기보다 채소를 각자의 욕망에 의해 선택하고 만족을 느끼는 것이다. 그 다음이 선한 것을 목격할 때 느끼는 [선적 즐거움]이다. 그리고 대상의 물질적인 차원을 능가하는 [미적 즐거움]이 있다. 이것을 향유하기 위하여 인간 각자의 경험이 동원된다. 칸트는 경험에 근거한 지식에 관계하는 능력을 세 가지로 분류한다. 감각적 자극을 수용하는 [감성], 감각을 승화시키는 능력인 [상상력], 상상력을 통해 개념을 형성하는 [지성]. 그러나 칸트는 예술이 아무리 고도의 의식수준을 반영한다고 하더라도 그 정체가 무엇인지에 대해서 의문을 표명한다. 과연 예술이 감정의 승화인지? 욕망의 은유인지? 꿈의 재현인지? 심리학적인 견지에서 인간이 파괴적인 욕망을 절제하면서 현실을 영위하도록 욕망의 완충지대로서의 예술이라는 매체가 필요한 것이라는 생각을 해볼 수 있다. 예술이라는 욕망의 콜로세움을 통해서 각자의 욕망을 대리만족할 수 있기 때문이다. 그리하여 등장인물에 대한 연민과 공포를 통해 욕망의 배설[28], 즉 인간의 욕망을 [정화淨化]시킬 수 있기 때문이다. 아름다움은 언어로 설명할 수 없는 인식의 자유로운 유희라는 점을 생각한다. 어떠한 설득으로 인한 납득이 필요 없는 상태. 그리하여 칸트는 [개념이 불필요한 아름다움]을 주장한다. 이것은 아름다움이 필연적임을 의미한다. 사실 자연이나 예술은 아무런 목적이 없으며, 이 목적이 있다고 보는 것은 인간이다. 이것은 소쉬르가 주장하는 사물로서의 [기표]와 그 의미로서의 [기의]의 관계와 유사하다. 기표와 기의는 사실 무관하며 자의적이다. 그런데 신기하게도 [미]는 우리에게 분명히 즐거움을 준다는 사실이다. 이 또한 [미]의 신비한 목적이 아닐 수 없다. 인간은 미적 판단을 할 수

---

28) 하지만 브레히트는 카타르시스의 개념을 반대한다. 그것은 그가 연극의 거짓된 실상을 고발하는 자의식적인 개념인 [소격화(alienation)]가 카타르시스를 거부하기 때문이다. 따라서 연극은 단순히 감정 배설의 수단에 그치는 것이 아니라 인간 현실에 대한 이성적이고 합리적인 통찰의 수단이 된다.

있는 인식능력이 있으나 동물은 인식능력이 없기에 미적 판단을 할 수 없고 오직 본능의 즐거움, 즉 쾌적의 즐거움을 향유할 뿐이다. 이 점을 다음에 나오는 라킨의 「교회방문」에서 살펴보자.

아무 일도 없는 것을 확인하자
나는 안으로 들어섰다, 문이 꿍하고 닫힌다.
어떤 교회: 매트, 좌석, 그리고 돌,
그리고 작은 책들; 흩어진 꽃들, 일요일을 위해
봉헌된, 그러나 지금은 갈색; 금동의 집기들
제단에 올려진; 작은 고상한 오르간;

그리고 팽팽하며, 곰팡내 나는, 무시할 수 없는 침묵,
그것이 얼마나 오래되었는지 하나님은 아신다. 모자를 벗고, 나는
어색하게 사이클 장갑을 벗는다,
앞으로 나아가며, 성수반 주변에 손이 닿았다.
내가 서있는 곳에서, 그 지붕은 거의 새롭게
청소되었고 보수한 것처럼 보이는가? 누군가는 안다: 나는 모른다.

강단에 올라가, 나는 몇 줄 읽는다
엄청 두터운 성경을, 그리고 발음하노라
"여기서 끝 입니다"라는 구절을 생각보다 크게 읽는다.
그 메아리들이 낄낄거린다. 문 쪽으로 돌아와
책에 서명하고, 아일랜드 6펜스를 헌금하고,
머물만한 가치가 없는 곳이라 생각한다.

Once I am sure there's nothing going on
I step inside, letting the door thud shut.
Another church: matting, seats, and stone,

And little books; sprawlings of flowers, cut
For Sunday, brownish now; some brass and stuff
Up at the holy end; the small neat organ;

And a tense, musty, unignorable silence,
Brewed God knows how long. Hatless, I take off
My cycle-clips in awkward reverence,
Move forward, run my hand around the font.
From where I stand, the roof looks almost new —
Cleaned or restored? Someone would know: I don't.

Mounting the lectern, I peruse a few
Hectoring large-scale verses, and pronounce
"Here endeth" much more loudly than I'd meant.
The echoes snigger briefly. Back at the door
I sign the book, donate an Irish sixpence,
Reflect the place was not worth stopping for.[29]

여기서 보이는 장면은 교회의 쇠락이다. 영국이 어떤 기독교 국가였던가? 바티칸의 지엄한 교황을 무시하고 [종교개혁the Reformation]을 통해 영국고유의 기독교인 [성공회Anglican church]를 세우지 않았던가? 그런데 기독교를 국교를 만들 정도로 하나님 중심의 [헤브라이즘hebraism]을 삶의 근본으로 삼았던 영국이 어느 사이 인간 중심의 [헬레니즘hellenism]으로 회귀했다는 것은 전 세계적으로 아연실색할 일이다. 이것은 영국에서 발발한 산업혁명의 과학주의와 실증주의 귀납법에 기초한 계몽주의,

---

29) 이 작품은 [http://www.poemhunter.com/poem/church-going]에 근거함.

경험주의에 연유한다고 볼 수
있다. 나아가 정치적으로 왕권
신수설에서 벗어나 올리버 크
롬웰Oliver Cromwell을 필두로 평
민들이 권위적 현전에서 점차
자유화되어지는 민주운동도 그

웨스트민스터 대성당

이유가 될 것이다. 그러나 기독교가 쇠락한 마당에도 시적화자는 "교회"
를 방문한다. 그것은 과학주의와 이성주의가 해결할 수 없는 원초적인
것이 인간의 내부에 존재하는 까닭이다. 배가 불러도 물질을 풍족히 소
유해도 채워지지 않는 마음의 공허 같은 것. 이것을 [종교적 원형]의 느
낌이라고 부를 수도 있을 것이다. 하여튼 인간은 현실과 유리되어 내부
적으로 이런 저런 기원, 원천, 근본적인 존재를 추구하는 습성이 있다.
그래서 인간에게 하나님의 구원 가능성은 여전히 유효한 것이다. 작품
속에 제시된 쇠락한 교회의 비극적인 상황을 보고 기독신자들은 카타르
시스를 느낄 수 있으며 자성의 기회가 될 것이다. 그리고 교회의 암울한
분위기는 오히려 인간의 의식으로 넘볼 수 없는 일종의 아름다움을 함
축하고 있다. 그것은 위에서 언급한 바와 같이 언어로 설명이 불가능한
묵시적인 것이다. 말하자면 칸트의 개념으로 [개념이 불필요한 아름다
움]인 셈이다. 그런데 기독교라는 기표와 그 의미로서의 기의는 괴리가
있음을 부정할 수 없을 것이다. 마찬가지로 그리스도라는 숭고한 기표와
기독교라는 파당적인 의미와의 관계는 자의적인 것이다.

칸트가 보기에 아름다움은 [숭고]하다. 리오타르Jean Francois Lyotard가
언어의 재현이 불가능한 '포스트모던의 조건'이라고 보는 [숭고the Sublime.
압도적인 대상 혹은 절대적인 비교를 초월하는 대상으로부터 느껴지는 가위눌리는 정서]는 칸트에

의해 두 가지로 분류된다. [수학적 숭고]와 [역학적 숭고]. 전자의 경우는 경험을 초월하는 [무한성]의 개념이고, 후자는 [공포]를 수반한다. 공포의 원천으로서 자연을 인식하는 것이며 아울러 불편함과 불쾌함을 동반한다. 폼페이 화산, 일본의 지진, 나이아가라 폭포, 미국의 토네이도 자연의 [내재적 의지immanent will]에서 느껴지는 무정함은 인간으로 하여금 자기보존의 대책을 고민케 한다. 이는 절대이성과 [초인의 탄생super-man]을 예고한다. 그러나 그 수준은 숭고로 인해 목숨을 상실할 정도는 아니고 압도적인 자연으로부터 자신을 인식하고 안도하는 숭고함이다. [미]가 인간의 마음을 즐겁게 해준다면 [숭고]는 초-감성적인 심리상태로서 물질을 초월하려는 거룩한 목적을 띤다. 전자는 감각적인 경험이며 후자는 이성적인 경험으로 볼 수 있다. 칸트는 [시간 예술]과 [비시간 예술]을 구분한다. 전자에 시와 수사학이 속하며 후자에 회화와 조각이 속한다. 그는 예술이 비록 인공적이긴 하지만 자연스러워야 함을 강조한다. 그것은 예술가가 수행하기 어려운 모순적인 사명이다. 이러한 불가능한 미션을 수행할 사람은 [범인凡人]이 아니라 천재이다. 조각의 미켈란젤로, 음악의 모차르트, 축구의 마라도나, 철학의 소크라테스. 미적 판단은 개별적이고 주관적인 점이 있으나 그래도 사회적으로 만인의

자연의 내재적 의지

동의를 수반하는 보편적인 판단이 되어야 한다. 이와 관련하여 [사회주의적 리얼리즘socialist realism]이 독재자를 위한 선전/ 미화의 도구가 아니라면 공동체의 존속과 결속을 위해 선용될 수 있을 것이다. 예술가의 개성은 공동체에 확산되

어 그 작품을 공감하는 [집단소질collective disposition]로 둔갑하여 예술가와 사회는 일체가 된다. 예술가가 공동체를 떠나서 예술을 [토로吐露]할 수 있겠는가? 독립영화라도 관중을 떠나 존재할 수 있겠는가?

　　도덕 판단이 객관적인 보편성에 의존한다면, 미적 판단은 주관적인 보편성에 의존한다. 칸트는 예술로부터 미와 도덕을 동시에 구가하여야 한다고 본다. 예술로부터의 즐거움은 아울러 도덕성을 지향해야 한다는 것이다. 칸트는 아름다움을 정의하는 양식 가운데 정점에 위치하는 존재를 인간의 형상이라고 본다. 그것은 사물 가운데 인간만이 물질을 초월하는 초감각적인 능력을 보유하기 때문이다. 칸트가 보기에 아름다운 대상은 도덕적으로 선한 것으로 공동체의 동의를 받을 수 있을 때 그 존재 가치가 있다. 만약 아름다운 대상이 부도덕하여 공동체의 생존을 위협한다면 그것은 추악하고 불쾌한 대상이 될 것이다. 한편 미적 이념은 감각을 통하여 결코 실현될 수 없으며, 지성이 제공하는 개념을 통해 오히려 표상을 배신하고 기만한다. 칸트가 보기에 미적 판단은 인식판단으로 볼 수 없는 열등한 판단이어서 개념적 지식과 무관하며 존재론적인 설명을 회피한다. 미는 대상과 상관없이 상상력과 지성의 유희로 향유되는 주관적으로 즐거운 것이다. 미에 대한 안목은 관조자의 눈에 달려있다. 그러나 즐거움은 감각의 충족만으로 볼 수 없는 도덕적 요소를 가지고 있다. 이런 점에서 도덕의식과 상관없이 불쾌함과 추함을 기조로 삼는 현대예술은 칸트의 미학을 반역한다. 칸트의 관점에서 뒤샹의 <수염달린 모나리자>, <변기>, 고흐의 그림, 피카소Pablo Ruiz Picasso의 추상화에 대한 미적 판단은 합리적인 인식판단이 사실상 불가능하기에 정독이 아닌 [오독misreading]과 기조를 같이하는 [삐딱하게 보기looking awry]에 의한 인식판단이라고 합리화 시킬 수 있다.

6

헤겔 미학 /
콜리지, 셸리, 키츠

칸트의 초월적 관점과 대비되는 것은 헤겔의 현실적인 미학적 입장이
다. 헤겔이 선호하는 문학인들은 주로 횔덜린Friedrich Hölderlin, 실러Friedrich
von Schiller, 괴테Johann Wolfgang von Goethe, 셰익스피어, 그리스 비극작가들이
며, 음악인으로서는 헨델, 바흐, 모차르트, 로시니를 좋아했고, 그림으로
는 반 에이크Van Eyck, 멤링Hans Memling, 렘브란트Van Rijn Rembrandt로 대변되
는 네덜란드 화가들을 좋아했다. 칸트가 평생 왕복한 산책로 주변의 유
려한 [자연미]를 찬미한 반면, 헤겔은 유럽 여행을 통해 각국의 다양한

[예술미]에 매료되었다. 그는 '미'를 철학
속에 편입하는 것이 타당하다고 보아 '미'
를 연구하는 학문을 [예술철학]이라 불렀
다. 변증법을 선호한 점에서 어느 정도 파
악할 수 있듯이 헤겔은 지극히 아리스토텔
레스의 관점을 추종했다. 그것은 일반적이
고 실천적이며 실제적인 것이다. 그는 외관
이 곧 현실이며 인간, 민족, 문명의 자취가

뒤샹의 〈수염달린 모나리자〉

도처에 현현한다고 보아 [자연적인 미]보다 [인간적인 미], 즉 [예술적인 미]를 강조했다. 어디까지나 자연은 인간의 인식을 통해 [다성polyphony]적인 정체를 드러나기에 이 관점은 타당하다고 볼 수 있다. 그러나 정신이 없는 동물과 달리 인간은 정신이 있기에 만물보다 우월하며 인간은 자연을 단순히 모사하는 그림쟁이가 아니라 만물을 초월하는 허깨비를 창작할 수 있는 위대한 존재라는 점에서 아리스토텔레스와 결별한다.

그의 관점에서 예술이란 '미'를 구현하는 기회이자 수단이며, 예술의 목적은 물리적인 생존투쟁의 현장에서 인간의 영혼과 정신을 만족시키는 것이며, 예술은 자연을 모방하는 열등한 수단이 아니라 인간의 정신적 유산을 과거에서 현대로 전달하는 역사성을 지닌 매체로 존재한다. 그러기에 세상에 예술이 없었다면 인간의 역사와 문명이 붕괴되었을 것이다. 인간은 예술을 통해 과거의 문명을 이해하고 그것을 현대에 계승하여 발전시켰기에 '인생은 짧고 예술은 영원하다'라는 말이 타당하게 생각된다. 예술은 육신의 삶을 보완하는 정신적인 삶인 것이다. 이 두 가지 삶을 공유함이 균형 잡힌 인간의 조건이 될 것이다. 적어도 인간이라면 심/신의 양육을 고려해야 한다는 점은 타당하다. 다시 말해 헤겔은 고달픈 인생에서 예술의 효용론을 견지한다. 이런 점에서 헤겔이 만물에 대한 인간의 우월성으로 내세우는 것이 바로 [절대정신absoluter geist]이다. 이는 인간의 의지와 동작을 통제하고 인간의 자취를 남기는 추진체로서 진리와 자유를 실현시킬 목적을 가진다. 세계/개인, 선/악, 참/거짓, 미/추, 정의/불

'절대이성'의 괴테

의, 주관/객관, 우연/필연 등으로 나열되는 인간사의 상충하는 절대적인 개념들을 단지 [불가지론agnostics]으로 보아 외면할 것이 아니라 변증법적 대응이 가능하다고 본다. 이 점을 콜리지가 꿈을 꾼 후에 창작한 「쿠 블라 칸」에 적용해보자.

도원경에서 제왕이 명했다
장엄한 환락궁을 지으라고:
그곳은 신성한 강 앨프가 흐른다
인간이 헤아릴 수 없는 계곡을 통해
        태양이 없는 바다 아래로.
5마일의 두 배가 되는 비옥한 땅이
성벽과 탑으로 둘러싸여;
그리고 구불구불한 시내가 감도는 정원이 있었다,
그곳에 많은 향기를 풍기는 나무들의 꽃이 만발하였고;
그리고 여기에 언덕만큼 오래된 숲이 있었다,
초목의 양지바른 지대를 에워싸고

그러나 오! 그 깊은 낭만적인 수렁이 비스듬히
푸른 언덕 아래 삼나무 숲을 가로질러!
야만스러운 곳! 신성하고 매혹적인 그런
마치 기우는 달 아래 출몰하노라
악마연인이 그리워 우는 여인이.

In Xanadu did Kubla Khan
A stately pleasure-dome decree:
Where Alph, the sacred river, ran
Through caverns measureless to man

Down to a sunless sea.
So twice five miles of fertile ground
With walls and towers were girdled round;
And there were gardens bright with sinuous rills,
Where blossomed many an incense-bearing tree;
And here were forests ancient as the hills,
Enfolding sunny spots of greenery.

But oh! that deep romantic chasm which slanted
Down the green hill athwart a cedarn cover!
A savage place! as holy and enchanted
As e'er beneath a waning moon was haunted
By woman wailing for her demon-lover![30]

　　문명의 신화보다 야생의 신화가 대조적으로 드러나는(Watson 232)
이 부분에 [만인평등사회pantisocracy]라는 유토피아를 지향했던 콜리지 사
고의 일각이 드러난다. 그것은 처절한 육체적인 투쟁이 필연적으로 동반
되는 삶에 대한 정신적 도피로 나타난다. 환란의 삶 속에서 한 순간의
안식을 도모하기 위하여 노
동자가 허공에 내뿜는 한 모
금의 담배연기. 무더운 현실
에 민감한 의식을 식히는 한
줄기의 소나기가 되어 이 작
품은 독자에게 실용성을 선

타지마할 궁전

30) 본 작품은 [http://www.poetryfoundation.org/poem/173247]에 근거함.

사한다. 시적화자가 고통의 현실에서 벗어나 투쟁과 갈등이 부재한 "도원경"을 동경하고, "환락궁"의 건설을 명하는 욕망의 해방자로서의 황제의 역할을 꿈꾼다. 독자 또한 처절한 현실을 탈출하여 이 작품을 통해 "도원경"과 "환락궁"과 황제의 삶을 그리며 현실과 잠시 휴전한다. 그리고 "악마연인"을 그리워하며 울부짖는 아름다운 "여인"을 흠모한다. 과열된 육체적 현실을 정지시키는 예술을 통한 감성의 휴식이 상호간의 투쟁으로 인한 조기의 종말을 지연시키는 진통제의 역할을 담당하는 순기능을 수행한다. 따라서 의식과 무의식의 학제적인 구분을 떠나 현실적인 삶과 예술이 제공하는 꿈과 같은 상상[31]의 삶은 인간의 조건이 된다.

그렇다면 인간이 [절대정신]을 가지고 있다는 근거는 무엇인가? 그것은 인간이 각자 수준이 다른 어느 정도의 예술, 종교, 철학을 접하고 있다는 것이다. 말하자면 대중가요 혹은 클래식 음식을 즐기든지 하여튼 예술을 접하고 있으며, 개인마다 기독교, 불교, 이슬람교, 힌두교, 미신을 접하고 있다. 무엇보다 세계의 4대 문명은 절대정신이 과거에 구현된 가장 명확한 증거가 될 것이다. 칸트는 '물자체'thing itself에 대한 인간의 접근은 불가능하다고 보았으나, 즉 사물에 대한 이성의 한계를 인식했으나, 헤겔은 절대정신이 '물자체'에 도달할 수 있다고 본다. 이런 점에서

---

31) 콜리지의 관점에서 상상력에 대한 개념은 다음과 같다. [According to Coleridge, Imagination has two forms: primary and secondary. **The primary imagination** is merely the power of receiving impressions of the external world through the senses. It is an involuntarily act of the mind. **The secondary imagination** may be possessed by others also, but it is the peculiar and distinctive attribute of the artist. It is the secondary imagination, which makes artistic creation possible. Secondly imagination is more active and conscious in its working. It requires an effort of the will, and conscious effort. The secondary imagination works upon what is perceived by the primary imagination.] (https://search.yahoo.com/Geeklala)

절대정신은 불교의 관점과 소통한다. 차안과 피안을 연결하는 나룻배로서의 정신의 역할 혹은 현상과 진리를 연결하는 정신이라는 매체. 플라톤의 이데아는 추상적, 비시간적, 비역사적인 실재이기에 현실 너머에 있으나, 헤겔의 이데아는 현실적, 시간적, 역사적인 실체이기에 현실은 '미'의 이상을 가지고 있을 때 예술적 '미'를 내포하고 있으며 그것은 [상징적, 고전적, 낭만적인] 예술로 구현된다. 그는 (1) 상징적 예술의 사례로서 인도예술, 이집트 예술을, (2) 고전적인 예술의 사례로는 그리스 예술을, (3) 낭만적 예술의 사례로는 중세 암흑기에서 19세기까지의 기독교 예술을 가리킨다. 여기서 헤겔의 시대구분은 그의 수명이 다하여 끝이 난다.

　　그 후 예술의 파괴, 예술의 죽음으로 이어지는 [다다dada]가 의미하는 현재의 막다른 허무적 상황에 대하여 만약 헤겔이 살아있다면 무엇이라고 언급할지 궁금하다. 그가 보기에 물질에 상응하는 정신의 진보로서 예술의 종류는 건축, 조각, 회화, 음악, 시詩로 나누어진다. 본고에서 연구될 시의 경우 정신의 단계에서 최고의 위치를 차지한다. 천상의 음악보다 더 현실적인 진리를 내포한다는 점에서 시는 회화와 음악을 결합한 총체이다. 이때 회화는 변증법적으로 정正에 해당하고 음악은 반反이며 이 양자를 절충한 것이 시이며 합合이 된다. 다시 말해 시는 리듬을 가진 언어의 그림이다. 과연 헤겔다운 분석이다. 유사 이래 등장한 시의 문예적 경향은 상징주의, 고전주의, 낭만주의에 거의 포섭된다. 사실 헤겔은 당대의 문호인 괴테, 휠덜린, 실러와 막역한 친구이기에 시에 대한 관심이 더욱 지대했을 것이다. 괴테의 관점에서 예술은 상징주의, 고전주의, 낭만주의를 겪은 후 종말을 맞이한다. 이 점을 셸리의 「서풍부」에 적용해보자.

오, 사나운 서풍, 그대 가을의 숨결이여!
보이지 않는 그대 앞에서 죽은 잎사귀들은
휘날리며, 마법사에게 쫓기는 유령의 무리처럼,

노란, 검은, 파리한 그리고 열나는 붉은,
페스트에 걸린 무리들! ㅡ오 그대는
그 무리를 컴컴한 겨울 잠자리로 몰고 가노라.

그들 날개달린 씨앗들은, 그곳에서 차디차게 누워
각각이 시체처럼 무덤 속에서, 때를 기다리며
그대 하늘빛 봄 누이가 취주하노니

그 나팔을 꿈꾸는 대지 위에, 그리고 채우노라
(역동적인 달콤한 싹을 공기를 마시는 양떼처럼)
생기 있는 색조와 향기로 들판과 언덕을 채우고

광란의 정신이여, 곳곳을 떠도는 그대는
파괴자이자 보존자, 들으라. 오, 나의 말을.

O WILD West Wind, thou breath of Autumn's being
Thou from whose unseen presence the leaves dead
Are driven, like ghosts from an enchanter fleeing,

Yellow, and black, and pale, and hectic red,
Pestilence-stricken multitudes! ㅡO thou
Who chariotest to their dark wintry bed

The wingèd seeds, where they lie cold and low,

Each like a corpse within its grave, until
Thine azure sister of the Spring shall blow

Her clarion o'er the dreaming earth, and fill
(Driving sweet buds like flocks to feed in air)
With living hues and odours plain and hill

Wild Spirit, which art moving everywhere
Destroyer and Preserver—hear, O hear!

　여기서 문자가 그림으로 기능한다. 문자는 우리의 마음속에 형상을 가져다준다. 사물을 형상하는 문자는 사람들에 의해 우상이, 이념이 되어 인간의 생사를 좌우한다. 인간사에서 [필화筆禍]나 [설화舌禍]는 흔한 일이다. 그러기에 인간은 공동체에서 목숨을 부지하기 위하여 문자의 사실성과 자동성을 경계해야 한다. 인간은 습관적으로 바람에 휩쓸리는 낙엽을 자연의 현상으로 바라보지 않고 혁명의 상징으로, 개벽의 징후로 예단한다. 시작품에 나타나는 문자의 간격이나 악센트는 음악적인 요소를 띤다. 그리고 문자가 보여주는 사물의 형상은 회화에 해당하기에 시작품은 회화와 음악을 아우르는 종합예술이 된다. 독자의 상상력을 통해 뮤지컬과 갤러리로 재현된다. 헤겔의 말대로 시작품은 회화와 음악이 변증법적으로 구현된 합일의 예술이 되어 음악이 내재하는 그림으로 기능한다. "서풍"은 사회의 구습을 타파하는 [동인動因]이 되어 인간의 의식에 침투한다. 그러나 "서풍"은 또 하나의 구습이 되어 또 다른 서풍에 의해 타도될 것이다. 일관되지 않은 사물의 흐름이 자연의 법칙이기에 사실 인간의 혁명이나 혁신은 조급한 발상에 의한 성마른 욕망에 불과하다. 시간이 흐르면 절로 혁신되고 변혁된다. 그것은 인간을 포함한 자연이 타살과 자살의 속성을 동시에 공유하고 있기 때문이다. 그러기에 자연은 "파괴자"이자 동시에 "보존자"의 속성을 지닌다는 점에서 해체주의의 강령을 실천한다. 아울러 시작품은 사물을 형상화 하지만 사실 사물과 다르게 형상화된다는 점에서 사물을 재창조하고 해체한다.

현대의 어떤 시인이 호메로스, 소포클레스, 단테, 셰익스피어를 극복할 수 있겠는가? 이들이 세상을 하직한 이후 이들 만큼의 예술적 이상을 지닌 시인이 현재 부재하다. 지금의 예술은 음절화를 거부하는 '다다'의 모습으로 자신의 팔다리를 비튼 변덕과 해학의 수준으로 전락한 상태이다. 지금의 시대는 [똑바로 바라보기]의 시대가 아니라 [삐딱하게 바라보기]의 시대가 되었다. 하지만 헤겔은 현대에 산재하는 예술의 종말적 현상에 대해 절망적이진 않을 것이다. 그것은 그가 예술의 종말에 대한 변증법적 극복의 가능성을 희망하기 때문이다. 물론 헤겔의 변증법은 아도르노의 [부정의 변증법anti-dialectics]에 의해 반박되지만, 셸리의 "삭풍朔風은 봄의 전조前兆"라는 말처럼 시의 죽음은 시의 재생을 암시하기 때문이다.

헤겔 미학의 대개는 그의 제자 [오토Otto Pöggeler]가 출판한 것을 근거로 전해진다. 이것은 헤겔이 베를린 대학에서 강의한 것을 중심으로 구성되었다. 헤겔은 철학에 정통한 학자이기에 그의 미학은 다분히 철학적 미학의 기조를 띨 수밖에 없다. 우선 그의 미학은 [예술미]와 [자연미]의 범주로 구분하여 다루며, 미와 예술을 합쳐서 [아름다움의 예술]로 규정한다. 이 명칭이 예술철학이 되고, 일반적으로 [미학]이라고 칭한다. 그런데 그의 미학은 설사 이론적인 것을 다룬다 할지라도 학술적인 것이 아니라 아름다움에 관한 것이다. 헤겔은 [자연미]를 [예술미]와 대조하기 위해 사용하긴 하지만 미학에서 배제하는데 그 이유는 예술미가 자연미 보다 차원이 높은 수준의 미학이라는 것이다. 그것은 인간이 사유하는 것이 예술로 재현되기 때문이고, 자연은 그 자체로 인간에게 드러나는 것이 아니라 어디까지나 인간의 관념에 의해 재생되기 때문이다. 이런 점에서 인간을 신성에 도전하는 "절대정신", 절대이성의 소유자라고 바라보는 헤겔이 자연중심적 관점보다 인간중심적인 관점을 취하는 것을 이해할 수 있다. 따라서 예술은 인간의 정신을 배태하고 있지만 자연그대로의 자연은 인간에게 사실 무의미하고, 사물에 대한 인간적인 관점이 예술이라고 보는 헤겔의 주장은 타당하다. 설사 예술이 명작이 아니라 졸작이라 할지라도 자연보다 더 우월하다. 자연이 인간이 범접할 수 없는 [숭고미]를 가지고 있는 압도적인 대상이기는 하지만 우주만물은 조물주에 의해 의미를 가지듯, 자연은 인간에 의해 비로소 의미를 가지는 타율적, 필연적, 무의식적인 실재이기에 인간의 정신이 가미된 예술보다 나을 것이 없다. 그가 보기에 무의식적인 자연이 절대적인 것이 아니라 의미를 생산하는 자율적이고 의식적인 인간의 정신이 절대적이다. 이런 점에서 현상학에서 주장하듯이 해와 달, 강과 바다와 같은 자연의 아름다움은 자연에 대한 정신의 반응 혹은 정신의 반사 혹은 의식의 투사에 불과하다. 만약 인간의 정신이 없다면 어떤 형태의 자연미도 존재하기가 불가능하지 않은가? 이런 점을 키츠의 「희랍 항아리 노래」의 일부에 적용해볼 수 있다.

> 오 아티카의 형체여! 아름다운 자태여!
>   대리석에 화려하게 새겨진 남자들과 처녀들과,
> 숲의 나뭇가지와 짓밟힌 잡초로 장식되어;
>   그대 말없는 형상이여, 그대는 영원이 우리에게 그러하듯이

우리로 하여금 생각이 미칠 수 없도록 괴롭게 하는구나: 차가운 목가여!
　　늙음이 이 세대를 황폐케 할 때,
　　　　그대는 우리들의 것과는 다른 슬픔 속에서
인간에게 친구로 남아서 그에게 말하리라,
　　"아름다움은 진리, 진리는 아름다움 ─ 그것이
　　　　지상에서 너희들이 아는 전부이고, 알아야 할 전부라고"

O Attic shape! Fair attitude! with brede
　　Of marble men and maidens overwrought,
With forest branches and the trodden weed;
　　Thou, silent form, dost tease us out of thought
As doth eternity: Cold Pastoral!
　　When old age shall this generation waste,
　　　　Thou shalt remain, in midst of other woe
Than ours, a friend to man, to whom thou say'st,
　　"Beauty is truth, truth beauty, ─ that is all
　　　　Ye know on earth, and all ye need to know."[32]

그리스 항아리

　　　　　　　　　이 작품은 키츠의 '절대정신'에 의해 창작
된 것이다. 자연에서 나온 진토를 구워 만든 항
아리를 통해 시작품을 생산했으니 플라톤의 말
대로 예술은 자연으로부터 이차적 왜곡을 자행
한 셈이다. 그리고 이에 대한 각인의 순차적인
해석은 무수한 왜곡으로 이어진다. 그러나 어찌
하랴? 인간이 평생 수행하는 작업은 오직 자연

32) 본 시행은 [http://www.eecs.harvard.edu/~keith/poems/urn.html]에 근거함.

을 끊임없이 모방하고 가공하는 모진 시시포스의 과업임을 누가 부인할 수 있으랴? 예술가들은 각자의 이데아에 입각하여 자연을 가공할 뿐이다. 이때 각자의 이데아는 헤겔의 '절대정신'으로 치환될 수 있을 것이다. 자연은 예술을 통하여 아름다움을 드러내야 한다. 자연이 예술이라는 매체를 통하지 않고는 무의미한 존재에 불과할 뿐이다. 마치 사물이 [망막retina]을 통하지 않고는 인간에게 인식되지 않듯이. 그런데 아리스토텔레스의 관점으로 보아 자연과 예술의 관계는 어불성설이다. 그것은 그가 [한 범주로부터 그 범주에 내포되지 않은 것을 추론할 수 없다](스텀프 476)라고 했기 때문이다. 말하자면 (a)로부터 (b)를 추론할 수 없다는 말씀이다. 이것이 성립하려면 (b)가 (a)에 이미 내포되어 있어야 한다는 것이다. 이런 점에서 (a)와 (b)는 각각 무관하고 순수하다. 자연과 예술은 [존재]와 [비존재]로 치환해볼 수 있다. 그런데 전자는 후자의 잠재성을 가지고 있기에 결국 (a)와 (b)는 동일하다. 그러니까 키츠의 예술에 대한 탐욕은 자족적인 것이 될 수밖에 없다. 이는 생산이 불가능한 일종의 자위행위이다. 그가 자연의 이데아를 그리며 예술을 생산하였지만 사실 그것은 아무것도 생산하지 않은 셈이 된다. 그러나 헤겔은 존재로부터 무를 도출할 수 있다고 보고 이것이 변증법적인 창조와 파괴의 과정을 거쳐 '절대정신'으로, 절대관념으로 종결될 때까지 지속되어야 한다. 그러나 "아름다움은 진리, 진리는 아름다움—그것이 지상에서 너희들이 아는 전부이고, 알아야 할 전부라고"에서 나타나듯이 키츠는 헤겔의 인간중심적 관점을 부정하고 인간의 의식저편에 존재하는 고고한 사물의 이데아에 쉽사리 접근할 수 없음을, 인간의 숙명은 오직 자연의 현상만을 탄주하는 피상적인 차원에 머물 뿐임을 탄식한다. 아니 키츠가 그리는 자연 현상너머의 영역은 인간의 영역이 아닐 것이다. 인간은 시각이라는 각자의 안경을 뒤집어쓰고 자연을 바라보고 희희낙락할 수밖에 없을 것이다.

자연에서 점점 멀어지는 예술은 인간의 속성상 학술로 다루어질 수밖에 없다. 그런데 예술은 집요한 정신을 통하여 구축되는 학술을 와해시키고 이완시킨다는 점에서 예술과 학술은 갈등을 일으킨다. 말하자면 학자와 예술가의 관점은 판이하게 다르지 않은가? 이성과 상식을 동원하여 논리와 법칙을 구사하는 학자와 이를 배제하고 직관적 감각적으로 나아가려는 예술가와의 공존은 애초에 불가능하다고 볼 수 있다. 그러니까 예술을 학술적으로 다룬다는 것은 언어도단인 셈이다. 헤겔이 보기에 예술은 일시적인 감흥이나 유희에 불과한 것이다. 학술은 사물을 귀납과 연역을 통하여 유추하려는 [법칙의 단일화]를 전략으로 내세우지만 예술은 인간의 무한한 상상력을 바탕으로 추진되는 [관점의 다양화]를 중시하기에 학술과 예술은 상호 배타적이며 자족적이다. 학술은 오히려 예술보다는 삼라만상의 호화찬란한 현상을 보여주며 그 속에서 보편적인 법칙을 추구하는 습성을 지닌 인간을 유혹하는 자연과 더 궁합이 맞아 떨어진다. 헤겔은 예술과 학술의 배타적이고 모순적인 관계를 해결하기 위하여 두 가지 개념을 동원한다. 그것이 바로 [자유]와 [가상]33)이다. 전

---

33) 가상의 일반적 · 일상적 의미는 '겉보기'이다. 그것은 오로지 ~로 보이나 실제로는 ~가 아닌 것을 의미한다. 다만 '보이다'라는 표현에서 명확히 드러나는 것처럼 가상이라는 말은 본래 시각에 기반하여 형성되었지만, 그것은 시각 이외의 모든 감각기관은 물론이고 지성, 판단력, 이성이라는 상위의 인식능력을 포함하여 인간의 모든 인식능력에 적용된다. 따라서 가상이란 진리로 보이나(생각되나) 실제로는 오류인 것을 의미한다. 그런 의미에서 가상은 오류의 일종이나 오류의 특수한 경우 또는 은밀하게 숨겨진 오류이다. 칸트 자신의 정의에 따르면 가상은 언제나 판단의 주관적 근거가 객관적인 것과 혼동됨으로써, 요컨대 주관적인 것이 객관적인 것으로 뒤바뀜으로써 생긴다. (『칸트사전』, 도서출판b)

자는 자신의 안위를 위해 존재하는 자율성을 의미하고 예술은 [봉사]를 의미하는 타율성을 가진다. 이런 점에서 예술은 미학이라는 학술의 범주에서 제거된다. 헤겔의 시야에서 자연, 추, 봉사의 주제는 미의 범주에서 제외된다. 그의 견지에서 타율적이고, 구속적이고, 봉사만을 위해 존재하는 예술은 예술이 아니라 목적과 수단에서 자유로운 예술이라야 진정한 예술이다. 타자를 위한 예술이 아니라 자신의 목적을 위해 존재하고 자신을 진리의 영역으로 승화시키는 것이 진정한 예술이다. 진정한 예술은 자유롭고, 자율적이며, 아름다워야 한다. 그러므로 헤겔의 예술은 종교와 철학과 같은 경지에 이르도록 고양되어야 한다. 천상에 이르는 바벨탑을 오르려는 인간의 지상목표로서 총체적 진리인 [신성]에 접근하기 위하여 예술, 종교, 철학이 동원된다. 이 진리를 예술이 감각적으로 묘사하여 자연이라는 실재에 접근하려고 한다. 따라서 예술은 진리와 감각을 동시에 내포한 야누스적인 것이다.

헤겔은 [가상schein]에 대해 두 가지로 구분한다. 한 가지는 실재/진리를 숨기려는 가상이고, 또 한 가지는 숨어있는 실재/진리를 드러내려는 가상이다. 의식과 무의식의 상관관계처럼 진리와 가상은 상보적인 관계를 유지한다. 볼 수도 없고 들을 수도 없는 진리를 약간 보여주고 들려주는 것은 가상이다. 그래서 가상 너머의 차원을 동경하는 "그대 말없는 형상이여, 그대는 영원이 우리에게 그러하듯이 우리로 하여금 생각이 미칠 수 없도록 괴롭게 하구나: 차가운 목가여!"에 나타나듯이 키츠는 자연이라는 실재에 대한 인간의 청맹과니 신세를 한탄하고 있다. 만약 가상이 없다면 실재와 진리는 없는 것과 다름없다. 진리의 세계는 가상을 통해 경험의 세계로 나온다. 실재에 접근할 수 없는 인간에게 가상이 진리이며 분석대상자의 마음속을 알 수 없는 정신분석가에게 분석대상자의 말이 무의식이라는 실재의 끄나풀인 셈이다. 나아가 자연은 조물주의 섭리가 가상으로 드러난 실재의 흔적인 셈이다. 이외에 다른 수가 있는가? 이런 점에서 [무의식이 타자의 담론]이라고 주장하는 라캉의 주장은 일리가 있다. 마찬가지로 보이지 않는 영원은 순간을 통해 비로소 경험된다. 순간이 없다면 영원은 없으며, 의식이 없다면 무의식이 없고, 지상이 없으면 천상이 없다. 나아가 죄의 근원이 되는 가상의 존재인 인간이 없다면 실재로서의 예수의 구원은 아무런 의미가 없다. 아울러 가상의 삶은 실재로서의 천국의 경험적 세계인 셈이다. 그런데 예술가는 사물의 가상화를 통하여 최대한 실재에 근접해야 진정한 예술가가 된다. 이를테면 영화 <취화선>에 나오는 장승업은 도자기를 굽는 불가마와 일체가 됨으로써 가상의 극치를 실천한다. 따라서 예술이 진리를 구현해야 하는 과정에서 필연적으로 가상의 과정을 거쳐야 하는데 설사 진리에

영화 〈취화선〉

미흡한 가상이라고 할지라도 허위의 [부정적 가상]을 배제하면서 차원 높은 [예술적 가상]으로 나아가야 한다. 이런 점에서 요즘 횡행하는 카니발적인 [키치Kitsch] 미학은 헤겔의 관점에서 [부정적 가상]에 해당한다. 결론적으로 예술은 가장을 통해 동시에 진리를 추구하려는 이중적인 모순율을 내포한 마술적인 존재이다.

7

아도르노 미학 /
포, 테니슨, 휘트먼

▌ 주요개념: 담배의 효과, 자율성, 부정의 변증법, 구속성, 나이브테와 반성,
　　　　　　　형이상학적 위안, 가상, 규정적 부정
▌ 분석작품: 애너벨 리, 모래톱을 넘어서, 열린 길의 노래

여태 언급한 전통미학과 달리 아도르노와 벤야민의 예술이론에서 맨
처음 접근해야 할 것이 바로 [예술의 자율성]이라는 개념이다. 예술의
자율성은 봉건주의 사회에서 시민사회로 이행되면서, 가내 수공업에서
분업화와 공장산업으로 이행되면서 개인이 점차 [소외]됨으로써 이 불만
스런 현상을 무마할 사회적인 장치가 필요하게 되어 예술의 효용성이
증대하게 된다. 소외된 현실을 보상해주는 장치로서 예술은 순기능과 역
기능을 동시에 수행한다. 마치 데리다가 말하는 약/독을 동시에 내재한
[파르마콘pharmakon]을 연상하듯이 이탈과 보상이 예술의 이중성이다. 이
른바 [담배의 효과]와 같은 것이리라. 삶의 피로를 씻어주면서 동시에

아도르노

목숨을 위협하는 것. 그러
나 인간을 현실로부터 이
탈케 함과 동시에 현실의
소외를 보상해주는 예술
의 형식성에 저항하는 움
직임이 도처에서 발생한

다. 그러나 예술의 대한 이런 저런 저항이 곧 예술에 대한 참여를 의미하는 것이다. 그것은 그 저항이 어디까지나 예술을 기반으로 발생하는 사건이기 때문이다. 마찬가지로 아도르노와 벤야민은 예술이 삶으로부터 유리된 것이 아니라 삶을 반영하고 삶과 통합되는 것으로 바라본다. 그런데 전자는 예술의 신비를 인정하지만 후자는 예술의 신비를 부정한다. 양자 모두 예술은 일종의 사회미학의 수준에서 탐구되며 예술의 사회적 지위와 역할에 대한 검토와 반성을 시도한다. 이제 양자의 예술에 대한 입장의 차이를 검토해보자.

아도르노의 경우 예술에 대한 반성의 일환으로서 신성에 이르는 '절대정신'의 상태를 추구하는 헤겔의 변증법을 타박하며 이를 극복하고자 [부정의 변증법]을 주장한다. 이는 전체를 구성하는 부분들의 상호 갈등하고 대립하는 역학구조에 착안하여 기계적인 '정-반-합'의 과정에서 예술이라는 변화무쌍한 주제를 결론짓기보다 사유의 끝없는 반성이 있어야 한다는 것이다. 이것이 아도르노의 인식론이자 인식론에 대한 비판이다. 그의 미학이론은 사회와 예술 사이의 치열한 긴장관계를 다루며 예술의 자율성을 긍정하거나 부정하는 제반의 논의들을 거부한다. 그의 주장은 예술은 어디까지나 사회현상을 바탕으로 하여 사회에서 발생하는 삶의 법칙을 기반으로 삼아야 한다는 것이다. 그리하여 아도르노에게 예술의 자율성의 문제는 과거로부터 맥맥이 이어지는 예술의 전통범주에 대한 심각한 회의와 반성이 요구되는 것이다. 선명하고 명백하게 정의된 예술이라는 개념을 그는 의식적으로 지우려 한다. 말하자면 아리스토텔레스가 말하는 예술의 정서적 반응인 카타르시스론 같은 것이다. 청중이 연극에 몰입되어 비극의 주인공과 [일체empathy]가 되어 공포와 연민을 느낀다는 것. 동시에 고고한 전통예술을 전복시킨 폭력적인 현대예술마저 예술을 제대로 규정할 수 없다. 예술이 사회와 유리되어야 하는 지 아니면 사회와 융합되어야 하는지 또 예술의 존재 유무에 대해 아도 르노의 관점은 모호하다. 그리하여 아도르노는 미학을 통한 예술의 이해 를 포기하고 그가 예술에 대해 아는 것은 오로지 예술의 정체에 대한 인 식불가능 뿐이다. 예술은 사회 속에 발생하므로 변덕스런 역사의 영향을 받지 않을 수 없기에 예술의 자율성을 명확하게 꼬집어 말할 수 없는 것 이다. 이 점을 포의 「애너벨 리」에 적용해볼 수 있다.

아주 먼 옛날
바닷가 한 왕국에
애너벨 리라 불리는
한 소녀가 살았다네.
나를 사랑하고 내 사랑 받는 일밖에는
아무런 다른 생각도 없는 그녀라네.

내 나이 어렸었고 그녀도 어렸었지,
바닷가 이 왕국에.
그러나 나와 나의 애너벨 리는
사랑 이상의 사랑을 하였다네.
천국의 날개 달린 천사들도 우리를
부러워할 만큼.

그것이 그 이유였지, 오래 전,
바닷가 왕국에.
바람이 구름으로부터 불어와
나의 아름다운 애너벨 리를 싸늘히 죽게 하였다네.

그리하여 그녀의 지체 높은 친척들이 찾아와
나에게서 그녀를 빼앗아
바닷가 이 왕국의 무덤에
가둬 버렸다네.

하늘나라에서 우리의 행복 절반에도 못 미치는 천사들이
그녀와 나를 시기한 것이었네.
그래! 그것이 이유야 (바닷가 이 왕국 모든 백성들이 알고 있듯이)
구름으로부터 바람이 일어
나의 애너벨 리를 숨지게 한 것은.

그러나 우리들의 사랑은 훨씬 더 강했었네,
우리보다 나이 많은 사람들의 사랑보다도
우리보다 현명한 사람들의 사랑보다도.
그리하여 천국 천사들도
바다 밑 악마들도
나의 영혼을 아름다운 애너벨 리의
영혼으로부터 가를 수 없었다네.

달빛도 내가 아름다운 애너벨 리를
꿈꾸지 않으면 비추지 않고
별빛도 내가 아름다운 애너벨 리의
밝은 눈을 느끼지 않으면 반짝이지 않네.
그래서 나는 밤새도록
나의 사랑, 나의 사랑, 나의 생명,
나의 신부 곁에만 누워 있네.
바닷가 그 곳 그녀의 무덤에
파도 소리 애잔한 그녀의 무덤에.

포와 어린 아내

It was many and many a year ago,
In a kingdom by the sea,
That a maiden there lived whom you may know
By the name of ANNABEL LEE;
And this maiden she lived with no other thought
Than to love and be loved by me.

I was a child and she was a child,
In this kingdom by the sea;
But we loved with a love that was more than love—
I and my Annabel Lee;
With a love that the winged seraphs of heaven
Coveted her and me.

And this was the reason that, long ago,
In this kingdom by the sea,
A wind blew out of a cloud, chilling
My beautiful Annabel Lee;
So that her highborn kinsman came
And bore her away from me,
To shut her up in a sepulchre
In this kingdom by the sea.

The angels, not half so happy in heaven,
Went envying her and me—
Yes!— that was the reason (as all men know,
In this kingdom by the sea)
That the wind came out of the cloud by night,
Chilling and killing my Annabel Lee.

But our love it was stronger by far than the love
Of those who were older than we —
Of many far wiser than we —
And neither the angels in heaven above,
Nor the demons down under the sea,
Can ever dissever my soul from the soul
Of the beautiful Annabel Lee.

For the moon never beams without bringing me dreams
Of the beautiful Annabel Lee;
And the stars never rise but I feel the bright eyes
Of the beautiful Annabel Lee;
And so, all the night-tide, I lie down by the side
Of my darling — my darling — my life and my bride,
In the sepulchre there by the sea,
In her tomb by the sounding sea.34)

이 작품은 시청각적 요소를 배태하고 있다. 파도소리가 들리고 모래사장이 펼쳐진 바닷가 풍경이 절로 눈에 선하다. 그런데 왜 이 작품을 남녀의 진정한 사랑을 재현한 작품으로만 인식하는가? 이러한 동일성의 인식에 대한 불만을 아도르노가 느낄 법하다. 두 연인의 행복을 저해하는 여러 가지 요소들이 있다. 그것은 시간, 자연 혹은 환경, 인간이다. 여기서 조물주의 절대적인 섭리인 [생자필멸生者必滅]의 법칙도 추가된다. 아울러 석가모니가 말하는 [회자정리會者定離]의 교훈도 상기된다. 시간의 진행과정은 사물을 변화시키는 것이다. 나무는 바람에 시달리며 쓰러지

---

34) 이 시작품은 [http://poemhunter.com/poem/annabel-lee/]에 근거함.

고 모래사장은 파도에 시달리며 침식된다. 아울러 인간은 박테리아, 세균, 바이러스에 의해 내부적으로 공격을 받고, 외적으로 생존을 위한 [이전투구泥田鬪狗]의 경쟁적인 환경에 의해 소멸된다. 따라서 인간의 삶은 안팎의 저항에 직면하여 투쟁하는 과정이다. 그러니 인간의 삶은 늘 편안하지 않다. 애플 사의 스티브 잡스Steve Jobs 같은 대부호도 외부적으로 화려하게 보이는 생활을 한 것으로 보이나 업적이나 실적에 대한 엄청난 부담으로 내적인 압박을 받아 결국 암에 걸려 일찌감치 삶의 피안으로 퇴장하지 않았는가? 세기의 가수 마이클 잭슨Michael Jackson 또한 공연으로 인한 과도한 부담으로 인한 약물중독에 빠져 일찍이 생을 마감하지 않았던가? 경쟁적인 삶의 환경이 이들을 죽음으로 몰고 간 것이다. 여기서 "애너벨 리"를 죽음으로 내몬 "바람"은 인간이라는 존재를 매일 잠식해 들어오는 환경으로 볼 수 있다. 그러므로 이 작품을 대하고 가슴 저미는 감정을 느낀다는 것은 과도한 연민이라고 볼 수 있다. 그것은 인간은 결국 외부적인 환경에 의해, 내부적인 요인에 의해, 타자의 욕망에 의해, 정치적인 목적에 의해 타살되기 때문이다. 따라서 이 비극적이지만 달콤한 작품에 대한 일반적인 카타르시스적인 접근을 생경하게 바라볼 수 있을 것이다. 시적화자와 "애너벨 리"의 지고지순한 사랑과 이에 도전하는 "천사"의 질투, 모진 찬 "바람", "지체 높은 친척"의 대립적 상황은 헤겔의 변증법적 구도와 흡사하다. 그것은 사랑이라는 주제에 도전하는 타자의 비판이 정-반-합의 과정으로 이행되기 때문이다. 그러나 인간의 찬란한 로맨틱한 삶 속에 어두운 죽음이 내재되어 있어 결국 자체 소멸될 해체주의적 운명을 인식할 필요가 있다. 존재 자체에 함의된 비존재의 기억을 말/글로 어찌 지울 수 있겠는가? 이것이 초월을 바라보며 현실의 모순에 저항하는 포의 [정치적 무의식political unconscious][35)]이다.

뒤샹의 <소변기>가 예술인가 아닌가? 워홀의 <콜라병>이 예술인가 아닌가? 물론 이것을 [키치kitsch][36)로 보아 혐오스러운 예술로 인식할 수 있다. 전통예술에서는 이것이 예술이 되지 않지만 현대예술에서는 당당히 예술로 인정을 받지 않는가? 디키George Dickie는 이러한 현상을 예술의 관례convention나 제도의 관점으로 바라본다. 따라서 예술의 자율성은 역사에 따라 변하는 것이다. 이런 점에서 아도르노의 예술에 대한 개념은 이렇게 정리해볼 수 있을 것이다. 과거에서 현재까지 역사의 변천에 따라 생산된 이런저런 예술현상이 규정될 수 있으나, 이것이 그대로 미래의 예술에 적용될 수는 없다는 것이다. 예술은 역사의 영향을 받아 구성되는 것이며 예술은 사회현상에 반ᶜ하는 재현을 통하여 사회적인 대상이 된다. 이런 점에서 아리스토텔레스가 말하는 최루적인 감정이입론으로서의 카타르시스론은 관객의 몰입을 절제하려는 브레히트Bertolt Brecht의 [소격효과estrangement effect]와 지각의 상투적인 자동성을 반대하는 쉬클로프스키Viktor Shklovsky의 [낯설게 하기defamiliarization][37)의 저항을 받는

---

35) 정의하기 간단치 않지만 이 개념은 미국 듀크 대학 프레드릭 제임슨(Fredric Jameson)이 동명의 저서에서 주창한 것인데, 문화/예술 텍스트는 정치적으로 원래 순수한 것이 아니다. 이때 [정치적]이라함은 사회적 역사적 집단적인 의도를 함의한다. 기표 아래에 기의가 숨어있듯이 텍스트 이면에 어떤 무의식이 도사리고 있다. 그것은 현실에 대한 개선적 저항적 혁명적 요소이다. 그러니까 의식적인 현실의 모순에 대해 본능적으로 야생적으로 [혹은 레비스트로스(Claude Lévi-Strauss)의 '야생적 사고'와 같은] 무의식적으로 대항한다는 말씀이다. 전문적으로 말하여 현실 혹은 실제의 모순에 대한 상상적 해결을 시도하는 것이 텍스트의 [정치적 무의식]이다.

36) Kitsch generally includes unsubstantial or gaudy works or decoration, or works that are calculated to have popular appeal. It can also be applied to music. The concept of kitsch is applied to artwork that was a response to the 19th-century art with aesthetics that convey exaggerated sentimentality and melodrama. Hence, kitsch art is closely associated with sentimental art. Kitsch is also related to the concept of camp, because of its humorous, ironic nature. (wikipedia.com)

다. 이것이 사회와 끊임없이 소통하며 변하는 예술의 정상적인 자율성이다. 그러므로 예술은 사회의 규범에 종속되거나 사회에 유익한 것으로만 인식되는 대신에 독자적인 존재로서 사회의 모순을 비판하여야 한다. 물론 예술은 혁신적이고 전복적인 [정치적 무의식]을 내재하고 있다. 예술이 사회 속에서 자율성을 포기할 때 그것은 죽은 예술이 되며, 물론 [예술지상주의art for art's sake]나 현실에 대한 예술의 주제 넘는 참여나 간섭에 대한 자기반성도 소홀히 할 수 없을 것이다. 아도르노의 미학이론은 현대예술이 스스로 자율성을 성취하면서 동시에 지속성을 확보할 수 있는 방법에 대한 탐구로 볼 수 있다. 그러나 아도르노는 예술의 자율성이 김소월의 「산유화」처럼 태초부터 저 홀로 존재하는 것으로 보지 않는다. 말과 글로 전승되는 자율성은 사회 속에서 역사 속에서 정치적으로 생성된 것이기 때문이다. 다시 말해 예술의 자율성은 예술의 개념을 실천하기 위해 조성되어진 것이지 '아-프리오리'a-priori한 것은 아니라는 것이다. 이 점을 테니슨의 「모래톱을 넘어서」에 적용해보자.

해 저문 저녁별,
　　그리고 날 부르는 한 맑은 소리!
　나 바다로 떠날 때
　　모래톱이여 구슬피 울지 마오.

---

37) 그가 바라보는 문학성 혹은 예술성은 사물을 상투적으로 자동적으로 바라보지 말고 문학성 혹은 예술성을 동원하여 독자들의 흥미를 유발하도록 하자는 것이다. 이것이 문학을 문학답게 하는 것이고 예술을 예술답게 하는 것이다. 여기에 문학인 혹은 예술인의 역량이 달려있다. 말하자면 시작품에서는 비유, 리듬, 역설, 기지를 사용하는 것이고, 소설에서는 밋밋한 사건을 플롯(plot)을 통해 재미있게 구성하는 것이다. 물론 이를 원용하여 미술에서 콜라주(collage) 기법을 사용하고, 영화에서 몽타주(montage) 기법을 사용한다.

너무도 충만하여 소리도 거품도 일지 않는,
  잠자듯 흐르는 그런 조수 있었으면,
끝없는 심연에서 나온 이 몸
  다시 제 집으로 돌아갈 때.

황혼에 퍼지는 저녁 종소리,
그리고 그 뒤에 짙어지는 어두움!
작별의 슬픔도 없게 해 다오,
  내가 배에 오를 때.

시간과 공간의 경계 밖으로
  물결이 나를 멀리 실어 낸다 해도,
내가 모래톱을 건넜을 때
  나의 선장과 대면할 수 있기를 바라네.

Sunset and evening star,
  And one clear call for me!
And may here be no moaning of the bar,
  When I put out to sea,

But such a tide as moving seems asleep,
  Too full for sound and foam,
When that which drew from out the boundless deep
  Turns again home.

Twilight and evening bell,
And after that the dark!
And may there be no sadness of farewell,
  When I embark.

모래톱

For tho' from out our bourne of Time and Place

    The flood may bear me far,

I hope to see my Pilot face to face

    When I have crost the bar.[38]

    이 작품은 영국의 계관시인 테니슨이 80살이 넘어 쓴 것으로 일명 백조의 노래로 볼 수 있다. 생전에 "언어의 발견자" 혹은 영국 시인 가운데 "음감이 가장 예민한 시인" 등과 같은 수사가 붙을 정도로 언어기교와 구사에 능하였다. 시인은 평소 시의 형식과 기교에 각별한 관심을 가지고 있어 너무 인공적이며 장식적이라는 비판을 받았다. 그럼에도 거장들이 즐비한 문예부문에서 입맛이 까다로운 영국사회에서 빅토리아조의 대표시인으로 군림하는 것이 신통하다. 거창한 행사나 지인들의 구슬픈 애도 없이 조용히 지상을 떠나려는 시인의 무심한 경지를 보여준다. 한편 이러한 측면은 프로이트가 말한 자기해체적인 [죽음의 본능thanatos]을 보여주는 것이다. 그것은 세상에 대한 인간의 질긴 애착과 미련에 대한 성숙한 포기가 된다. 다시 말해서 "내가 모래톱을 건넜을 때/나의 선장과 대면할 수 있기를 바라네"에 나타나듯이, 죽음에 대해 소용없는 슬픔으로 대응하지 않고 죽음이후에 대한 기대를 수용한다. [죽음 = 슬픔, 통곡, 애도]의 공식을 [죽음 = 당연, 사후]의 공식으로 비틀어 버리는 것이 죽음에 대한 [낯설게 하기]의 일환으로 볼 수 있다.

    예술작품과 수용자의 관계는 아도르노의 미학에서 배제된다. 다시 말해서 아도르노의 미학에서 [수용이론reception theory]은 배제된다는 말씀이다. 예술가와 수용자를 연결하는 것이 예술작품인데 수용자를 배제한

---

38) 이 작품은 [http://allpoetry.com/Crossing-the-Bar]에 근거함.

다는 것은 무슨 이유인가? 그것은 자연/예술가/독자의 삼각구조를 창안한 에이브럼스M. H. Abrams의 공식에 어긋난다. 아도르노는 수용자를 중심으로 하는 것이 아니라 예술작품을 제1의 대상으로 삼는다. 그렇다고 작품중심의 관심에서 보는 소위 [작품 내재론]에 입각하는 것도 아니다. 또한 예술의 자율성을 부정하는 모방에 대한 반성과 각성에 의한 자의식적인 타율성의 예술이나 참여 예술도 아니다. 그는 예술가와 예술작품과 수용자 모두를 부정하는 '부정의 변증법'에 입각한 [부정의 미학]을 주장한다. 그가 보기에 미학에 있어 보편타당한 이론은 없다는 것이다. 그의 미학에서 [작품 내재법], [작품 초월법]은 배제되고 양자를 절충하는 변증법적인 입장이 적용된다. 그가 보기에 예술작품과 수용자 사이뿐만 아니라 예술작품과 예술가 사이가 중요하다는 것이다. 이를 총체성의 미학이라고 볼 수 있다. 아울러 예술은 고정된 것이 아니라 끝없이 유동하는 하나의 흐름으로 본다. 예술은 결코 완성되는 것이 아니라 완성을 욕망하는 차원으로 전개되는 것이다. 이런 점에서 [작은 대상 에이objet petit a]라는 용어를 만들어 인간의 삶의 동기가 욕망의 결핍임을 주장하는 라캉의 말은 아도르노의 관점에 부합한다. 그러기에 예술은 정의할 수도, 정의해서도 아니 될 것이다. 이런 점에서 예술은 정체불명의 도깨비인 것이다. 예술과 예술의 주변 환경은, 예술, 미학, 사회가 상호 유리되면서도 결합된 상태이어야 한다.

예술에 대한 그의 회의는 [예술이 인간에게 과연 필요한가?], [예술에 있어 미학은 과연 필요한가?], [예술가는 인간에게 과연 필요한 존재인가?]라는 극단적인 물

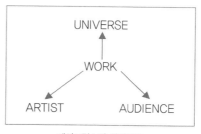

에이브럼스의 삼각구도

음으로 나아간다. 이것은 예술전반에 대한 아도르노의 철저한 반성이자 독백이다. 예술과 미학과 예술가의 존재가 위기에 봉착한다. 플라톤, 아리스토텔레스, 크로체Benedetto Croce로 이어지는 [전통미학]의 전통을 아도르노는 맹렬히 비판한다. 인간이 태어나 성장하고 죽는 것과 같이 철학이론도 시간이 흐르면 변화되어야 하며 그것을 현재에 적용하려고 고집하는 것은 무리하다는 것이다. 이제 전통미학은 현재의 시점에서 다시 정의되어야 한다는 것이다. 그동안 미학은 예술적, 철학적, 과학적인 논리에 의해, 예술가 중심 혹은 수용자 중심의 입장에 의해 운용되기도 했다. 또 미를 [자연미]와 [예술미]로 양분하여 전자 중심의 리얼리즘적 관점 혹은 후자 중심의 포스트모던의 관점에서 파악하려고도 했다. 하지만 그는 과거의 사변적인 미학과 현재의 과학적 경험적 미학과 생산적 수용적 미학에 대해 동시에 비판한다. 나아가 자신의 미학이론의 근거가 되는 헤겔 미학과 칸트 미학도 비판의 대상이 되었다. 이처럼 미학에 대해 자신의 토대를 허무는 해체주의적인 입장을 취한다. 미학을 획일적인 잣대로 볼 수 없으며 주체적 입장과 객관적 입장에서 볼 수도 없고 학문의 대상으로 삼아서도 안 되기에, 미학은 [인식론의 알고리즘]에서 해방되어야 한다. 여태 미학의 방법론은 세 가지로 나누어진다. 그것은 개체를 위주로 하여 사실자체만을 중시하는 [유명론nominalism], 개체의 배후를 중시하는 플라톤주의 [사변주의], 그리고 이 양자의 절충이다. 크로체가 도입한 유명론은 미학의 보편성을 추구하지 않고 형식과 자료를 중시하였다. 이런 미학은 진부하고 구태의연하기에 임의적인 판단만 남발한다. 그런데 문제는 특수한 현상을 다루는 헤겔 미학이 유명론의 관점에 해당된다는 것이다. 유명론이 미학에 기여한 것은 사변철학에 비판을 가한 것이다. 사변철학에 대한 비판은 헤겔과 칸트 미학을 대상으로 한다. 양자 모두 미학과 철학이 미분화된 시대에서 미학을 철학으로 바라보았으며 철학과 미학이 혼재된 가운데 그들이 내린 미학의 정의는 현재의 관점에서 볼 때 온당하지 못하다. 이들이 추구한 철학적 미학은 본질적으로 보편성을 추구하게 되어 있어 구체적인 예술작품에 적용하기에 무리가 있다. 그런데 아도르노는 헤겔 미학보다는 칸트 미학에 더 경도되는 경향이 있다. 전자는 개념과 사실의 일치를 중시함과 동시에 이 양자의 분리를 인정하므로 헤겔의 통일성은 사실상 무효인 셈이다. [경험a posteriori]과 [선험a priori]의 일치를 주장하는 헤겔에 비해 칸트는 이 양자의 일치를 포기한다. 칸트는 선험적 경험을 '보편적 특수성'이라는 개념으로 정립했다. 이를 보편이 객관을 의미하기에 [객관적 주관성]으로 치환할 수 있다. 따라서 칸트는 경험과 선험, 주관과 객관의 완전한 단절을 시도하지 않는다.

예술의 본질은 [구속성]이다. 예술에 대한 모순적인 인식은 사실[경험]에 의해서 현혹되지 않으면서도 사실[경험]에 몰입하여야 한다는 것이다. 이것은 [크리스티앙 메츠Christian Metz]가 만든 개념이 상기되듯이 영화가 나무나 바다와 같이 [실제적 기표actual signifier]가 아니지만 마치 허깨비 같은 [상상적 기표imaginary signifier]로서 우리 주변에 현실로서 자리하는 경우와 흡사하다. 미학은 사실/경험과 일정한 거리를 유지한 채 사실 속으로 진입하여야 한다는 것이다. 이른바 예술에 대한 개념은 [단자론monadology]39)적 입장이며 경험은 타자를 의미한다. 미학은 예술가의

---

39) '모나드'에 대한 정의는 다음과 같다. [All the plenum[fullness] of the universe is entirely filled with tiny Monads, which cannot fail, have no constituent parts and have no windows through which anything could come in or go out. Every Monad is different and is continuously changing. All simple substances or Monads might be called **Entelechies**[vitality] for they have in them a certain perfection and a certain self-sufficiency. When a truth is necessary, its reason can be found by

입장을 취하는 구속성을 가지고 있으며 행여 미학이 구속성을 포기하면 [수공업자 이론]으로 전락하여 실증주의에 빠지게 된다. 유명론적인 상황에서 경험론으로 회귀하는 미학은 예술작품 외부에 관한 문제이기에 판단의 범위를 초월한다고 비판한다. 경험론적 미학은 미학의 대상에서 이탈하여 [문화공업culture industry] [자본주의적 기업체제]의 영역으로 전락한다. 예술은 경험의 구조물 속에 구속되는 것이 아니라 그것을 파괴하고 초월하는 비가시적인 실재이기에 경험의 규칙이 배제되므로 예술은 재현된 모습을 오히려 부정하는 반역적인 것이다. 다시 말해 예술이라는 경험이 아니라 예술이라는 실재를 사고하려는 것이 미학의 사명이라고 본다. 자연과학적인 관조의 미학은 관찰자가 예술작품을 일정거리에 두고 관조하는 주관적인 행위로서 잘못된 미학이라고 본다. 칸트가 주장하듯이, 수용자가 대상을 관조하려는 [취미 판단]을 버리고 대상 자체 속으로 파고들어야 한다. 그럼에도 인간의 의식은 현상에 머물 수밖에 없을 것이다. 이 점을 휘트먼의 「열린 길의 노래」에 적용해보자.

> 두 발로 마음 가벼이 나 열린 길로 나선다.
> 건강하고 자유롭게, 세상을 앞에 두니
> 어딜 가든 긴 갈색 길이 내 앞에 뻗어 있다.

> 더 이상 난 행운을 찾지 않으리. 내 자신이 행운이므로.
> 더 이상 우는소리를 내지 않고, 미루지 않고, 요구하지 않고,
> 방안의 불평도, 도서관도, 시비조의 비평도 집어치우련다.

---

analysis, resolving it into more simple ideas and truths. **The final reason of things must be in a necessary substance, which we call God. God holds an infinity of ideas, and chooses the most perfect ones.**] (http://sqapo.com/leibniz.htm)

기운차고 만족스레 나는 열린 길로 여행한다.

대지, 그것이면 족하다.
별자리가 더 가까울 필요도 없다.
다들 제 자리에 잘 있으리라.
그것들은 원하는 사람들에게 소용되면 그뿐 아니랴.

(하지만 난 즐거운 내 옛 짐을 마다하지 않는다.
난 그들을 지고 간다, 남자와 여자를, 그들을 어딜 가든 지고 간다.
맹세코 그 짐들을 벗어던질 수는 없으리.
나는 그들로 채워져 있기에. 하지만 나도 그들을 채운다.)

Afoot and light-hearted I take to the open road,
Healthy, free, the world before me,
The long brown path before me leading wherever I choose.

Henceforth I ask not good-fortune, I myself am good-fortune,
Henceforth I whimper no more, postpone no more, need nothing,
Done with indoor complaints, libraries, querulous criticisms,
Strong and content I travel the open road.

The earth, that is sufficient,
I do not want the constellations any nearer,
I know they are very well where they are,
I know they suffice for those who belong to them.

(Still here I carry my old delicious burdens,
I carry them, men and women, I carry them with me wherever I go,

I swear it is impossible for me to get rid of them,
I am fill'd with them, and I will fill them in return.)[40]

"대지, 그것이면 족하다. 별자리가 더 가까울 필요도 없다"에 보이
듯 우리는 경험주의 미학을 체험할 수 있다. 가까이 접하는 "대지"가 머
나먼 "별자리"보다 더 유의미하다는 것이다. 인간적인 차원에서 "별자
리"가 가까이 있건 멀리 있건 그것은 상관할 바가 아니라는 것이다. 휘
트먼 시학의 특징은 공허함을 배제한 실용적이고 실천적인 의미를 가진
다. 그러나 휘트먼의 그러한 현실적인 의도에도 불구하고 자고로 시학은
현실에 반역적이고 실질적인 경험에 구속되지 않는다. 마치 그물에 담긴
바닷물처럼 포착된 듯하지만 어느새 사라지고 마는 [유야무야有耶無耶]의
상황을 연출한다. 이런 점에서 시학은 스스로 현실을 부정한다는 점에서
자기-해체적이다. 사물을 형상화 했을 때 그것은 이미 사물을 다른 각도
에서 해체한 상태이다. 휘트먼이 아무리 실용적인 관점으로 시를 창작했
다할 지라도 어디까지나 실재적인 차원을 더듬어 나아갈 수밖에 없었을

자연인 휘트먼

것이다. 마치 장님이 시학이라는 지팡이를 짚
고 보도블록 위를 더듬더듬 나아가듯. 더욱이
장님이 보도블록 위를 지나갔으나 보도블록의
상황을 완전히 경험할 수 없을 것이다. 따라서
"맹세코 그 짐들을 벗어던질 수는 없으리. 나
는 그들로 채워져 있기에. 하지만 나도 그들을
채운다"에 보이듯 인간의 시각은 피안의 지평
이 아니라 독자 상호간의 제한된 시각을 의미

---

40) 이 작품은 [http://www.poetryfoundation.org/poem/178711]에 근거함.

하는 [기대지평Horizon of expectations]에 의해 구축될 수밖에 없을 것이다. 현실에서 실재라는 피안의 지평은 접근 혹은 도달해야 하는 대상이 아니라 어디까지나 헤아려야 할 대상인 것이다. 아마 인간이 실재의 피안에 당도하는 순간 물질적인 바탕에서 구축된 인간의 미학과 시학은 도로에 그칠 것이다.

아도르노는 [나이브테naïveté] 혹은 [단순성]이라는 용어를 도입한다. 시민계급은 미학이 그들의 여가를 방해하려는 음모를 가지고 있는 듯 미학을 증오한다. 이 저항이 예술에 내재된 [호의적인 저항]이다. 이 저항으로 말미암아 예술에 의해 소외된 자연에 대한 관심을 환기시킨다. 문화공업은 예술을 [직관]이니 [외경]의 대상으로 선동하여 비합리적인 신비의 자연보호구역으로 선포한다. 나이브테는 예술에 내재된 논리성을 금기시하고 예술을 마냥 신성하게 한다. 그러나 그가 보기에 예술은 순수한 [감성]이외에 [논리]라는 요소를 겸비하여 제2의 세계로서 하나의 세계를 구축하고 있다. 그것은 우리의 세계가 감성과 이성으로 된 2원론의 세계이기 때문이다. 나이브테는 한때 고전주의의 중요한 요소로서 [고결한 단순성]으로 불러지며 유명세를 과시했으나 현대에 이르러 퇴색되었다고 본다. 하지만 [나이브테]의 전통은 현재에도 만연되어 현대인들은 예술이라는 당의정 속에 담긴 성분을 검토하기도 전에 사려 없이 [형이상학적 위안]으로 위장된 예술이라는 오물을 허겁지겁 삼킨다. 이때 단순성은 전문성이 아닌 [우둔한 군집성]으로 바뀐다. 근래에 한국사회에서 관객 천만을 돌파한 몇 편의 영화작품을 보아도 알 수 있다. 이에 동조하듯 문화공업은 순응적인 예술가를 양성했다. 한편 [나이브테]와 반대되는 개념이 [반성]이다. 아도르노는 반성이 결여된 예술도 사실 반성의 계기가 내재되어 있다고 본다. 창조와 파괴의 모순을 원초적으로 배태한 구조처럼. 이 반성이라는 개념의 사용자는 예술가/예술작품/수용자 모두여야 한다. 한편 긍정적인 면에서 [나이브테]는 [순수한 직접성]을 의미하며 이 경험의 직접성[직관이론]과 경험의 반성이 절충되어야 예술에 대한 이상적인 인식이 가능하다고 본다.

예술과 미학의 관계에서 아도르노는 예술을 근거로 미학이 존재하며 미학이 부재한 예술은 존재가치를 상실하고 저급한 선전물로 전락한다는 것이다. 과거 [소연방시대USSR]의 사회주의적 리얼리즘에 입각한 예술과 현재 북한 독재체제하의 선전선동 예술이 이 부류에 속한다고 본다. 예술을 테마로 삼는 제1의 반성과 미학을 테마로 삼는 제2의 반성을 분리하면서도 동시에 고려해야 한다고 본다. 과연 [현대사회에서도 예술이 필요한가?]에 대한 근본적인 문제에 대한 성찰을 외면하고 미학과 예술의 존재적 당위성만을 고집하기가 어렵다. 현재 예술이 아니라 반-예술이 판치고 있는 상황에서 수용자의 능력은 한계에 이르고 미학은 점점 대중화에서 벗어나 일부의 식자들의 학제적 놀이 혹은 형이상학적 향연으로 전락한다. 따라서 일찍이 헤겔이 예언했듯이 예술의 종말론이 예견된다. 예술이 과거의 전통을 [탈각脫殼]하지 못한 채 현재에 상속되고 현대인은 이 복고풍의 예술에 대한 흥미를 상실한다. 물론 예술의 종말을 가속화하는 이념적 성장 촉진제로서 포스트모더니즘Post-Modernism의 영향을 무시할 수 없을 것이다. 그리하여 지금은 예술자체의 생존 가능성에 대한 탐문이 절실히 필요한 시점이다.

예술종말론을 부정할 수 있는 계기는 두 가지가 있다 그것은 미메시스의 해방이고, [가상]의 구제이다. 전자는 세대와 세대를 이어주는 촉매제이며 예술의 영원성을 촉진하는 수단인데 현대의 주도적인 논리인 합목적성에 의해 퇴색되어 억압당하고 있어 예술의 장래가 암울하며, 미래에서 예술의 지속성을 담보하기 위해 미메시스에 대한 장애물을 분쇄해야 한다는 것이다. 또 예술의 생존을 보장하기 위해 미메시스에 의해 추동되는 사물에 대한 [가상] [표면]적 접근을 무의미한 피상적인 시도로 보아 배격할 것이 아니라 실재에 접근하려고 하는 인간의 내재적인 충동으로 오히려 인정해야 하지만 현대에서는 경원시하고 있다는 것이다. 픽션이라는 개념도 사실은 미학적 [가상]에 해당하며 또한 초상화도, 언어도 미학적 [가상]에 해당한다. 아울러 예술작품위에 감도는 신비한 분위기인 [아우라aura]41)도 [가상]에 해당한다. 인간이 가상과 [아우라]를 거짓의 환영이라 하여 배제할 수 없을 것이다. 그것은 기호화된 인간사회 자체가 [가상]의 사회이기에 [가상]을 부정한다는 것은 인간의 자기부정과 다름없다. [가상]의 현실 속에서 진실을 찾고자 하는 인간의 우스꽝스런 모습이 매일 연출되고 있다.

　　미학과 예술의 문제에 대해서 아도르노는 전자가 낡은 개념을 유지한 채 현대예술을 추종하며, 후자는 지울 수 없는 본질을 지우고 있음을 지적한다. 미학은 일종의 정신과학이며 미학은 지속적인 변형을 통하여 한 순간의 불변한 것 같은 규정들이 조만간 거짓으로 변한다고 본다. 말하자면 [베켓Samuel Becket]이나 카프카Franz Kafka의 작품을 칸트의 취미 판단의 입장에서 바라보는 것은 어리석다는 것이다. 이는 마치 전기자동차를 카우보이가 타는 식이다. 그는 예술과 미학이 반드시 보편타당한 개념을 가져야 한다는 강박감에서 해방되어야 한다고 지적한다. 예술의 정체성이 무시되고 있는 요즘, 다시 말해 예술의 형이상학이 종식된 현재에 예술이 의지할 것은 없다. 이미 현대예술은 과거의 개념들을 휴지통

---

41) 벤야민(Benjamin)은 아우라가 존재하는 예술을 전통예술로, 이것이 부재한 예술을 현대예술로 본다.

에 버린 상태이기에 개념의 [공동空洞] 상태를 주장하고 있다. 이런 점에서 현재사회의 무의미를 표현한 카프카와 베켓의 작품은 의미의 동일성을 배격한다. 그런데 미학을 멀리하는 예술은 미신적인 수준, 맹목의 수준, 물신적인 수준으로 침몰할 가능성이 농후하다. 물론 예술은 자체적으로 물신적인 요소를 가지고 있다. 따라서 예술이 미학의 검증을 피하면 무지의 상태로 나아간다는 것이다. 그러나 물신주의가 예술에 불필요한 것은 아니다. 현대사회의 특징인 현혹성으로서의 물신주의가 없다면 진리로 나아갈 동기를 상실하며 물신주의에 대한 반성을 통하여 사실의 공간을 넘어 정신의 공간으로 나아갈 수 있다. 기호가 성립하기 위해서 기표와 기의가 결합되어야 하는 것처럼 예술과 미학은 각각이 상호존립의 토대가 된다. 서로가 서로를 기대고 있는 [인간人間]처럼. 미학은 예술에 대해 두 가지의 기능을 행사한다. 그것은 예술 실천적 기능과 예술 비판적 기능이다. 전자에 대해 아도르노는 형식적인 점과 상투적인 점을 지적하며, 후자에 대해 예술작품이 순간순간 발전하고 변화되어야 함을 강조한다. 예술이 도달해야 할 궁극적인 목표는 철학과 예술의 일치 혹은 철학이 예술 속으로 소멸되는 것이다. 철학의 예술화 혹은 예술의 철학화는 예술이 스스로 배태하고 있는 반성적 내재성에 기인한다. 이것이 예술이 스스로 반성하는 제1의 반성이자 예술의 실천적 기능이다. 전통미학과 현대예술이 충돌하는 가운데 미학이 존재하기 위하여 수행해야할 과제는 새로운 보편 개념을 구성해야 하는 것이다. 이것을 [규정적 부정]이라고 하며, 과거의 모습을 탈각하고 새로운 모습을 구축하라는 함의를 가진다. 간단히 말하여 이는 스스로 수행하는 자신의 해체와 구성의 과정과 다름이 아니다.

8

벤야민 미학 /
하디, 예이츠, 프로스트

벤야민은 타자인 유태인으로 독일사회에 거주하였다는 점, 대학진출 실패, 이혼으로 이어지는 시련의 삶을 살았다. 사상적으로 시온Zion을 향한 본질적인 신앙과 이와 정반대에 위치하는 비본질적인 유물론적 신념인 마르크시즘 사이에서 방황하며 갈등하였다. 학자로서 약관인 48세에 독재자 히틀러의 미움을 받아 자살명령을 받았다는 것은 인생 최악의 파국이었다. 이 불우한 인생과정에서도 그의 능력을 인정하고 그의 이론을 온 세상에 전파한 메신저가 아도르노였다. 그러기에 벤야민의 사후 명성은 어디까지나 아도르노의 공적이다. 그의 사상적 경향은 유물론적

벤야민

이면서 동시에 초월론적이라는 점에서 독자의 마음속에 신비의 사상가로 자리하고 있다. 다시 말해 사물에 대한 추상성과 구체성의 관점을 동시에 유지하는 학자인 셈이다. 그는 1960년대 미국사회에서 발생한 콜롬비아 대학생들이 주축을 이룬 [비트 운동beat movement]과 동시대 영국에서 발생한 청년운

동인 [성난 젊은이 운동The Angry Young Men]의 선구자적인 운동을 본받아 대학시절에 실천한 일종의 사회 혁명가였다. 아도르노와 더불어 벤야민에게 또 하나의 조력자는 아리스토텔레스의 카타르시스론을 정면으로 부정하면서 [연극이 실제가 아니라 허위]임을 자각해야 한다며 관객들의 자아상실적 연극 몰입을 질타한 [소격효과]를 주장하는 브레히트였다. 브레히트는 당시 집도 절도 없는 벤야민에게 물질적 정신적 지원을 아끼지 않은 학문의 동지이자 인생의 반려자였다.

벤야민은 [아우라]42)를 주장함으로써 유물론적인 관점을 벗어난다. [아우라]는 아다 시피 예술작품이 풍기는 고고하고 신비한 분위기를 말한다. 뒤샹에 의해 그 미소가 퇴색되었던 다빈치의 걸작 <모나리자>가 풍기는 신비한 미소가 오늘도 지구촌 사내들의 맘을 설레게 한다. 일종의 밀교적 주관화된 신성이며 사람들의 시선을 사로잡는 예술작품의 자율성이 아우라인 셈이다. 그런데 기술복제의 시대에 이르러 아우라는 [소멸시효extinctive prescription]를 맞이하고 아우라의 상실이라는 비가역적인 순간을 맞이하고 있다. 그는 신비한 순간과 범속한 순간이 교차하는 것이 초현실주의이며 이 와중에 [범속한 자각profane awakenment]이 있다고 본다. 다시 말해 이는 가장 신비스런 것이 기실 가장 일반적인 것 속에 존재하는 초월적인 경험이다. 이것이 아우라의 상실이 만인에게 부여하는 예술의 범용성과 보편성을 보장한다. 아우라의 상실이 예술작품의 신비를 해체하기에 유감이지만 동시에 만인에게 [범속한 진리]를 제공하는

---

42) 본 개념은 1934년 벤야민의 아방가르드적 논문 「기술복제시대의 예술작품」("Das Kunstwerk im Zeitalter seiner Reproduzierbarkeit")에 등장한 예술 개념이다. 여기서 벤야민은 기술복제 시대의 예술작품에 일어난 결정적 변화를 [아우라의 붕괴]라고 정의하였다.

순기능적인 측면이 있다고 보는 것이다. 아우라는 대상과 관찰자의 관계를 전제하고 대상과 관찰자의 우연한 합일을 의미하기에 원far과 근near의 교직이기도 하다. 이 점을 하디의 「아하, 내 무덤 위를 당신이 파고 있군요?」에서 살펴보자.

"아하, 내 무덤 위를 당신이 파고 있군요?
　　　　　　나를 사랑했던 그대가? − 루 꽃 심으려고요?"
− "아니오: 어제 그는 이미 떠났어요
가장 꾀 많은 재산가 가운데 하나가 길러낸 여인과 결혼한다고
'그 짓거리 했다고
내가 진실한 인간이 아니라고 그녀가 속상해 하진 않겠지'라고 중얼
　　　　　　거리며.'"

"그럼 누가 내 무덤 위를 파고 있나요?
　　　　　　나의 가장 친근한 가족들인가요?"
− "아니어요: '무슨 소용이 있어!
심은 꽃들이 피어난들 무슨 소용이 있어? 하며
그들은 앉아 생각에 잠겨있을 뿐이에요
그녀의 무덤을 아무리 잘 가꾼들 그녀의 영혼을 죽음의 게임에서 빼올
　　　　　　수는 없다'고 중얼거리며.'"

"하지만, 누군가 내 무덤 위를 지금 파고 있지 않나요?
　　　　　　내 원수怨讐가? − 음험한 짓 꾸미느라고?"
− "아니어요: 모든 육신肉身을 닫아버리는 [죽음의] 문을
당신이 들어갔다는 소식을 듣자, 그녀는 당신은 이제 미워할 가치조차 없고,
　　　　　　당신이 어디에 묻혀있든 아무런 관심도 없다"고 중얼거리며."

"그럼, 누가 내 무덤을 파고 있나요?

　　　　　　말해줘요 ‐ 나는 누군지 짐작조차도 못했으니!"

‐ "오 그는 저예요, 나의 사랑하는 주인님!"

당신의 작은 개, 아직 [당신] 가까이에서 살며,

제가 여기를 왔다 갔다 하다 행여나 당신의 조용한 잠자리를

　　　　　　소란스럽게 한 건 아닌지요?"

"아하, 그러면 그렇지! 네가 내 무덤 위를 팠구나...

　　　　　　왜 나에게 성큼 다가오지 않니

남겨둔 오직 하나뿐인 진실한 사랑아!

사람에게서 언제 그런 사랑을 찾을 수 있을까

　　　　　　한 마리 개의 충정에 버금가는!"

"여주인이시여, 제가 당신의 무덤을 팠어요

　　　　　　뼈다귀 하나 묻으려고요, 혹

날마다 [당신을] 찾아오는 이곳에서 제가 배가 고플 가봐.

미안합니다, 제가 그만 깜박 잊었어요

　　　　　　그 곳이 당신의 영원한 안식처인 것을."[43]

"Ah, are you digging on my grave,

　　　　　　My loved one? ‐ planting rue?"

‐ "No: yesterday he went to wed

One of the brightest wealth has bred.

'It cannot hurt her now,' he said,

　　　　　　'That I should not be true.'"

---

43) 이 번역은 주미대사를 역임한 고려대 양성철 석좌교수의 것이다.

"Then who is digging on my grave,
                    My nearest dearest kin?"
— "Ah, no: they sit and think, 'What use!
What good will planting flowers produce?
No tendance of her mound can loose
                    Her spirit from Death's gin.'"

"But someone digs upon my grave?
                    My enemy? — prodding sly?"
— "Nay: when she heard you had passed the Gate
That shuts on all flesh soon or late,
She thought you no more worth her hate,
                    And cares not where you lie.

"Then, who is digging on my grave?
                    Say — since I have not guessed!"
— "O it is I, my mistress dear,
Your little dog, who still lives near,
And much I hope my movements here
                    Have not disturbed your rest?"

"Ah yes! You dig upon my grave⋯
                    Why flashed it not to me
That one true heart was left behind!
What feeling do we ever find
To equal among human kind
                    A dog's fidelity!"

"Mistress, I dug upon your grave
                    To bury a bone, in case
I should be hungry near this spot
When passing on my daily trot.
I am sorry, but I quite forgot
                    It was your resting place."

여기서 무정한 죽음이 나타난다. 그러나 주제가 드러나는 이 시작품 속에서 [아우라]가 발산된다. 그것은 죽음에 대한 [외경異敬]이다. 인간의 사후에 의미 있는 것은 하나도 없다는 것이다. 무덤, 비석, 헌화, 참배, 애인이 무슨 소용인가? 무덤에 관심이 있는 것은 살아있는 사람이며 죽은 사람에게는 아무런 소용이 없다. 그러나 죽음의 의미에 대해 공감하는 [카타르시스]는 발생한다. 공포와 연민을 발산하는 정도는 각자의 몫이지만, 인간들은 다가올 죽음의 미래에 대해 실존주의자들처럼 전율하거나 자포자기적이거나 쾌락주의적인 입장을 취한다. 그런데 죽음을 비장하게 묘사하지 않고 마지막 부분 "여주인이시여, 제가 당신의 무덤을 팠어요 / 뼈다귀 하나 묻으려고요, 혹 / 날마다 [당신을] 찾아오는 이곳에서 제가 배가 고플 가봐. / 미안합니다, 제가 그만 깜박 잊었어요. / 그 곳이 당신의 영원한 안식처인 것을."에서 보이듯 다소 해학적으로 접근한다는 점에서 죽음의 공포에 대한 [소격효과]를 달성했다고 볼 수 있다.

벤야민은 아도르노와 달리 '지양'의 개념을 내세워 자율성의 철학적 논구보다는 역사의 발전단계에 따라 예술의 자율성이 어떻게 지양되고 변모해 나가는지를 규명하려한다. 아도르노가 [부정의 변증법]을 통하여 예술의 자율성이라는 개념을 사회와의 연관 속에서 검토하려는 시도와는 달리 벤야민은 역사의 발전단계에서 변천되는 상품생산의 사회적 기능이라는 전제하에서 예술의 자율성이라는 개념의 변모를 이해하려고 한다. 예술의 역사적 기능을 모색하고 자율적 예술이 당면한 모순을 타개하기 위하여 헤겔의 [지양]44)개념을 동원하는 것은 예술을 파괴하자는 것이 아니라 제거와 아울러 보존을 동시에 지향한다. 그것은 [지양]이라는 개념이 함축하는 예술미 속에 자연미가 내재되어 있다는 이중성을 인식한 탓이다. 이는 마치 부모와 다른 모습을 한 자식의 모습 속에 부모의 모습이 내재되어 있는 것과 같다. 예술이 자연 자체일 수가 없기에 자연을 부정하면서 자연의 모방으로서의 예술을 긍정하는 것이며 자연에 대한 부정을 통해 자연의 후손으로서의 예술을 고차원적으로 승화시키는 변증법적인 절차인 것이다. 말하자면 원본으로서의 자연을 부정하면서 사본으로서의 자연을 동시에 긍정하는 것이다. 환언하면, 예술의 모순점을 제거하여 품격 높은 차원으로 승화시키려는 것이다. 벤야

카타콤(Catatomb)

민이 예술의 자율성에 대한 비판은 예술작품 속에 내재된 [아우라]에서 시작된다. 위에서 일부 언급한바 있듯이 이는 그리스어로 [분위기]를 의미하며 오브제로부터 감상자

---

44) 지양[止揚, aufheben(오피벤)]은 헤겔 변증법의 용어로서 원어(原語)는 '부정(否定)하다', '높이다' 또는 '보존(保存)하다'의 뜻을 지닌 말이다. 변증법적 발전에 있어서는 낮은 단계를 부정(否定)함으로써 더 높은 단계로 나아가는데, 높은 단계 중에 낮은 단계의 본질은 그대로 보존된다. 이것을 헤겔은 [지양]이라 불렀다. 다시 말하여 '존재'와 '무(無)'는 모순되고 대립되는데, 이 대립의 부정에 의해 생기는, '생성'은 그 속에 그 계기(契機)로서 보존된다. 높은 단계 중에 보존된 낮은 단계의 본질은 [지양된 계기(aufgehobene Momente)]라고 일컬어진다. (http://www.laborsbook.org/dic)

에게 도달하는 신비한 기류로서 오브제와 감상자 사이의 교감을 가능케 한다. 이는 일종의 종교적 요소로서 절대적 대상에 대한 접근불가능성을 시사하며 예술에 잔존하는 종교적 성격으로서의 [예배가치]를 의미한다.

원시상태에서의 가공이나 생산은 인간과 자연과의 교감이 이루어진 상태였으며 이는 가내 수공업에도 그대로 전승되었다. 인간의 손으로 정성스레 소수로 만들어진 희소적인 인공물인 예술의 가치가 숭상되었다. 그러나 산업혁명 후 자연과 인간과의 친목과 교제는 깨어진다. 그것은 인간이 과학을 도구로 자연을 오용하기 시작했기 때문이다. 당연히 인간의 예술에 대한 관점도 변하지 않을 수 없었다. 그것은 예술의 특수성이 보편성으로 바뀌게 되는 것이다. 아도르노의 경우, 예술작품은 심오한 고찰과 사유를 통하여 완전히 해명되는 대상이 아니다. 예술작품은 불가해의 대상이며 단지 잠재적인 본질을 내포하고 있을 뿐이다. 이때 인간은 예술의 본질에 대한 탐색은 포기하고 단지 예술작품에서 풍기는 신비한 분위기만을 감상할 뿐이다. 한편 벤야민이 보기에 [아우라]는 두 가지 이율배반적인 면을 고백한다. 우선, 오브제와 감상자 사이에 교감을 발생시키는 [아우라]는 오브제와 감상자를 이어준다. 벤야민은 [아우라]가 하나의 가상假想적 허위로서 전통 예술의 핵심주제라고 비판한다. 그러나 만약 인간이 오브제로부터 이런 저런 [아우라]를 느낄 수 없다면 인간의 삶이 얼마나 무료해지고 무미건조해질 것인가? 그 다음, [아우라]는 오브제의 껍질이며 오브제는 [아우라]로 포장되어 있으므로 인간은 예술작품의 본질을 관통할 수 없다. 이 껍질은 마치 문과 같아서 열림과 닫힘의 2중성을 가지고 있다. 오브제의 이 우월적 상황을 [사물의 권위]라고 부른다. 그렇다면 물신숭배의 페티시즘에 빠지는 것은 아닐까? 이러한 예술 작품의 유일무이한 현존성, 진품성, 진정성은 금세기에 이르러 상품의 대량생산의 격랑 속으로 함몰됨으로써 예술의 전통적인 특성인 [아우라]는 신비의 가치를 상실하고 최후를 맞이한다. 반 고흐의 그림이 인터넷에서 출력되어 우리의 방에 걸리는 것처럼. 사진, 인쇄, 영상과 같은 복제기술의 영역은 오브제가 가지는 유일성, 신비성, 진정성, 기원성을 파괴한다. 그리하여 예술작품에서 유출되는 [아우라]라는 종교의식에 포박된 노예적인 삶에서 인간을 해방시킨다. 예배가치는 사라지고 전시가치만 존재한다. 이런 점은 인간의 보편화, 예속화를 반대하는 니체의 허무 사상에 부합하는 것 같다. 그가 종교에 경도된 인간을 노예라고 비판하듯이 예술에 몰입하는 인간들 또한 예술의 노예들이기 때문이다. 따라서 니체가 보기에 기독교가 [약자의 종교]이듯이 예술 또한 [약자의 취미]가 된다. 이 점을 예이츠의 「레다와 백조」에서 적용해보자.

갑작스런 덮침. 비틀대는 소녀 위에서
거대한 날개가 퍼덕이고 검은 물갈퀴가
넓적다리를 애무한다. 부리에 목덜미를 물린
소녀의 가녀린 가슴에 그가 가슴을 맞댄다.

겁에 질린 멍한 손가락이 어떻게
벌어지는 가랑이에서 제왕의 깃털을 밀칠 수 있을까.
순백의 습격에 쓰러져 누운 몸이 어떻게
제 위에서 낯선 심장이 뜀을 느낄 수 있을까.

아랫배의 전율이 그 자리에서
허물어진 성벽, 불붙은 지붕과 탑,
그리고 죽은 아가멤논을 낳는다.

그렇게 붙들려 냉혹한 천상의 혈통에 제압된 소녀가
무심해진 부리에서 풀려나기 전
그의 힘과 함께 앎 또한 받아 입을 수 있었을까.

A sudden blow: the great wings beating still
Above the staggering girl, her thighs caressed
By the dark webs, her nape caught in his bill,
He holds her helpless breast upon his breast.

How can those terrified vague fingers push
The feathered glory from her loosening thighs?
And how can body, laid in that white rush,
But feel the strange heart beating where it lies?

A shudder in the loins engenders there
The broken wall, the burning roof and tower
And Agamemnon dead.

Being so caught up,
So mastered by the brute blood of the air,
Did she put on his knowledge with his power
Before the indifferent beak could let her drop?[45]

루벤스의 〈레다와 백조〉

여기서 몽환적으로 풍기는 아우라는 신화적인 요소이다. 예술의 자
동성에 의해 신화적이기 때문에 [예배가치]가 절로 주어진다. 인간이 신
과 결합하여 종교가 탄생된다. 그런데 신에 이르는 종교가 인간을 신으

45) 본 작품은 [http://www.online-literature.com/yeats/865/]에 근거함.

로 이끄는 지식을 가지고 있을까? 그런데 사실 종교는 신에 이르는 수단이지만 오히려 멀어지는 수단이 되기도 한다. 사교에 의해 신으로 향하는 나룻배이지만 오히려 함정이, 장벽이 되기도 한다. [경전으로 신을 알 수 있는가?] 이 명제는 [지식으로 진리를 알 수 있는가?]로 치환할 수 있다. 첨단의 하이브리드 사회에 사는 인간이지만 솔직히 자연 가운데 잎사귀 하나도 복제하지 못하는 무능한 존재이다. 시적화자는 인간과 신의 결합으로 탄생한 종교를 반기지 않는다. 그것을 오히려 불길한 징조로 본다. 이때 프로메테우스의 신화가 상기된다. 하늘의 불을 가져다 준 고마운 프로메테우스는 실질적으로 인간에게 도움을 주었다. 하지만 인간과 신과의 결합으로 태어난 종교는 인간에게 고통과 갈등만을 안겨주었다. 중세 유럽에서 천국행 티켓을 강매한 가톨릭 사제의 횡포와 한국 사회에서 벌어지는 유사 기독교 교주의 신격화와 추종자들의 노예화 그리고 이슬람 절대주의의 폭력으로 인하여 얼마나 많은 인간들이 학살되었고, 되고 있는가? 또 산중에 자리하는 [산사山寺]에 얼마나 많은 인간들이 하늘로부터 주어진 인생을 애써 [무無]화시키기 위해 절치부심하고 있는가? 이 작품은 거창하게 신화적인 테마에서 종교를 유추하여 독자에게 아우라를 부여하는 [예배가치]를 가지고 있지만 동시에 이를 회의하고 부정해버리는 [지양성]을 견지한다. 신화가 부여하는 아우라를 통하여, 종교가 부여하는 아우라를 통하여 결코 신화와 종교의 본질에 도달할 수 없을 것이라는 점에서 시인의 입장은 벤야민의 입장과 통한다고 본다.

현재 기술복제시대가 예술을 종교 의례적 의식적 토대로부터 분리시켜 전통적으로 전승되어 온 예술의 자율성이라는 가상의 '미'는 영원히 사라진다. 특히 사진기와 복사기에 의한 복제기술은 현실을 그대로 재현하여 조형예술에 있어서 모사模寫의 기능이 위축될 수밖에 없고 예술의 자율성은 위력을 상실한다. 이에 예술의 자율성을 회복하려는 반작용이 잠시 일어나기도 한다. 시민사회의 개인이 소장했던 소수의 희귀한 예술작품을 신비롭게 관조하는 수동적 감상태도는 사라지고 산만하고 소란스러우며 합리적인 감상태도가 자리를 잡는다. 그리고 예술가 스스로 독자들의 의식을 일깨워 예술이라는 꿈이 현실이 아님을 고발한다. 브레히트의 서사극에서 보여주듯이 관객의 감정이입을 막고 객관적인 상태를 조성하여 작품의 허위를 인식케 하는 [소격효과]나, [메타픽션 meta-fiction]에서 작품이 진실의 결과물이 아니라 허위의 총체임을 보여주기 위해서 허구의 생산과정이 공개되는 [자의식적인self-conscious] 면이 [아우라]를 파괴하는 사례가 될 것이다. 벤야민은 예술가를 생산자의 개념으로 보고 예술작품을 상품생산의 결과물로 본다. 사회주의자로서 그는 부르주아지 예술이 독자성과 자율성을 지향한다고 비판하고 대중과 예술가 사이의 간격을 좁혀 문학과 예술의 저변 확대를 주장한다. 동시에 벤야민은 계급투쟁에 골몰하는 좌파 지식인들이 주장하는 예술의 사회화 혹은 예술의 정치화는 일종의 파시즘의 특징으로 세기말적인 예술지상주의에 대한 반작용이라고 비판한다. 따라서 벤야민의 관점은 전통주의자들 혹은 부르조아지의 심미적이고 독점적인 예술관과 사회주의 국가에서 공사현장에 동원되는 연주단의 경우에서 보이는 예술의 정치화를 기도하는 좌파주의자들의 파시즘적 입장을 동시에 비판한다. 이 점에서 벤야민의 입장은 만인평등주의에 기초한 마르크시즘의 장점을 옹호하면서 단점으로서 소수 독재자들의 폭정으로 점철된 그 독재적 과거를 비판한 프랑크푸르트학파의 노선과 궤를 같이 한다.

벤야민은 백남준의 탄생을 예견이나 하듯이 최초로 시각적 이미지에 관심을 기울이고 고상한 상황이 아니라, 쓰레기 더미에서 인간의 진실을 발견하려했다. 예술과 진실은 감추어진 것이 아니라 스스로 드러나는 것이며, 이를 복제하는 수단은 문명의 발달에 따라 손에서 기계로 나아간다. 말하자면 예술과 진실이 인간을 은폐하고 외면하는 것이 아니라 인간이 예술과 진실을 외면하고 은폐하고 있다. 당연히 복제예술로서의 사진, 영화에 신비한 아우라는 부재하며, 원작은 종교의식에 보이는 신비한 일회적 실재성을 가지는 듯하다. 물론 원작이나 복제예술이나 자연의 이데아에서 유리된 모조품이긴 마찬가지다. 단지 각각의 희소성에 따라 숭배가치 혹은 전시가치를 소유할 것이다. 따라서 복제예술에 부여되는 각종 의미는 예술적 자율성의 상실, 원본에 복제의 낙인을 찍는 다다이즘적 발상, 집중적 감상 대신 분열적 감상의 시도 등이다. 이 점을 프로스트의 「눈 내리는 저녁 숲가에 서서」에 적용해보자.

이곳이 누구의 숲인지 알 것 같다.
허나 그의 집은 마을에 있어
눈 덮인 그의 숲을 보느라
내가 여기 멈춰서 있는 것을 그는 모르리라.

내 조랑말은 이상히 여기리라
년 중 가장 어두운 저녁
숲과 얼어붙은 호수 사이에
농가 하나 없는 곳에 이렇게 멈춰 서 있는 것을

말은 방울을 흔들어 본다
무슨 잘못이라도 있느냐는 듯

방울소리 외에는 스쳐가는 바람소리와
솜처럼 내리는 눈의 사각거리는 소리뿐

숲은 어둡고 깊고 아름답다
그러나 내게는 지켜야 할 약속이 있다
잠들기 전에 가야 할 먼 길이 있다
잠들기 전에 가야 할 먼 길이 있다

Whose woods these are I think I know.
His house is in the village, though;
He will not see me stopping here
To watch his woods fill up with snow.

My little horse must think it queer
To stop without a farmhouse near
Between the woods and frozen lake
The darkest evening of the year.

He gives his harness bells a shake
To ask if there is some mistake.
The only other sound's the sweep
Of easy wind and downy flake.

The woods are lovely, dark, and deep,
But I have promises to keep,
And miles to go before I sleep,
And miles to go before I sleep.[46]

눈 내리는 숲속

46) 이 작품은 [http://www.poemhunter.com/poem]에 근거함.

사물에 대한 정확하고 상세한 묘사를 통해 함축된 의미를 천착하려는 점에서 조지아시대 시인의 스타일을 보여주는(Perkins[a] 231) 이 작품은 일반적으로 죽음에 대한 묵상의 주제를 다루고 있다고 전해진다. 그러나 이것이 이 작품에 대한 전체적인 해석이 될 수 있을까? 바르트 Roland Barthes가 『카메라 루시다』Camera Lucida에서 주장하듯이 사진 속에서 일반적인 의미를 발견하는 [스투디움studium]을 넘어 눈에 잘 보이지 않는 제3의 의미를 천착하는 [푼크툼punctum]을 찾아야 한다. 이것이 [희열의 독서reading of bliss]이자 텍스트의 즐거움을 만끽하는 것이다. 첫 연에서 "그의 집"과 "그의 숲"이 나온다. "내"가 전자에 접근하지 않는 채 쥐도 새도 모르게 원시적인 영역인 후자에 존재한다. 물론 그는 내가 모르는 사이에도 나의 물리적 심리적 영역에 존재할 것이다. 나는 그의 타자이자 무의식이며 그 또한 나의 타자이자 무의식이다. 이때 "그의 집"을 의식으로 "그의 숲"을 무의식으로 볼 수 있다. "조랑말"은 행선지를 오고 가는 습관에 의해 움직이지만 나는 그것의 습관대로 움직이지 않는다. 나의 인식과 조랑말의 본능 사이에 간격이 발생한다. 인간은 숲이 부여하는 상념을 즐기는 중이고 말은 본능에 따라 안락을 추구한다. 전자는 초월적이고 후자는 현실적이다. 그런데 후자는 전자의 고삐에 매여 있다. 이때 우연히 마르크시즘의 공식이 상기된다. 그것은 [기저구조]와 [상부구조]의 대립이다.47) 그러나 양자는 일방적인 구도를 가질 수 없고

---

47) In Marxist theory, human society consists of two parts: the base and superstructure; the base comprehends the forces and relations of production ― employer-employee work conditions, the technical division of labour, and property relations ― into which people enter to produce the necessities and amenities of life. These relations determine society's other relationships and ideas, which are described as its superstructure. The superstructure of a society includes its culture, institutions, political power structures, roles, rituals, and state. (wikipedia.com)

상보적인 관계를 유지한다. 엄동설한 숲속에 말이 없다면 내가 존재할 수 없고, 말도 여물과 마구간을 제공하는 내가 없다면 존재를 보존하기 어려울 것이다. 이른바 고용주와 노동자, 마님과 하녀, 선생과 학생, 주인과 노예의 변증법이 성립한다. 그 다음 연에서 사물은 인간에 의해서 의미가 부여됨을 알 수 있다. 말이 아무리 방울을 울려도, 바람이 불어도, 눈이 내려도 사물 자체로는 아무런 의미가 없다. [공空]에 [색色]을 부여하는 것은 전적으로 인간의 소임이기 때문이다. 마지막 연은 예측불가의 사건이 기다리는 삶의 현장인 "숲"을 통해 가야 할 "먼 길"의 역사가 있음에도 인간의 역할은 어디까지나 일시적인 엔트로피Entropie의 현상에 종속될 뿐이다. 이러한 야박한 해석은 [눈 오는 날 숲속]에서 관조되는 숭고한 삶의 의미와 역사의 바퀴를 구동해야 할 인생의 엄숙한 사명을 은은하게 반추하는 고상한 [환영幻影]으로서의 아우라를 제거하는 작업으로 볼 수 있다. 한편 말을 탄 시적화자에게 눈 덮인 마을의 평화를 호시탐탐 해체하려는 「베어울프」에 나오는 괴물 [그렌델]의 의미를 부여할 수 있다.

마지막으로, 벤야민의 명저『기술복제시대의 예술작품』*The Work of Art In The Age of Mechanical Reproduction*에 나타난 애매모호한 내용을 살펴보자. 벤야민은 종래의 회화와 같은 고전적인 예술이 아니라 기계문명의 도래로 인하여 인한 예술의 모습을 진단한다. 그래서 그의 관심이 집중되는 분야는 회화가 아니라 사진과 영화이다. 이른바 예술의 관심에 대한 패러다임의 변화가 생긴 셈이다. 예술의 기계복제로 인하여 원본이 가지는 아우라가 상실되는 것은 당연지사이고 독창성과 진정성의 문제가 발생한다. 사진은 사물의 이미지에 대한 이미지의 재현이다. 그래서 사진작가들에게는 유감이지만 사진은 예술로서의 권위가 부재하다. 그럼에도 사진작가

나 카메라를 움직이는 영화감독은 우리의 시선을 독단적으로 간섭한다. 물론 회화도 우리의 시선을 간섭하지 않은 것은 아니다. 카메라의 시각은 대중들에게 전체주의적인 시각을 강요한다. 대상이 인간을 잠식하듯이 인간이 대상을 잠식한다. 대량복제를 통해 대중소비를 향유하는 대중은 아우라의 상실을 만끽한다. 벤야민에게 아우라의 상실은 예술의 정치화에 대한 논의를 제기한다. 대중은 더 이상 영화를 심각하게 바라보지 않고 다만 영화가 대중을 심각하게 바라본다. 기계복제의 시대에 독창성, 원본성, 주체성, 희소성을 숙고할 필요가 없을 것이다. 가짜 혹은 정치화된 이미지에 농락당한 후 뒤늦게 자신을 회복하려는 시도는 의미가 없다. 그의 궁극적인 물음은 [아우라가 상실된 마당에 예술을 예술이라 할 수 있는가?]이다. 이른바 예술의 죽음에 대한 예술의 무의미이다. 스크린과 캔버스를 비교해보자. 후자는 대중에게 대상의 재현을 검토하고 숙고할 여유를 부여하지만, 전자는 이를 포기하게 한다. 인간은 [호머Homer]시대 이래로 올림포스 신들의 관찰의 대상이 되었으나 지금은 스스로를 관찰하는 주체가 되었다. 현재 스마트 폰으로 연신 자신의 모습을 찍어대고 있지 않은가? 기계복제를 통하여 자연에서 소외된 인간은 미적인 쾌락이 증여하는 자연의 파괴를 경험하는 수준에 이른다. 이것이 자연에 대한 획일적이고 고정된 미학을 강요하는 파시즘적인 상황이며, 선전선동의 미학을 견지하는 동일성에 입각한 공산주의 또한 이러한 상태에 머문다.

9

루카치 미학 /
스티븐스, 로렌스, 파운드

아 리스토텔레스의 예술관은 질료를 중시하는 그의 경향을 통해서도
알 수 있다. 예술이 허위나 사기가 아니라 지극히 인간행위의 일환이라
는 것이다. 이것은 사물의 표상에 머무는 인간의 한계를 인정하는 예술
의 자율성이다. 예술이 자연의 모방인 것 같지만 사실 자연과 분리된
인간의 독립된 행위, 즉 예술행위인 것이다. 이런 점에서 그는 자연과
예술의 연관을 짓는 와중에 구조우위의 차원에서 전자에 방점을 찍는
구조주의보다 인간의 [음절화articulation]로서 인간의 기호놀이로서 표현에
해당하는 후자를 중시한다는 점에서 시대를 앞서 후기구조주의적인 입
장을 취한다고 볼 수 있다. 그리고 인식보다 질료에 치중한다는 점에서
공허한 인식론과 형이상학을 넘어 영원의 진리를 포기하고 순간에 머무

는 [카르페 디엠Carpe diem]을
기조로 하는 포스트모던적 경
향을 닮았다. 그런데 자연을
배경으로 그린 동양화가 우리
에게 어찌 그리 기쁨을 주는

루카치

가? 자연현상을 모사한 것을 어찌 그리 아름답다고 하는가? 인간의 주위를 포위하고 있는 환경은 오직 자연 뿐이고 인간은 지상에서 유일하게 사고기능을 가지고 있는 동물로서 각자 수명이 다하기까지 지상에서 할 일은 자연이라는 표상에 빌붙는 수밖에 다른 도리가 없다는 점에서 한계상황에 봉착한다. 그러니까 인간은 삶을 영위하기 위하여 눈에 보이는 자연을 마음속에 그리고 이를 다시 현실의 캔버스에 그리며 모조의 인생을 살아가는 것이다.

천국도 지옥도 아닌 지상이라는 연옥에 갇힌 죄수나 수인으로서의 인간이 할 일은 지독한 편집증에 의한 습관적인 행위의 지속인 셈이다. 야구게임에서 투수의 사명은 손이 해어지도록 지속적으로 스트라이크를 던져야 하는 것이다. 음악이나 회화의 분야처럼 자연의 소리나 모습을 지독하게 반복적으로 그려 나아가기. 지금 진행 중인 저술 작업, 논문작업 역시 자연을 모사하는 우회적인 활동에 불과하다. 사물에 대한 연구물에 대한 메타-논리를 전개해야 하므로 사물의 다단계 모사와 진배없다. 자연을 논문, 책속에 제대로 잘 반영했을 때 느끼는 성취감, 만족감은 일종의 자기도취인 셈이다. 물론 포스트모던시대에는 자연에 대한 [오독誤讀] 또한 미덕이다. 아니 자연에 대한 인간의 의식적 접근은 당연히 오해이며 오독이어야 옳지 않을까? 따라서 모방은 인간에게 본성적이며 인식론적 기쁨을 준다. 모방의 수단에 따라 예술이 나눠진다. 회화, 음악, 무용, 시와 문학(연극). 비극에 특히 관심이 많은 아리스토텔레스는 예술이 천상에서 하강한 것이 아닌 지상의 질료로부터 분리된 것으로 본다. 따라서 예술은 플라톤이 비판한 인간의 허위와 기만적 행위로서의 모방이 아니라 일종의 [창조적 모방] 혹은 예술적 미메시스가 되는 셈이다. 다시 말해 예술은 자연을 대상으로 삼아 그 사실성을 창조한 것이다. 다른 도리가 없지 않는가? 물론 이를 예술의 합리화라고 비판할 수도 있을 것이다. 자연에 대한 무수한 인간의 무수한 접근에 의한 표현의 수단인 예술은 개별적인 행동이기에 이를 전체화하거나 보편화하려는 시도는 독재적이거나 비합리적인 것이다. 특히 특정 인기 예술가의 작품을 시대의 모델이나 전형으로 삼는 것은 억지스러운 일이다. 역사가는 일어난 사건을 모방하고 시인은 일어날 사건을 모방한다. 인간의 행위는 자연과의 일치를 목표로 하지만 그것은 소망에 불과할 뿐 인간행위는 어디까지나 자연에 합치하려는 모진 과정에 머물 뿐이다. 이 점을 스티븐스의 「눈사람」에 적용해보자.

서리와 눈 쌓인
소나무의 가지를 응시하려면
겨울의 마음을 가져야 한다

얼음으로 뒤덮인 향나무와
멀리 반짝이는 거친 가문비나무를 바라보려면
오랫동안 추워야 한다

일월의 햇살 속에서; 바람 소리와
몇 안 남은 나뭇잎 소리에서
어떤 비참함도 생각하지 않으려면

그 소리는 대지의 소리
같은 바람으로 가득한
같은 헐벗은 장소에서 부는

눈 속에서 귀 기울여 듣는
스스로 무無 된 자는
그곳에 있지 않은 무와
그곳에 있는 무를 본다

One must have a mind of winter
To regard the frost and the boughs
Of the pine-trees crusted with snow;

And have been cold a long time
To behold the junipers shagged with ice,
The spruces rough in the distant glitter

Of the January sun; and not to think
Of any misery in the sound of the wind,
In the sound of a few leaves,

Which is the sound of the land
Full of the same wind
That is blowing in the same bare place

For the listener, who listens in the snow,
And, nothing himself, beholds
Nothing that is not there and the nothing that is.48)

48) 이 작품은 [http://poetry.about.com/od/poemsbytitles/l/blstevensthesnowman.htm]에 근
거함.

인간은 사물과 공감하기 위하여 사물과 일체화가 되어야 한다. 그런데 인간은 오직 미메시스를 통하여 사물을 2차적 3차적으로 이해할 뿐이다. 그것도 인간이 사물을 이해하는 것은 인식적인 기호를 통해 허위로 이해할 뿐이다. 그러니 사물과 인간은 각각 존재하는 각각 의미 없는 [무]에 불과할 뿐이다. 그런데 인간은 사물을 이해했다고 사물과 일체가 되었다고 허풍을 떤다. 이를테면 영화 <취화선>에서 장승업이 도자기와 일체화가 되기 위하여 화로 속으로 들어간 것이 상기된다. 이것은 만용이며 어불성설인 이유는 사물과 일체화가 된다는 것은 화학적 결합 외에는 불가능하기 때문이다. 인간과 사물의 화학적 결과를 알아차리기 위해 스스로 약간의 의식이 있어야 하지 않겠는가? 하지만 화학적 결합이라 할지라도 심정적인 일체화가 되는 것은 불가능하다. 그저 물질과 물질이 결합한 상태이며 마치 애정이 없는 부부가 살을 맞대고 살아가는 경우와 유사하다. 인간이 자연을 바라보는 느낌은 사실 자연과 아무상관이 없는 심리적인 상태이다. 그래서 자연은 [내재적 의지]를 가지고 인간을, 인간은 [자유의지]를 가지고 멋대로 자연을 바라보는 것이다. 따라서 인간과 자연은 서로에게 아무 의미 없는 [무]적인 존재로서 각자 자족적이고 자폐적인 존재들이다. 인간이 자연을 바라보고 이런 저런 감정을 가진다는 것은 자연과 유리된 채 혼자 느끼는 감정으로서 일종의 자아도취인 것이다. 따라서 인간이 자연을 이해한다는 것은 일종의 [오독]인 셈이다. 여기서 시적화자는 자연에 대한 모방조차 무의미하다는 점을 보여줌으로써 예술을 부정한다. 자연과 이를 모방하는 인간의 행위인 예술은 각각 [무]인 것이다. 이런 점에서 스티븐스의 시적 경향은 아방가르드Avant-garde적인 것으로 볼 수 있다. 아울러 이 작품에 대한 기존의 구구한 의견 또한 각기 [무]인 셈이다.

루카치는 예술을 허구이자 환영으로 본다. 이 점에 필자도 동의한다. 그런데 이것이 어찌 인간의 마음속에 삶의 전부 혹은 일부가 되어 장구한 세월동안 자리해 왔단 말인가? 우리가 예술에 기대할 수 있는 것은 삶의 유희로서, 삶의 연속성을 보장하는 교훈적인 삶의 리얼리티뿐이다. 데리다의 말대로 [텍스트 밖에 아무것도 없다There is nothing outside the text]라고 하듯이 예술 너머에 다른 무엇이 있는가? 실재의 현실적 반영으로 등장하는 개념이 리얼리즘이다. 회화든 문학이든 리얼리즘의 특징은 현실의 구체성과 사건의 정확성을 담보하는 것이다. 그런데 인간은 사물을, 대상을 객관적으로 바라본다고 하지만 사실 주관적인 관점으로 바라보기에 리얼리즘의 객관성도 사실 보장하기 어렵다. 이 점을 고려하여 절충주의 혹은 수정주의적인 관점에서 접근해볼 수는 있을 것이다. 일반적으로 루카치의 미학은 리얼리즘과 유관하다. 미술에 있어 리얼리즘은 주지하듯이 50억년에 이르는 지구역사에서 순간에 해당하는 근대(19세기)에 이르러 비로소 논의되었으나 유사 이래 다양한 인간의 표현양식 속에 이미 존재하고 있었지 않는가? 알타미라 동굴벽화, 고구려 무용총의 벽화를 보면 그 당시의 현실이 얼마나 실감나게 묘사되었는가? 낭만주의에 대한 반동으로 파생된 리얼리즘은 구 러시아로 들어가 사회주의 리얼리즘이라는 해괴한 변종을 탄생시키지 않았는가? 부르주아적인 현실을 절실히 인식하고 분노하여 소외된 노동자 계층이 계급투쟁에 매진하자는 사회전복주의. 김성동의 소설 『만다라』에 나오듯이 부처의 얼굴이 자비로울 것이 아니라 일그러져야 속세의 현황을 제대로 반영한 리얼리즘의 실천이라고 루카치는 보지 않는다. 그는 리얼리즘을 예술작품이 지향하는 삶의 진실을 담고 있는 하나의 구체적이고 생생한 문화사조로 보지 않는다. 하지만 리얼리즘은 모든 예술행위의 기본원리이자 작품 활동의 기초과정으로 간주한다. 이 점이 루카치의 불후의 명저 『미적인 것의 고유성』 속에 언급된다.

　　루카치는 리얼리즘의 미덕인 반영이라는 말보다 미메시스라는 원전적 개념을 더 선호한다. 부분과 전체의 총체성, 개별성과 보편성의 총화로서의 특수성, 수용자의 체험효과로서의 카타르시스, 수용자의 개별 체험이 가능한 상징을 통해 리얼리즘을 구체화한다. 작가의 의도대로 텍스트가 해석되지 않고 수용자에게 자율성을 부여한 것은 요즘 회자되는 바르트가 언명한 소위 [작가적 읽기writerly reading]와 유사하다. 그의 목표는 미메시스라는 자연형상화의 수단을 통하여 현실을 재현함(자연 복속적)과 동시에 하나의 현실로서의 리얼리즘의 세계를 구축(자연 창조적)하는 것이다. 그것은 현실에 대한 모방과 그 모방적 현실의 현실로부터의 독립을 의미한다. 영국의 스코트, 디킨스, 러시아의 톨스토이, 도스토예프스키, 프랑스의 스탕달, 발자크, 독일의 괴테, 쉴러가 리얼리스트에

속한다고 루카치는 본다. 이들 대부분이 현실을 직시하여 현실을 고발하고 현실의 모순을 노정시켜 이상적이지만 이를 해소하고자 분투했다. 이 점을 로렌스의 「뱀」에 적용해보자.

　　뱀 한 마리가 나의 샘으로 왔다
　　뜨겁고 뜨거운 여름날,
　　나도 그 열기를 참지 못해 파자마만 입고
　　물을 마시러 갔다.

진한 향기의 거대하고 짙푸른 캐롭나무, 그 그늘아래
물병을 들고 계단을 내려갔다
그리고 기다렸다. 가만히 서서 기다려야만 했다. 그 뱀이 나보다 먼
　　　저 왔기에 -

뱀은 어둡고 좁은 벽 틈새에서 나오더니 주루룩 내려왔다
보드랍고 노란갈색의 배를 바닥에 깔고 스르륵 미끄러지듯 돌로 된
　　　물받이 가장자리로 왔다.
긴 목을 물받이 위에 살포시 올리고,
맑은 물이 똑똑 떨어지는 대롱을 향해
주둥이를 쭉 뻗어 물을 한 모금 들이켰다.
쭉 뻗은 잇몸사이로 부드럽게 마신 물이
길고 매끄러운 몸 안으로 흘러 들어갔다.
조용하게.

그 뱀이 나보다 먼저 내 샘에 왔다.
그리고 나는, 주인이 아닌 듯 내 차례를 기다렸다.

물을 다 마신 뱀은 머리를 치켜들었다. 집짐승처럼.
몽롱한 눈으로 나를 바라보았다. 집짐승이 물을 마시듯이.

입술 사이로 두 갈래로 쪼개진 혀를 날름거리더니, 잠시 미동도 하지
　　　않았다.

그리곤 긴 몸을 세우고 머리를 굽혀 물을 조금 더 마셨다.
대지를 닮은 황갈색, 시실리의 칠월 한낮,

연기 자욱한 에트나의 불타는 분화구에서 나온 노란갈색이다.

내가 어려서부터 죽 받아 온 교육이 내게 소리친다.
그 뱀을 죽여라.
시실리의 검은 흑 뱀은 순결하지만 황색 뱀은 사악해.

내게 독촉하는 내면의 소리 – 네가 진짜 남자라면
당장 막대기를 집어 들고 그 뱀을 쳐서 죽여라.

하지만 고백한다. 내가 그 뱀을 얼마나 좋아했는지를.
살며시 찾아 온 손님처럼 그 뱀이 나의 샘으로 와서,
아주 평화롭게, 아주 만족스럽게 물을 마시곤 고마운 내색이 전혀 없이
　　　불타는 땅 구멍 속으로 떠나버린 것에 내가 얼마나 기뻐했는지?

내가 감히 그 뱀을 죽이지 못한 것은 겁쟁이였기 때문일까?
내가 그 뱀과 간절하게 대화하고 싶었던 것은 일탈이었을까?
내가 그렇게 영예롭게 느꼈던 것은 겸손 때문일까?
솔직히 난 영예롭게 느꼈다.

하지만 아직도 내 귓가에 쟁쟁하게 들리는 목소리:
네가 만일 겁쟁이가 아니었더라면 그 뱀을 죽였을 것이야!

진실로 나는 두려웠다. 정말 두려웠다. 하지만 난 영광스럽게 생각한다.
그것은 비밀의 땅속, 그 어둠의 문으로 부터 나온 뱀이 내게 호의를
　　　구했으니까.

뱀은 물을 흡족하게 마시고
꿈꾸듯, 술 취한 듯 머리를 들었다.
그러더니 칠흑 같은 두 갈래의 혀를 공중에 휘두르며 날름거렸다.
입술을 핥듯이.

그리고 마치 신처럼 허공을 휘~ 둘러보았다.
서서히 머리를 돌렸다
느리게, 아주 느리게, 깊은 꿈에 잠긴 듯

이윽고 긴 몸으로 천천히 타원을 그리며 앞으로 나아갔다.
이어서 갈라진 담 벽을 타고 올라갔다

머리를 그 끔찍한 구멍에 집어넣고
스르르 어깨를 집어넣더니 더 깊이 들어갔다.
이 순간, 무섭게도 그 끔찍한 구멍 속으로 들어가던 뱀이 행동을 멈추었고
조심스럽게 흑암 속으로 서서히 들어가던 뱀이 갑자기 몸을 빼냈다.
두려움이 엄습하며 숨이 막혔다 — 뱀이 등을 돌려 내 쪽으로 향했다.

나는 황급히 물병을 내려놓고
허둥지둥 나뭇가지를 집어 들었다.
그리고 물받이를 향해 딱 소리가 나게 던졌다.

그 뱀을 맞추지는 못했다.
그런데 어처구니없게도 그 뱀은 갑자기 위엄을 잃고 몸을 움츠리며
      황급히 달아났다.
번개같이 잽싸게, 진저리 치면서,
어두운 구멍 속으로, 갈라진 벽 틈새로 황망히 사라져버렸다.
강렬한 정오의 햇살아래 난 그것에 매혹되어 정신없이 쳐다보고 있었다.

순간 나는 후회했다.
내가 얼마나 초라하고, 상스럽고, 악랄한 짓을 했는지!
나는 스스로와 마음 속 깊이 자리하는 가증스런 인간교육의 목소리를
      경멸했다.

나는 멸종된 알바트로스를 생각했다.
그리고 그 뱀이 다시 돌아오기를 원했다.
왜냐하면 내게 그 뱀은 왕,
지하세계에 망명해 있는 왕관을 벗은 왕이었다.
지금이 바로 그 왕관을 되찾을 때인데...

그래서 나는 삶의 영주 가운데 하나와 함께 할 기회를 놓쳤다.
나는 속죄할 게 있다: 그것은 옹졸함이다.

A snake came to my water-trough
On a hot, hot day, and I in pyjamas for the heat,
To drink there.

In the deep, strange-scented shade of the great dark carob-tree
I came down the steps with my pitcher
And must wait, must stand and wait, for there he was at the trough
    before me.

He reached down from a fissure in the earth-wall in the gloom
And trailed his yellow-brown slackness soft-bellied down, over the
    edge of the stone trough
And rested his throat upon the stone bottom,
And where the water had dripped from the tap, in a small clearness,
He sipped with his straight mouth,
Softly drank through his straight gums, into his slack long body,
Silently.

Someone was before me at my water-trough,

And I, like a second comer, waiting.

He lifted his head from his drinking, as cattle do,

And looked at me vaguely, as drinking cattle do,

And flickered his two-forked tongue from his lips, and mused a moment,

And stooped and drank a little more,

Being earth-brown, earth-golden from the burning bowels of the earth

On the day of Sicilian July, with Etna smoking.

The voice of my education said to me

He must be killed,

For in Sicily the black, black snakes are innocent, the gold are venomous.

And voices in me said, If you were a man

You would take a stick and break him now, and finish him off.

But must I confess how I liked him,

How glad I was he had come like a guest in quiet, to drink at my
        water-trough

And depart peaceful, pacified, and thankless,

Into the burning bowels of this earth?

Was it cowardice, that I dared not kill him? Was it perversity, that
        I longed to talk to him? Was it humility, to feel so honoured?

I felt so honoured.

And yet those voices:

If you were not afraid, you would kill him!

And truly I was afraid, I was most afraid, But even so, honoured
    still more
That he should seek my hospitality
From out the dark door of the secret earth.

He drank enough
And lifted his head, dreamily, as one who has drunken,
And flickered his tongue like a forked night on the air, so black,
Seeming to lick his lips,
And looked around like a god, unseeing, into the air,
And slowly turned his head,
And slowly, very slowly, as if thrice adream,
Proceeded to draw his slow length curving round
And climb again the broken bank of my wall-face.

And as he put his head into that dreadful hole,
And as he slowly drew up, snake-easing his shoulders, and entered
    farther,
A sort of horror, a sort of protest against his withdrawing into that
    horrid black hole,
Deliberately going into the blackness, and slowly drawing himself after,
Overcame me now his back was turned.

I looked round, I put down my pitcher,
I picked up a clumsy log
And threw it at the water-trough with a clatter.

I think it did not hit him,
But suddenly that part of him that was left behind convulsed in
    undignified haste.
Writhed like lightning, and was gone
Into the black hole, the earth-lipped fissure in the wall-front,
At which, in the intense still noon, I stared with fascination.

And immediately I regretted it.
I thought how paltry, how vulgar, what a mean act!
I despised myself and the voices of my accursed human education.

And I thought of the albatross
And I wished he would come back, my snake.

For he seemed to me again like a king,
Like a king in exile, uncrowned in the underworld,
Now due to be crowned again.

And so, I missed my chance with one of the lords
Of life.
And I have something to expiate:
A pettiness.[49]

　　성경적으로 뱀은 인간과 [구원救援]의 관계를 유지한다. 인간을 에덴
의 낙원에서 추방시킨 결정적인 동기를 제공한 인간의 철천지원수인 셈
이다. 그런데 인간과 뱀을 포함한 모든 동물들의 관계는 앙숙지간이다.

---

49) 이 작품은 [http://www.poetryconnection.net/poets/D.H._Lawrence/834]에 의거함.

그것은 자연이라는 생존의 정글에서 약한 것은 강한 것의 먹이가 되기 때문이다. 이런 점에서 적자생존을 주장하는 다윈의 원리는 합당하다. 만약 뱀이 인간보다 더 힘이 강하여 인간을 살육했을 경우 뱀을 정당하다고 말할 수 있을 것인가? 이를테면 아마존 강가에 사는 아나콘다가 사람들을 잡아먹었을 경우 관대하게 보아야 할 것인가? 물론 아나콘다를 혐오할 수는 있지만 도덕적으로 비난할 이유가 있을까? 사리분별이 없는 아나콘다는 인간과 동물을 구분할 의식의 여지없이 먹어야 한다는 생존본능에 충실하기 때문이다. 또한 인간의 피를 흡혈하는 모기는 과연 비난 받아야 하는가? 모기는 흡혈을 해야 살아갈 수 있기에 인간에게는 몹쓸 짓이지만 조물주 앞에서는, 스스로에게는 정당하다. 모기는 그렇게 작용하도록 창조되었기 때문이다. 여기서 로렌스는 멀쩡한 뱀을 죽여야 한다는 인간의 교육을 옹졸하다고 비난하지만 원래 인간이 뱀을 척살하는 것은 아나콘다처럼, 모기처럼 본능적인 것이고 원초적인 것이다. 비슷한 주제를 보여주는 콜리지의 「노수부의 노래」의 모두에 나오는 "노수부"가 "신천옹"albatross을 척살한 것은 생존을 도모하기 위한 선제적인 존재론적 자기방어차원이라고 두둔할 수 있다. 이런 점에서 "나는 황급히 물병을 내려놓고 / 허둥지둥 나뭇가지를 집어 들었다. / 그리고 물받이를 향해 딱 소리가 나게 던졌다"에 나오는 반사적인 행동이 비난 받을

미켈란젤로의 〈에덴에서의 추방〉

이유는 없을 것이다. 따라서 "순간 나는 후회했다. / 내가 얼마나 초라하고, 상스럽고, 악랄한 짓을 했는지! / 나는 스스로와 마음 속 깊이 자

리하는 가증스런 인간교육의 목소리를 경멸했다"는 부분에 나오는 가책은 흡사 뱀의 안위를 위한 동정으로 보일 수 있으나 어디까지나 만물의 영장으로서의 강자의 여유에서 나오는 악어의 눈물인 것이다. 독자들에게 뱀을 죽이는 것을 죄악으로 계몽하려는 작가의 의도는 [의도적 오류intentional fallacy]에 해당한다고 본다. 하지만 뱀은 신성하고 인간은 졸렬하다고 보는 로렌스의 관점은 자연중심적인 로렌스의 입장이라고 이해할 수 있다. 그런데 본능만을 추구하는 뱀의 영역과 이성과 본능을 가진 야누스적 존재인 인간의 영역을 동일시할 수는 없지 않을까? 이런 점에서 로렌스는 치명적인 [범주오류]를 범한 셈이다. 차라리 뱀을 생태학적 차원에서 쥐와 해충의 창궐을 방지해야 한다는 점에서 보존해야 한다는 입장이 정직하다. 그러므로 로렌스는 뱀을 죽여야 하는 인간의 인식을 비난할 아무런 근거가 없다. 인간이 뱀을 놓아 주는 것은 어디까지나 인간의 동정과 자비에 의존할 뿐이다. 걸맞지 않은 뱀의 본능과 인간의 이성은 상호 일치할 수 없으며 어디까지나 평행선을 달릴 뿐이다. 이것이 조물주의 섭리이자 [위대한 디자인]이다. [시스템 이론]50)이나 [가이아 이론gaia theory]51)과 같은 생태학적인 관점을 떠나 조물주가 보기에

---

50) A central topic of systems theory is self-regulating systems, i.e. systems self-correcting through feedback. Self-regulating systems are found in nature, including the physiological systems of our body, in local and global ecosystems, and in climate—and in human learning processes (from the individual on up through international organizations like the UN). (wikipedia.com)

51) The Gaia hypothesis, today also commonly referred to as Gaia theory, proposes that organisms interact with their inorganic surroundings on Earth to form a self-regulating, complex system that contributes to maintaining the conditions for life on the planet. The hypothesis was begun in 1965 by chemist James Lovelock and co-developed with microbiologist Lynn Margulis in the 1970s. (wikipedia.com)

인간이 생존하기 위하여 만물을 지배해야 함이 옳고, 뱀이 살아남기 위하여 땅속으로 기어들어감이 옳다. 그러나 인간은 스스로 지상에서 오래 생존하기 위하여 다른 생물들의 개체수를 적절하게 조절할 필요가 있을 것이다. 루카치적 관점에서, "뱀"을 인간의 적으로 보아 미메시스의 수단을 통해 천지창조 이래 지속된 인간과 뱀의 대결적인 현실을 재현했지만, 동시에 양자의 갈등은 본능에 종속적인 뱀의 현실과 이성과 본능에서 갈등하는 인간의 현실 사이에서 또 하나의 리얼리즘을 구축한다.

루카치는 인간의 초월적 이상적인 내세적 속성에도 불구하고 인간의 현재적 현세적 속성을 강조하며 이를 삶의 근간으로 삼기를 희망한다. 아리스토텔레스가 언명하였듯이 인간은 사회적 동물로서 인간과 더불어 자신의 개별적 위치를 찾고 각자의 존재적 의미를 발견해야 하는 것이다. 은둔자나 수도자가 종종 그러하듯이, 현실에서 탈피하여 초월자를 찾거나 현실에서 도피하는 것은 인생에 무익하다고 보는 것이다. 그러므로 예술은 예술가의 독단적인 표현물이 아니라 타자와의 관계 속에서 생성된 현실에 대한 작가의 기억이 아니라 [인류의 기억]의 기억이 되어야 하는 것이다. 다시 말해 예술은 원형적으로 보아 [개별무의식 individual unconsciousness]이 아니라 [집단무의식collective unconsciousness]인 셈이다. 루카치는 리얼리즘의 태동시기를 르네상스라고 보고 있는데 상당한 일리가 있다. 그것은 르네상스가 신으로부터의 해방을 선언한 인간 해방의 모멘텀을 가지고 있기 때문이다. 현실에서 신을 배제하고 고립무원의 현실 속에서 인간의 모습을 전망하기. 이것은 현실에서 신으로부터 인간의 자율성 회복하기 혹은 종교로부터 예술의 자율성을 확립하기와 같다. 인간이 신으로부터 독립하여 인생의 주체성을 확립하고 예술은 종교로부터 해방되어 현실을 인간적으로 반영하는 것이 루카치식 리얼리즘의 전망이다.

미학적인 관점에서 루카치가 생각하는 화가들에 대한 호/불호는 다양하다. 그가 인정하는 리얼리즘 화풍의 작가는 [조토Giotto di Bondone]였다. 다른 작가와 달리 그는 감각적, 인간적, 자율적인 모습을 화폭에 담았다. 아울러 라파엘로, 미켈란젤로 또한 나체를 통해 종교로부터, 제도로부터 탈구속적인 차원에서 리얼리즘의 화풍을 구사했다고 주장한다. 아울러 미적인 보편성을 강조하며 소박한 삶의 질곡을 묘사하는 [피터 브뤼겔Pieter Brueghel de Oude]을 높이 평가한다. 하지만 그가 애호한 화가는 렘브란트였다. 그의 그림을 보는 순간 영혼의 떨림이 일어나며, 인간의 현실과 운명이 절실하고 음울하게 표현됨을 느낄 수 있다. 동시에 <별이 빛나는 밤>을 상기시키는 반 고흐와 <생 빅투아르 산>을 상기시키는 세잔도 높게 평가했다. 전자는 색채를 마술적으로 사용하여 수용자와 역동적인 세계와의 관계를 설정했으며 후자는 사물에 대한 사실성을 신뢰하지 않는다는 점에서 사물을 흐릿하게 바라보아 자연과 인간의 불투명한 관계를 지적한다. 현대미술의 경향에 대해서도 루카치는 일침을 가한다. 그것은 현대미술이 너무 주관적인 경향에 치우친다는 것이다. 화가의 과도한 주관성으로 인하여 작품은 현실과 유리된 상태이기에 작품은 현실을 제대로 반영하지 못하며 자기 폐쇄적이고 초월적인 상태에 머문다. 이것이 소위 현실의 알레고리화인데 그는 [에른

피터 브뤼겔의 <농가의 결혼식>

스트Max Ernst]와 [베크만Max Beckmann]의 작품을 통하여 지적한다. 전자는
주관적 독단에 함몰되어 공허함의 나락에 빠진 상태이고, 후자는 현실에
서 출발하지만 결국 알레고리에 귀착된다는 것이다. 그는 현실의 알레고
리화는 수용자가 이해할 수 없는 작가적 아집이 반영된 무의미한 상태
로 본다. 그는 추상미술에 대해서 극렬하게 비판한다. 추상화가 자연, 외
부의 사물, 외적 대상에서 스스로 해방되어 창작의 새로운 지평을 개척
한 것 같지만 이것은 개인적인 차원에 머무는 지극히 자족적인 상태에
불과하다는 것이다. 일종의 자기도취적인 나르시시즘narcissism의 증상일
수도 있다. 그가 보기에 추상화는 사회를 외면하고 현실을 무시하여 일
상의 개선에 도움이 되지 않는다는 것이다. 이는 어디까지나 예술의 사
회 효용적 시각이며 추상화는 사회계몽을 위한 예술이 아니라 일종의
예술을 위한 [예술지상주의]에 충실할 뿐이다. 그러나 예술이 어떤 경향
을 취하더라도 현실을 제대로 반영하느냐? 예술은 본래 현실과 유리되
어 있는 것이 아닌가? 예술이 인생과 어떤 상관이 있는가? 이러한 물음
들은 유사 이래 여전히 잔존하는 압도적인 테제일 수밖에 없을 것이다.
이런 점을 파운드의 「지하철에서」에 적용해보자.

> 군중 속에 나타나는 유령 같은 이 얼굴들;
> 젖은, 검은 가지위의 꽃잎들.

> The apparition of these faces in the crowd;
> petals on a wet, black bough.[52]

---

52) 이 작품은 [http://www.poemhunter.com/poem/in-a-station-of-the-metro]에 근거함.

이 작품에 대해 식자들은 이미지즘imagism53)과 일본 [하이쿠haiku]54)를 언급한다. 파운드는 한자의 구성 원리와 하이쿠로부터 이미지즘을 착상했다고 한다. 말하자면 서양문학이 동양문학을 패러디한 셈이다. 이미지즘의 핵심은 사물을 문자로나마 객관적으로 제시하는 것이다. 시인의 감정을 전하는 시가 아니라 시인이 독자에게 사물을 객관적으로 보여주는 시이다. 시인에 의해 재현된 사물에 대한 감상은 독자의 몫이다. 그러나 시인이 사물을 객관적으로 보여준다고 하더라도 그 작품 속에 주관이 반영되지 않은 것은 아니다. 시인이 의식적으로 사물을 제시하

---

53) 이미지즘에 대해서 다음의 영문을 참고하자. [The imagist movement included English and American poets in the early twentieth century who wrote free verse and were devoted to "clarity of expression through the use of precise visual images." **A strand of modernism,** imagism was officially launched in 1912 when Ezra Pound read and marked up a poem by Hilda Doolittle, signed it "H. D. Imagiste," and sent it to Harriet Monroe at Poetry magazine. The movement sprang from ideas developed by T. E. Hulme, who — as early as 1908 — was proposing to the Poets' Club in London a poetry based on **absolutely accurate presentation of its subject with no excess verbiage.** The first tenet of the imagist manifesto was "To use the language of common speech, but to **employ always the exact word,** not the nearly-exact, nor the merely decorative word." Imagism was a reaction against the flabby abstract language and "careless thinking" of Georgian romanticism. Imagist poetry aimed to replace muddy abstractions with exactness of observed detail, apt metaphors, and economy of language.] (http://www.poets.org/poetsorg/text/brief-guide)

54) 하이쿠에 대해 다음의 영문을 참조하자. [Haiku(俳句, About this sound listen (help · info), haikai verse?) (plural: same or haikus) is a very short form of Japanese poetry. It is typically characterised by three qualities: The essence of haiku is "cutting" (kiru). This is often represented by the juxtaposition of two images or ideas and a kireji ("cutting word") between them, a kind of verbal punctuation mark which signals the moment of separation and colors the manner in which the juxtaposed elements are related. Traditional haiku consist of 17 on (also known as morae), in three phrases of 5, 7 and 5 on respectively. A kigo (seasonal reference), usually drawn from a saijiki, an extensive but defined list of such words.] (wikipedia.com)

지만 그 사물은 어디까지나 무의식의 산물인 것이다. 그러니 사물이 시인의 추상을 거쳐 다른 사물로 둔갑한 것이다. 재현된 사물은 결코 순수한 사물이 아니기에 순수한 시는 존재하지 않고 정치적인 시만 존재하는 셈이다. 이미지즘에 입각한 시는 정치적인 의미를 내재한 외견상 순수한 시라고 볼 수 있다. 이 작품 속에는 언어의 추상화가 배제되어 있다. 이는 마치 루카치가 추상미술에 대해 심한 혐오증을 느낀 것과도 같다. [개인은 사회적 동물]이라는 아리스토텔레스의 명제가 그림으로 등장한다. 대중 속에서 고독하게 살아가는 개인의 모습이 나뭇가지 위에 피어있는 꽃잎으로 묘사된다. 여기서 시인이 주는 메시지는 대중의 매트릭스를 개인이 결코 벗어날 수 없듯이 꽃잎은 가지를 벗어나 결코 만개할 수 없는 것이다. 그러나 사회라는 모판은 "젖은, 검은 가지"로 은유되어 개인에게 결코 우호적이지 않다. 이 순간 마른버짐이 피어있는 창백한 얼굴의 어린 걸인이 지하철 계단 위로 올라오는 모습이 연상됨은 우연일까? 전체와 부분 혹은 부분과 전체의 구도는 불가분의 운명적 관계이다. 언어의 낭만주의가 아니라 [사실 그대로as it is] 보여줌으로써 언어의 리얼리즘을 추구하고 있다. 그래서 이미지즘이 대개 모더니즘의 한 분파라고 인식하지만 리얼리즘에 더 인접해 있다는 점을 외면할 수 없다.

리얼리즘을 전제하는 루카치 미학에 대해서 상기되는 저술이 바로 『미적인 것의 고유한 특징』(1962)이다. 이것은 그의 미학의 완결판이라고 할 수 있다. 그의 미학의 관점은 사회주의 노선을 지향하고 수탈과 점령의 역사와 상上/하下 계급의식을 비판한다. 그리하여 그의 미학은 사회주의적 리얼리즘을 표방한다. 이를 유물론적 미학 혹은 마르크스적 미학으로 칭할 수 있다. 그의 미학이 본격적으로 연구된 시기는 제2차 세계대전 후 헝가리로 돌아와 부다페스트 대학에 미학교수로 취임하면서 부터였다. 그의 미학에 대한 3부작 가운데 제1권인『미적인 것의 고유한 특징』은 미적영역에 대한 철학적 인식론적 탐구이며, 제2권인『예술작품의 미적 태도』는 미의 정체성 내지 미적 본질에 대한 탐색으로 일반 사물과 구분되는 예술작품의 독특한 구조와 감상자의 수용태도에 대한 고찰이며, 제3권인『사회적, 역사적 발전으로서의 예술』은 미학에 대한 역사적 추이에 관한 것이다. 이 저술의 전체적인 내용은 예술에 대한 변증법적 유물론이자 인식론이며 예술에 대한 철학적 입장에 관한 것이다. 그의 주장은 당대의 상황과 갈등을 표면화시키는 것으로 인간에게 실질적으로 공허하게 보이는 관념론적 철학과 경제적 약자에 군림하려는 자본주의 현실과 예술을 비판하기 위함이었다. 그런데 자신이 사회주의 노선을 표방했음에도 민중의 해방을 기도하는 사회주의에 자리하는 [나만의 정의]라는 독단 혹은 사회 파괴적인 이념과 정치 이념화되는 사회예술에 대해서도 비판했다. 이 점이 사회주의, 공산주의의 독선, 독단을 비판하는 프랑크푸르트학파의 주장과 닮았다.

유사 이래 문화사조가 현재 포스트모더니즘을 거쳐 포스트휴머니 즘Post-Humanism에 이르고 있으나 그의 사상적 토대는 어디까지나 리얼리즘에 머물며, 아울러 괴테나 헤겔로 대표되는 고전주의를 연구의 대상으로 삼는다. 그의 생존연대가 20세기 중반에 위치함에도 리얼리즘에 집착한다는 것은 인간이 생산한 문화사조의 근본이

채플린의 현실반영

리얼리즘이라는 것이고 이후의 문화사조는 그것의 변덕이나 변용의 현상이라고 보는 듯하다. 주지하듯이 루카치의 이론 가운데 널리 알려진 이론이 [반영이론theory of reflection]이다. 이 저술에서 그는 미적인 특징을 세 가지로 정리한다. 인간의 성경적 운명을 암시하는 노동의 현실 속에서 실현되는 (1) [일상적 반영]과 (2) [과학적 반영]이 있다. 전자는 인간의 주변을 객관화시키고 존재하는 것을 그대로 인정하는 것으로 [인간중심주의]의 주관적인 반영이다. 여기서 인간을 포위하는 현실성외에 초월성은 배제된다. 후자는 과학이라는 말 그대로 사물에 대한 과학적 인식으로 사물에 대한 객관적인 안목을 반영한다. 이는 제1의 반영에 대한 비판적 인식으로 [탈-인간중심주의]라고 칭할 수 있으며 인간의 인식과 감각의 한계를 탈피하여 객관적인 법칙으로 인간의 사유를 규정하는 일종의 [표상의 개념화]로 볼 수 있다. 이는 서구학문을 구성하는 객관화와 개념화의 패러다임이며, 이 틀이 그리스 시대, 중세, 르네상스, 근대, 현대로 맥맥이 이어지고 있다. 여태 말한 제1, 제2의 반영을 통해 인간사의 갈등이 [인간중심주의]와 [탈-인간중심주의] 사이에서 발생한다고 볼 수 있다. 그것은 제1의 반영에 해당하는 인간의 사고, 종교, 관념은 제2의 반영에 해당하는 법칙, 체제, 객관, 개념과 대립하기 때문이다. 따라서 인간의 초월성, 형이상학, 종교로 미화되는 제1 반영에 중독되기 쉬운 인간을 그 주관적 독단의 사슬로부터 해방시키려는 것이 제2의 반영이다. 나머지

반영이론

(3) [미적반영]에서 중요한 것은 미적 주관성이다. 이는 일반적인 것과 개별적인 것을 유기적으로 조합하여 일반과 개별을 통일시켜 역사적으로 구축된 전형을 구성한다. 다시 말해 일반적인 것과 개별적인 것 사이의 변증법적 통일을 의미하며, 예술을 창조하고 수용하는 근거가 된다는 점에서 비록 예술의 근거와 터전이 현실에서 비롯되지만 그러나 결코 현실이 무시할 수 없는 현실의 아류亞流로서의 지위를 주장한다.

10

포스트모던 미학 /

커밍스, 토머스, 긴즈버그, 엘리엇, 히니

a. 기호학의 미학: 바르트의 미학

바르트는 『신화론』(1957)에서 현재 모든 문명이 신화와 연결되어
있다고 본다. 그러니까 신화는 뜬 구름 잡는 이야기가 아니라 현실성이
매우 높은 현실의 배후로서 기능한다는 말이다. 다소 지엽적이긴 하기
만, 1950년 프랑스 문화를 중심으로 레슬링의 규칙, 광고의 언어, 와인
애호, 빌리 그레이엄 목사의 전도여행, 시트로엥 자동차의 이미지 속에
신화가 투사되어 있음을 지적한다. 신화는 허구로 인식하지만 사실 신화
는 무한히 흘러가는 역사의 일환이며 보편적인 인간의 삶을 담보하는
요술거울이다. 물론 바르트의 신화론에 의지하지 않더라고 현실에서의
신화적 흔적을 찾을 수 있다. 원시제전의 구성요소로서 술, 음악, 노래,
스테이크, 여자들이 현재 나이트클럽에서 그대로 등장하고 그 축제를 재
현하고 있지 않는가? 바르트가 혐오하는 것은 [문화적 현상]을 [자연적
현상]으로 대체하는 불순한 이데올로기적 시도들이다. (1) 고대 로마를
소재로 하는 영화 속에 등장하는 배우들이 로마인의 기상을 강조하기
위해 더부룩한 머리털로 연출하기, (2) 극동전쟁이 제국주의의 무력시위

의 일환임에도 서구인들의 영웅적 서사로 미화되기, (3) 대중 속에 묻혀 있는 선거전단 속의 정치인의 소탈한 모습(정치인이 밀짚모자 쓰고 자전거 타면 얼마나 서민 같은가?), (4) 인간의 편의물의 대표격인 플라스틱이 자연스럽게 인간의 생활 속에 자리 잡기, (5) 술의 일종으로 범죄를 유발하는 와인이 노동자들에게는 생명의 젖줄로, 식자들에겐 교양의 상징으로 자연화 되기 등이다. 이처럼 신화는 문화적이고 인공적인 가치를 보편적인 가치로 둔갑시킨다. 바르트는 이것을 범속한 인간이 지향하는 허영에 해당하는 [본질적 사유의 질병]이라고 비판한다. 현대생활 속에 일상적인 이미지와 관념을 통해 숨겨진 신화를 추적하는 것이 바르트가 살아가는 하나의 이유가 되었다. 일상은 하나의 텍스트로서 이를 독해하는 것이 바르트의 취향이자 즐거움이었다. 그는 삶이라는 다양한 의미를 함축하는 [텍스트의 즐거움]을 향유하며 살았다. 신화는 특정문화의 가치를 보편적 자연적인 가치로 둔갑시키는 마술적 힘이 있다. 그러므로 신화는 자연적인 것 같지만 한편으로 인공적이며 이러한 이중성은 이데올로기적 음모를 배태한다. 특히 바르트는 이발소에서 본 ≪파리마치≫*Paris March*지의 표지사진을 의심스럽게 바라본다. 그 사진은 젊은 흑인이 프랑스 삼색기에 경례하는 장면을 포착한 것이다. 겉으로 보기에 이 사진은 단순히 프랑스 군대에 복무하는 흑인병사의 일상적인 모습이라고 보든지, 프랑스는 흑인이라도 복무할 수 있다는 만민평등주의를 표방하는 자유국가라는 것을 시사하지만, 흑인도 아니 모든 인종도 프랑스를 위해 충성을 다한다는 식민주의를 합리화할 위험이 있다. 여기서 바르트는 이미지의 이데올로기적 기능을 지적한다. 이런 점을 커밍스의 [시 그림poem-picture] 「l(a」에 적용해보자.

```
I

l(a

le

af

fa

ll

s)

one

l

iness
```

여기서 외로움에 대한 상투적인 입장이 재현된다. 그것은 시어의 수직적 배열이 보여주듯이 일자로 [기립起立]해있는 것이 외롭다는 것이다. 인간은 상호 의지해야 하지만 기댈 데가 없는, 사실 인간은 태생적으로 외로운 존재이다. 태어날 때 혼자 왔고 타자들과 섞여 지내다가 죽을 때도 혼자 가야 한다. 그러니까 외로움은 인간 존재에게 숙명적인 삶의 일환이다. 이것이 인정할 수밖에 없는 일상에 깔려있는 인간의 숙명적인 구도이다. 이를 다음과 같이 그려볼 수 있다.

----
archetypal sphere[원형적 차원] > coming alone[출생] → life with others[관계] → going alone[죽음] < religious sphere[종교적 차원]

물론 이 작품에서 시인이 노리는 효과는 시의 추상화가 아니라 시의 구체화이다. 독자는 시의 내용을 간파하여 외로움의 감정을 서서히 인식하

기보다 시각을 통해 즉시 외로움의 절벽을 감지한다. 그러나 외로움에 대한 인식은 한가한 문화적인 관습에서 파생된 것이다. 들판을 뛰어 다니며 생활을 영위하는 동물 같은 인간에게 외로움은 사치스런 인식일 뿐이다. 생존에 급급한 야생의 인간에게 파리의 하늘 아래 느끼는 실존적 외로움은 무의미한 것이다. 외로움의 보편화의 신화가 이 작품의 배경에 드리운다.

바르트의 기호학에 대한 탐닉은 소쉬르의 언어학으로부터 시작한다. 구조주의에서 가장 핵심적인 개념이 [랑그langue / 파롤parole]인데 무의식의 문화구조인 전자가 표현으로서의 [개별발화utterance]인 후자를 생성하는 기원이 된다. 그 다음은 [기호code]의 개념이다. 그 등식은 [기호 = 물질적 기표(소리, 문자) + 관념적 기의(개념)]이다. 이 공식에서 보듯이 인간은 구조의 체계 속에서 기능하는 장기판의 [말馬]에 해당한다. 그리하여 인간의 언행은 객관화되고 과학화된다. 따라서 인간은 구조 속에 관계의 [호명interpellation]에 의해 존재함에도 이를 외면하며 초월적 주체를 주장하는 주관적인 태도는 사실상 어불성설이다. 파롤은 그 자체로 존재하는 것이 아니라 그 의미를 보장해주는 랑그에 의해서 존재성을 획득한다. 이것은 텍스트가 독단적으로 존재하는 것이 아니라 문서보관소 속에 근거함을 의미한다. 그래서 개별 저자는 개성을 상실함으로써 죽음을 맞이한다. 사회에 통용되는 텍스트의 의미를 나타내는 [음절화 articulation]는 기호체제 속의 규칙에 따라 형성된다. 이에 구조주의와 기호학은 [가족 유사성family resemblance]의 계열에 해당한다. 그러니까 프랑스 국기에 거수경례하는 흑인병사의 사진은 하나의 이미지 혹은 사진에 불과하지만, 언어학적으로 하나의 물리적인 기표로 기능하여 당연히 기표에 부여되는 프랑스 식민주의, 프랑스 애국주의, 프랑스 자유주의를 대변하는 이데올로기의 초월적인 기의를 함의한다. 기표는 기의를 낳고, 기의는 또 하나의 기표가 되어 기의를 파생시킨다. 문자는 의미를, 의미는 문자가 되어 의미를 남기는 사실성의 악순환이 지속된다. 이때 몽롱한 의미는 일종의 신화로서 인간은 언어게임으로서 언어신화 속에 산다. 신화는 최초의 기표에 수반되는 기의를 굴절, 왜곡시켜 새로운 의미를 파생시킨 일종의 메타언어로 기능한다. 영화 <은행나무침대>를 보면 하나의 물질적 기표로서의 은행나무침대에서 파생되는 천년의 사랑을 함축한 초월적 기의가 바로 신화인 셈이다. 이 영화를 통해 통일신라시대 천년의 전통이 현재의 체제로 이어진다는 상부구조에 [하위주체subaltern]가 충성스럽게 복무해야 한다는 전체주의적 이데올로기가 확산될 수 있을 것이다.

사물의 현상에 대해 외연에 가려진 내연을 추적하고 그 현상의 진단에 대한 분쇄를 도모하는 [글쓰기의 영도zero degree of writing]는 일종의 바르트의 아방가르드적 글쓰기이자 개성적이고 독창적이긴 하지만 그가 비판한 또 하나의 초월적 주체의 [아집我執]이라고 볼 수 있다. 특이하게 그는 패션에 대한 기호학적 관심을 표명했다. 패션의 신화는 의복의 수명을 강조하기보다 의복을 신속하게 소비케 하는 이데올로기의 전령이 된다. 바르트는 사물에 대한 비평을 두 가지로 소개한다. 그것은 해석적 비평/아카데미 비평인데, 전자는 마르크시즘, 실존주의, 정신분석학에 입각한 비평이며, 후자는 [랑송주의Lansonism]라고도 하며 텍스트의 외연과 내연에 대한 학제적 비평을 의미한다. 바르트는 해석이 종결되지 않는 [열린 텍스트]를 추구하고 있는데 이는 대화의 개방성을 강조하는 [바흐친Mikhail Bakhtin]의 [대화주의dialogism]에 착안한 것이다. 간단히 말하여 언어는 다중적이며 다의성을 띠고 있다는 것이다. 언어는 단순히 사회현상으로만 존재하는 것이 아니고, 언어는 언제나 대화적이며 구체적 현실을 반영하며 구체적인 화자들 사이에 존재한다. 그러므로 어떤 개인도 독립적이고 독단적인 의미를 창조할 수 없다고 본다. 그런데 가부장적 지배사회, 제왕적 독재사회는 하나의 목소리, [하나의 의미monoglossia]만을 선호하기에 대화주의를 강조하는 [이질언어성heteroglossia]을 감시, 통제, 억압하려한다. 크리스테바는 영악하게 이를 차용하여 [상호텍스트성intertextuality] 개념을 내놓았다. 그야말로 대화주의의 정신을 살린 셈이다. 그것은 문학텍스트는 지상에 존재하는 유일하고 자율적인 것이 아니라 이전의 텍스트들이 낳은 산물에 불과하다는 것이다.

바르트는 텍스트에 대한 두 가지 태도를 제시한다. [독자적 텍스트lisible, readerly text / 작가적 텍스트scriptible, writerly]. 전자는 고정된 의미만을 추구하던 모더니즘 이전의 텍스트에 적용되었고, 후자는 모더니즘 이후, 아방가르드적인 텍스트에 적용되었다. 이제 독자는 텍스트를 소비하는 소비자가 아니라 창조하는 생산자로서 기능한다. 이는 언어와 권력에 대한 문제이다. 이제 권력은 언어를 독점할 수 없다. 바르트는 언어를 권력적 언어와 비권력적 언어로 구분한다. 전자는 [에크리방스ecrivance]이고, 후자는 [에크리튀르ecriture]이다. 텍스트를 대할 때 독자는 즐거워야 한다. 설사 쾌락이 사회적으로 비윤리적인 것으로 인식된다 할지라도 만일 쾌락이 없다면 텍스트는 중심화된 체계나 의미의 철학으로 전락하고 말 것이다. 여기서 바르트는 [쾌락pleasure]과 [희열jouissance]을 구분한다. 양자는 모두 위에서 언급한 [작가적 텍스트]에 해당하지만 전자는 의미의 전복을 초래하는 가역적인 텍스트 이를테면 [발자크, 플로베르, 프루스트의 작품처럼 평안한 즐거움을 주는 텍스트]에 해당되고, 후자는 전자보다 난해한 아방가르드적인 텍스트 [토머스 핀천Thomas Pynchon과 존

바스John Barth의 작품]에 해당된다. 전자는 독자에게 행복과 만족을 주지만 후자는 독자에게 고통과 불편을 주는 [희열의 독서]를 요구한다. 이런 점을 커밍스의 「내가 아직 가본 일 없는 곳에서」에 적용해보자.

내가 아직 가본 일 없는 어느 멋진 곳에서
경험을 초월한 거기서 그대 눈은 침묵을 지킨다.
그대의 귀여운 동작에는 나를 감싸는 것이 있고
그보다도 너무 가까워 내가 손닿지 못함이 있느니

그대의 희미한 눈짓도 나를 나른하게 만들고
아무리 손가락처럼 자기를 폐쇄하고 있어도
마치 봄이 (교묘히 닿아서 이상하게) 이른
장미를 열게 하듯이 하나하나 나를 열게 하는 것이다.

그보다도 그대의 바람이 나를 닫는 것이라면
나뿐 아니라 내 인생도 아름답게 갑자기 닫히리니
마치 꽃가루가 주위를 살며시 내리는
저 눈을 느낄 수 있음과 같이

이 세계에서 볼 수 있는 그 어떤 것도
그대의 거센 약함의 힘을 이길 수는 없느니
그 느낌은 아름다운 전원 빛깔로 내 마음을 붙잡고
숨 쉴 때마다 죽음과 영원을 교대로 주며

(그대의 감았다 떴다 하는 것이 무엇인지 모르나
내 마음의 무엇인가를 알고 있는
그대 눈의 소리가 모든 장미보다 깊음을)
그 무엇이나 비조차도 이런 예쁜 손은 아니다.

somewhere i have never travelled, gladly beyond
any experience, your eyes have their silence:
in your most frail gesture are things which enclose me,
or which i cannot touch because they are too near

your slightest look easily will unclose me
though i have closed myself as fingers,
you open always petal by petal myself as Spring opens
(touching skilfully, mysteriously) her first rose

or if your wish be to close me,i and
my life will shut very beautifully, suddenly,
as when the heart of this flower imagines
the snow carefully everywhere descending;

nothing which we are to perceive in this world equals
the power of your intense fragility: whose texture
compels me with the colour of its countries,
rendering death and forever with each breathing

(i do not know what it is about you that closes
and opens; only something in me understands
the voice of your eyes is deeper than all roses)
nobody, not even the rain, has such small hands55)

---

55) 이 작품은 [http://www.poets.org/poetsorg/poem]에 근거함.

일상을 초월하는 내용이 나온다. 이 세상에서 감지 할 수 없는 것을 언어로 인식할 수 있는 것일까? 그것은 이 작품 속에서 함축하는 침묵의 언어이다. 그런데 그 경지를 묘사하려는 시도는 방편적이 아닐 수 없다. 진리를 포착하는 과정에서 인간이 동원할 수 있는 수단이나 도구는 기호 외에는 다른 수가 없다. 그러나 실재나 진리는 기호로 덧입는 순간 증발하고 껍질 벗은 뱀 가죽 같은 희미한 흔적만 남긴다. 아내의 영혼을 육안으로 확인하고자 뒤돌아보는 순간 아내 [에우리디케]를 잃어버린 오르페우스의 운명이 우리의 운명이다. 요즘 [감정지수EQ]의 중요성을 아무리 강조해도 사실 인식의 배후에 존재하는 감성의 정체는 외면되고 무시된다. 서구인들이 진리의 실체로 신봉하던 [음성중심주의phonocentrism]를 부정하고 문자중심주의를 강조하면서도 이 문자중심주의마저도 부정하는 해체주의자 데리다가 주장하는 진리는 인간의 시야에 포착되는 것이 아니라 영원히 [차이difference]와 [연기deferment] 속에서 아른거리는 [마야maya]적인 것이다. 발이 담긴 개울 속에서 흘러가는 물의 상황이 시시각각 변하듯이 진리의 상황도 그러하다. 이 진리를 포착하기 위해 인간은 사투를 벌이지만 결국 인간의 삶은 풍비박산이 나고 만다. 인간의 삶은 출/입의 원리에 의한, 처음/시작의 원리에 의한, 생/사의 원리에 의한, 원인/결과에 의한 것이 아닌 다른 것일 수는 없는가? "그대의 감았다 떴다 하는 것"에 나타나는 내용은 관습적인 언어사용에 관련된 [에크리방스]에 해당할 것이고, "내가 아직 가본 일 없는 어느 멋진 곳에서 경험을 초월한 거기서 그대 눈은 침묵을 지킨다"에 나타나는 내용은 비관습적인 언어사용에 연관된 [에크리튀르]에 해당할 것이다.

바르트의 창조적인 읽기는 책에만 한정되는 것이 아니라 음악에까지 이른다. 그것은 음악이 콘서트라는 행사를 통해서 라디오라는 매체를 통해서만 전달되는 안타까움 때문이다. 그러니까 전문 연주자들이 독점해온 영역인 음악에 대한 대중의 참여를 촉구하는 것이다. 이런 점에서 그는 프로 연주자보다는 아마추어 연주자들을 더 옹호한다. 곡의 선정에도 모차르트, 베토벤, 바흐와 같은 거장들 보다 슈만의 곡을 더 선호한다. 현대인들이 독서를 회피하는 점에 대해서 바르트가 심히 탄식하는 이유는 책이 교양의 저장고이기에 읽어야 한다는 것이라기보다는 텍스트가 제공하는 물리적/잠재적 환상의 쾌락을 맛볼 기회를 상실하기 때문이다. 소위 텍스트에 대한 능동적 읽기를 권장한다. 가곡 <겨울 나그네>를 들을 때 상기되는 독일의 유명한 성악가인 [디트리히 피셔-디스카우 Dietrich Fischer-Dieskau]에 대해서 클래식 음악의 녹음기술로 부각된 생산품으로서의 가수라고 일침을 놓는다. 그의 목소리는 일반적인 음악적 정의에 부합하는 일종의 [독사doxa]에 해당하는 영혼이 없는 상업화된 기의에 불과하다. 다시 말해 디스카우는 레코딩 기술에 의해 창조된 가수인 것이다. 반면 프랑스의 [샤를르 팡제라Charles Panzera]는 기표의 목소리, 즉 시니피앙스를 지닌 목소리를 가지고 있다고 호평한다. 여기서 줄리아 크리스테바의 두 개념이 연관된다. [피노 텍스트pheno-text]와 [지노 텍스트geno-text]. 전자는 상징적인 텍스트이며 후자는 기호적인 텍스트이다. 전자는 의사소통을 위한 명시적인 차원에 해당하고, 후자는 상징질서이전 원초적인 차원에 해당한다. 전자는 상징의 질서를 준수함으로써 유지되는 건설적인 텍스트이고 후자는 상징의 질서를 혼란시키고 균열시키는 파괴적인 텍스트이다. 전자는 상징의 질서를 유지하려 하지만 후자는 상징의 질서에 저항한다.

바르트는 사진에 대해서도 지대한 관심을 표명한다. 그것은 사진이 다른 기호와 다르기 때문이다. 텍스트에 기반하는 기호는 [아날로지

analogy]를 통해 대상과의 유사성에 의존하지만, 사진은 드러나 있지만 실제로 감추는, 즉 실재하는 지시대상이기에 잠재적인 의미를 내포한다. 그러니까 사진은 내포의 메시지를 음흉하게 소통시키려는 외연의 메시지인 셈이다. 바르트는 유달리 모친에 대한 애증이 강하다. 우연의 일치인지는 모르나, 바르트는 모친이 타계한 1977년 이후 3년 뒤에 우연한 교통사고로 타계한다. 그 무렵에 어머니에 대한 추억이 『카메라 루시다』에 담겨있다. 이 작품은 학문적인 방법론과 개인적인 담화가 혼재된 바르트 특유의 텍스트이다. 사진에 대한 이론이라는 보편적인 방법론과 모친에 대한 추억이 등장하는 개인적인 담론이 담겨있다. 이 저술에서 등장하는 특별한 개념이 [스투디움]과 [푼크툼]이다. 전자는 문화적인 약호로서 일반인이 동의하는 장면을 의미한다. 다시 말해 사진을 보면 무슨 내용인지 명확하게 알 수 있음을 의미하는 사진의 내용에 대한 일반적 인식이다. 후자는 명확하게 인식되기를 거부하는, 사진 속에 감추어진 제3의 의미를 뜻한다. 푼크툼은 사진에 대한 다양한 의미생산을 가능케 하는 독자에게 고통을 주는 희열의 읽기를 체험케 한다.

b. 사이버스페이스의 미학: 장 보드리야르의 미학

인간은 지상의 공간에서 우주의 공간으로 진출하였고 이제 또 하나의 가상의 공간을 창안하였는데 그것이 사이버스페이스cyberspace이다. 조물주는 삼라만상을 창조하였고, 이를 근거로 인간은 사이버 세계를 창안했다. 물론 인간에게 가상의 공간이 전혀 생소한 것은 아니다. 공상, 상상, 환상, 망상 같은 것도 가상의 공간의 범주에 속할 수 있을 것이다.

이런 허위의 공간을 계량화하여 가시적인 차원으로 포착한 것이 디지털 기술이며 이것이 가상현실이 되어 인간을 유혹하고 인간은 이에 탐닉한다. 요즈음 인간은 인간과의 대화보다는 디지털 기기 속의 허상에 몰입한다. 따라서 실상의 시대는 사라지고 허상의 시대가 아이러니하게도 인간의 현실이 되었다. 이런 점에서 우리는 가상의 현실에 대한 제반 이론을 생산하며 이를 전 세계에 산종시킨 장 보드리야르Jean Beauderlliard의 담론에 관심을 멈출 수가 없을 것이다. 이제 인간의 실상중시의 미학이 최후를 맞이하였으며 동시에 허상이 인류의 미학을 이끌어 간다. 가상의 현실에 도취하고 이를 정교하게 생산하기 위하여 전 지구적으로 얼마나 많은 인력이 공장, 연구소, 대학에서 동원되고 혹사당하고 있는가?

　　장 보드리야르는 [에콜 노르말École normale] 출신의 바르트, 푸코, 라캉이 이룬 찬란한 구조주의/포스트구조주의의 계열에서 소외되어 있으나 구조와 이를 부정하는 포스트-구조를 능가하는 [가상-구조virtual structure]를 창안함으로써 프랑스 학문의 특이성을 계승한다. 1929년 프랑스 랭스Reims 출신으로 가정의 내력은 지극히 평범하다. 조부모는 농민이었고 부모는 공무원이었으며 학문의 진지한 탐구와 무관하게 고등학교 독일어 교사로서, 출판사 직원으로 근무했다. 이 와중에 마르크스, 브레히트의 글을 프랑스어로 번역하였으며, 앙리 르페브르와 바르트에 대해서 각별히 관심을 갖게 되었다. 이후 파리 낭테르 대학에서 르페브르의 조교를 하며 언어, 철학, 사회학 전반에 대해서 공부한다. 그 연구결과가 박사논문인 「사물의 체계」(1968), 「소비의 시대」(1970), 「시뮬라크르와 시뮬라시옹」(1981)으로 상재되었다. 그의 사상적 경향은 기호학, 마르크시스트 경제학, 소비주의 사회학, 프랑크푸르트학파의 영향을 받았다. 이보다 그에게 가장 큰 영향을 준 학자는 『자살론』[56)으로 유명한 [에밀 뒤르켐E.

Durkheim]이며, 매체이론과 연관하여 [마셜 맥루한M. Mcluhan]의 영향을 받은 것으로 보인다. 그의 저술은 탈-중심 시대의 포스트모던 사회, 문화, 예술에 지대한 영향을 미치고 있다. 특히 그의 독창적인 개념은 실제를 능가하는 실제인 [시뮬라시옹Simulation]과 실제의 인위적인 대체물인 [시뮬라크르simulacre]이다. 그의 이론을 다음과 같이 요약해볼 수 있다.

(1) <u>소비의 기호학</u>: 노동의 가치보다 소비의 문제가 대두된다. 편집적으로 생산[공장]한 것을 분열적으로 소비[개인]해야 한다는 점에서 생산의 구조를 구조주의적으로, 소비를 후기-구조주의적이라고 볼 수 있다. [소비주의consumerism]는 하나의 거대서사로서 정신분석학, 마르크시즘, 기호학을 통하여 해석된다. 소비를 권장하는 매체는 인간을 충동질하여 자본주의에 영혼을 거래하게 한다. 이때 매체는 파우스트와 같은 인간을 유혹하는 메피스토펠레스로 기능한다. 현대인은 실용적인 사용가치에 입각하여 상품을 소비하기보다 유명 브랜드를 선호하는 명목적인 기호가치에 입각하여 상품을 소비한다. 이 점이 영화 <악마는 프라다를 입는다>The Devil wears Prada에 잘 반영되어 있다. 말하자면 물질을 소비하는 것이 아니라 기호를 소비하는 셈이다. 아무리 우수한 기술자가 우수한 소재를 사용하여 가방을 만들었다 할지라도, 소비자는 열등한 기술자가 열등한 소재로 만든 [프라다]제 가방을 선택하는 것이다. 나아가 밥그릇을 보장하는 실속 있는 직업학교나 전문대학이 아니라 밥그릇이 보장되지

---

56) 자살론의 개요는 다음과 같다. [Durkheim's main argument was that suicide is not an individual act, as was previously thought by leading scientists of his time. Accordingly, his theory was that suicide was a social fact that was tied to social structures. He defined suicide as a social fact because it was something that happened driven by social causes, however hidden they were.] (http://edurkheim.tripod.com/id19.html)

않는 실속이 없는 명문대 브랜드를 선택한다. 이런 점이 물질적 가치를 기조로 하는 마르크시즘을 전복시키며, 소비는 기호를 흡수하고 [광고를 읽고] 기호에 의해 흡수되는 과정[광고에 유혹되는 과정]을 의미하며, 여기서 소비의 주체는 개인이 아니라 기호이다. 기호로서의 호랑이를 포획하려다 오히려 기호로서의 호랑이의 밥이 되는 셈이다.

(2) **시뮬라시옹과 시뮬라크르**: 시뮬라크르는 실제로 존재하지 않는 존재이나 실제로 존재하는 사물 이상으로 매력적이다. 여기서 플라톤의 이데아론이 상기되는데 시뮬라크르는 지상에 존재하지 않는 가상의 것으로 지상에 존재하는 사물의 진본이라고 보기는 어려울 것이다. 지상에 존재하는 것은 허위의 것이고 지상너머에 진본이 있다는 플라톤의 주장에 비하여 시뮬라크르는 지상에 존재하지 않지만 지상에 존재하는 것보다 더 리얼한 가상의 것을 의미한다. 다시 말해 원본이 있는 복제가 전자에 해당하고, 원본이 없는 복제가 후자에 해당한다. 플라톤의 말대로 사물을 둘러싼 환경은 사물의 [후경background]으로서 원형을 의미하는 이데아, 원형의 [전경foreground]으로서 그 복제물인 현실, 현실의 복제물인 예술 혹은 시뮬라크르로 구성될 것이다. 그러나 사물을 애초에 구성한 주체의 정체는 과학적인 인간의 상상력을 벗어난 신학적인 존재이다. 컴퓨터 게임에 나오는 여러 형태의 괴물처럼 원본이 없는 이미지로 존재하는 시뮬라크르는 유령의 상태에서 현실을 지배한다. 우리의 현실은 지시 대상 없이 존재하는 상황 속에 매몰되어 있고 이것이 시뮬라시옹의 상황이다. [아니 땐 굴뚝에 연기 나랴?]라는 격언에도 불구하고 근거 없이 생산되어 떠도는 괴담이 유명인의 현실을 파멸시키듯이. 유명인은 이 괴담의 확산을 저지하려다 오히려 확산시키는 바람에 괴담의 희생양이 된

다. 시뮬라시옹은 아무튼 재현의 한 방식으로서 현실과 대립한다. 보드리야르는 시뮬라크르의 질서를 [위조의 시대Era of Forgery], [생산의 시대Era of Production], [시뮬라시옹의 시대Era of Simulation]로 나눈다. 상설하면, [위조의 시대]는 고전시대에 해당하며 자연법칙을 중시하며 원본을 중시하기에 모조, 위조를 죄악시한다. [생산의 시대]에서는 극소수의 위조가 다양의 생산으로 전환되어 원본에 대한 지나친 향수가 불식되는 시기였다. 이 시대는 코드의 가치가 지배하는 시대로서 모델을 중시한다. 언어는 소통을 규정하는 모델이 있으며, 한류를 형성하는 전형적인 모델이 있다. [시뮬라시옹의 시대]는 미/추, 우/좌, 자연/문화의 대립이 사라지고 [내파implosion], 즉 사물의 규정성이 상실된 결정 불가능한 상태가 된다. 말하자면 신성이 [성상icon]으로 재현되었지만 신성은 사실 [지시대상referent]이 아니기에 이 성상은 근거를 상실한 원본 없는 시뮬라크르로 현실에 존재하는 셈이다. 이미지와 실재와의 관계에 대해 파생되는 다음의 선문답을 음미해보자.

> (가) 이미지는 실재의 반영이다.
> (나) 그러나 이미지는 실재를 왜곡한다.
> (다) 이미지는 실재를 은닉한다.
> (라) 그러므로 이미지와 실재는 아무 상관이 없다.
> (마) 따라서 이미지는 실재와 상관없이 홀로 존재하는 시뮬라크르이다.57)

---

57) 이 부분에 대한 영문은 다음과 같다. [In an article entitled 'The precession of simulacra,' Baudrillard argued that today the mass media have neutralized reality by stages: first they reflected it; then they masked and perverted it; next they had to mask its absence; and finally they produced instead the simulacrum of the real, the destruction of meaning and of all relation to reality.] (Hutcheon 재인용 33)

(3) 하이퍼 리얼리티와 내파: 과거의 기호는 통시적으로 대상을 지시/재현하고, 현재의 기호는 공시적으로 자신을 지시하고 대상을 창조한다. 대상이 기호를 창조하는 것이 아니라 기호가 대상을 창조하는 것이 더 우위에 있다. 이것이 초과실재로서의 하이퍼 리얼리티이다. 인간은 자연의 대상보다 기호가 창조한 대상을 더 중시한다. 자연적 대상과 기호적 대상의 대립. 이제 자연이 기호를 확정하는 것이 아니라 기호가 자연을 확정한다. 영화제작과정에서 이것이 적용된다. 기호가 스토리텔링의 필요에 따라 자연을 제작한다. 기호에 의해서 탄생한 자연은 원래의 자연보다 더 강력한 효과를 창조한다 [초과실재의 탄생]. 이에 대한 사례로 영화 <글래디에이터>*Gladiator*나 <벤허>*Benhur*의 미장센을 보라. 인공적 자연물이 얼마나 숭고한지. 원래의 자연과 기호의 자연에 대한 구분은 인간의 현실에서 양립하기에 그 구분이 의미가 없게 된다. 이것이 자연과 인공이 내파되는 현상이다. 보드리야르는 미국의 [디즈니랜드]를 이 현상의 근거로 제시한다. 그리고 [핵 공포]를 예로 든다. 결코 발생하지 않을 핵전쟁이 공포를 일으키며 각국의 현실을 억압한다. 핵전쟁의 공포는 현실적인 군비확장의 빌미로 사용될 뿐이다. 이것은 일종의 [저지시스템deterrence system]이다. 일종의 양치기 소년의 우화에 해당한다. 그러니까 가상의 전쟁 시나리오를 만들어 실제의 전쟁을 막는 것이다. 율곡의 십만 대군 양병설 같은 것이다. 이것이 초과실재의 전략이다. 다시 말해 실재[핵폭탄]를 시뮬라크르[핵공포]로 대체하고 실제상황이 발생[핵전쟁]하는 것을 저지하는 것이다. 초과현실을 만

영화 〈벤허〉의 시뮬레이션

들어 내는 인간은 기호가 자연을 창조하는 현실은 일종의 재난이며, 인간은 일종의 [미디어의 확장expansion of medium]으로 기능하게 된다. 맥루한이 주장하기에 도구가 팔, 다리의 [연장extension]이었듯이. 초과실재로 인하여 인간이 미디어를 춤추게 하는 것이 아니라 인간이 미디어에 의해 춤추는 꼭두각시가 되는 것이다. 따라서 현대인은 모바일 기기나 TV 같은 매체의 정보를 통해 인격을 형성하고 인생을 의지하며, 대화의 소재를 획득하는 매체에 의존하는 포스트휴먼시대의 디지털 인간이 된다.

(4) 초-미학trans-aesthetics: 사회가 예술에 반영되는 것이 아니라 사회 자체가 하나의 예술이다. 영화 <트루먼 쇼>The Truman Show를 보면 인간이 창조한 거대도시에서 자연과 인공의 구분은 무의미하다. 문화는 기호의 조작에 불과하므로 인간들이 문화에 무심한 것은 인간의 진심이다. 이로서 예술의 죽음이 선포된다. 자연을 반영하는 예술이 아니라 자연을 전혀 반영하지 않는 초-예술이 선호된다. 미/추의 구분의 해체는 당연하다. 미/추의 구분은 입장의 차이에 불과하기 때문이다. 계란형의 얼굴과 잘록한 허리를 가진 여인을 미인이라고 누가 정의했던가? 목이 긴 여인,

영화 <트루먼 쇼>의 가상현실

가슴이 큰 여인, 입술이 두꺼운 여인도 미인이라고 인정하는 지역이 있지 않는가? 예술의 죽음은 미학의 죽음을 동시에 선포한다. 예술의 임계점이 모호해지는 마당에 미적인 것과 비-미적인 것 사이의 구분은 의미가 없기

때문이다. 따라서 현대예술은 무의미하며 현대미학은 무의미하다. 이러한 관점에서 보드리야르가 선호하는 예술가 가운데 뒤샹과 워홀이 있다. 이 진솔한 무리에 폴록도 끼어줌직 하다. 이들은 예술의 무의미와 무가치를 주장한 선각자들이다. 결국 누워서 침 뱉기에 불과하지만, 무엇이 예술인가? 에 대한 신탁적인 물음을 제기한 사상가이기도 하다. 뒤샹의 경우 양변기를 끌어안고 예술작품이라고 우기는 것은 [주체성의 중단]으로 볼 수 있다. 그것은 양변기라는 [객관적 기성품ready-made goods]을 예술작품으로 본 것은 예술가의 [자율적인 주체성autonomous subject]이 중단된 것을 의미하기 때문이다. 여태 예술작품에 부여된 고고, 고상, 우아, 숭고, 신비라는 개념은 이제 평범, 일상, 보편, 범속이라는 개념으로 대체되어야 될 것이다. 그리하여 모나리자의 얼굴에게 풍겨 나오는 고상한 아우라는 그 얼굴에 몇 가닥의 수염이 그려짐으로써 소멸된다. 장인의 희귀한 예술작품은 생산자의 공장에서 무한히 복제되는 시뮬라크르의 운명을 짊어지고 경매장이 아니라 시장 저변에 유통되어야 할 처지에 봉착한다. 모더니즘의 덕목인 가치와 무가치의 구분에 대한 내파로 말미암아 미적가치가 사라지는 지경에 이르는 초-미학의 상황에 우리가 처한다. 무엇이 가치가 있고 무엇이 가치가 없는가? 에 대한 구분은 더 이상 용인되지 않는다. 미녀선발대회와 추녀선발대회의 차이는 존재하지 않는다. 범속한 것에 의미화연쇄를 작동시켜 창조한 미적가치를 확대재생산하려는 미학 마피아의 음모는 서서히 종말을 맞이한다. 이 점을 미국문화의 아이콘 [밥 딜런Bob Dylan]이 사모했던 딜런 토머스의 「순순히 어두운 밤을 받아들이지 마오」에 적용해보자.

순순히 어두운 밤을 받아들이지 마오, 노인이여
저무는 하루에 화내고 악을 써야 하오
분노, 분노하시오, 꺼져가는 빛에

현명한 사람들도 마침내 어둠이 옳다는 것을 알지만,
그들의 말은 진리처럼 날카롭지 못했기에, 그들은 순순히 어두운 밤을
　　받아들이지 않소

선한 이들은, 마지막 파도의 옆에서
그들의 미약한 선행이 푸른 만에서 얼마나 밝게 흩날렸는가를 부르짖으며
분노, 분노하오, 꺼져가는 빛에

떠가는 태양을 붙들고 찬미하는 야인들은, 너무 늦게 깨닫고는
태양이 그저 제 길을 가고 있음에 슬퍼하면서,
순순히 어두운 밤을 받아들이지 않소,

죽음을 앞둔 채, 눈이 멀어 수심에 찬 이들은,
그들의 먼눈에는 저 빛이 별똥별처럼 불타오르고
화사할지 모르지만, 분노, 분노하오, 꺼져가는 빛에

그리고 그대, 나의 아버지여,
슬픔의 절정에서, 그대의 격한 눈물로 나를 저주하고 축복해주오,
내 기도할 터이니, 순순히 어두운 밤을 받아들이지 마오.
분노, 분노하시오, 꺼져가는 빛에

Do not go gentle into that good night,
Old age should burn and rave at close of day;
Rage, rage against the dying of the light.

Though wise men at their end know dark is right,
Because their words had forked no lightning they
Do not go gentle into that good night.

Good men, the last wave by, crying how bright
Their frail deeds might have danced in a green bay,
Rage, rage against the dying of the light.

Wild men who caught and sang the sun in flight,
And learn, too late, they grieved it on its way,
Do not go gentle into that good night.

Grave men, near death, who see with blinding sight
Blind eyes could blaze like meteors and be gay,
Rage, rage against the dying of the light.

And you, my father, there on that sad height,
Curse, bless, me now with your fierce tears, I pray.
Do not go gentle into that good night.
Rage, rage against the dying of the light.[58]

여기서 구조적으로 창조주와 피조물의 대립이 나타난다. "순순히 어두운 밤을 받아들이지 마오, 노인이여"에 표명되듯이 시적화자는 피조물의 소멸을 숙명으로 수용하지 않고 이에 강력하게 저항한다. 생/사, 생성/소멸을 거부한다. 신의 죽음을 선포한 니체적인 발상이며 신의 도구

---

58) 이 작품의 인용은 [http://poemhunter.com/poem]에 근거함.

를 훔친 프로메테우스적인 도발이다. 인간은 쇠락하는 피조물인데 시적 화자는 신에 저항한다. 모순이다. 도자기가 도공을 어찌 탓할 수가 있겠는가? 주제넘은 짓이다. 그런데 인간은 초 땜질로 날개를 매달고 천상으로 올라가다가 추락한 이카로스처럼 주제넘도록 설계되어 있다. 여태 신을 이해한다는 인간이 얼마나 많이 나왔는가? 아니 한 걸음 나아가 자신이 신이라는 인간도 있었지 않았는가? 인간이 신을 이해한다고 하지만 인간이 이해하는 신은 저만치 떨어져 있다. 이는 마치 인간으로서의 아킬레우스가 앞서가는 실재로서의 거북이를 추월하지 못하는 [제논의 역설Zenon's paradoxes]에 해당한다.[59] 신의 저주인 엔트로피의 원리에 따라 인간의 몫은 각자에게 주어진 에너지만큼만 소비하고 지상에서 사라져야 할 운명이다. 인간은 다른 수단이 없이 신을 기호로 인식함으로써 접근하려하지만 신을 인식하는 순간 신은 이미 사라지고 없다. 신을 안다는 것은 [신의 부재]를 의미하고, 신에 대해서 논하는 것은 하나의 가정에 불과하다. 그런데 인간이 유사 이래 신성을 추구해 왔지만 신성을 획

토마토 전투

득한다는 것은 죽음과 마찬가지로 세속적인 욕망을 탈피하는 무용의 신기원을 경험하는 것이므로 [이전투구泥田鬪狗]가 본질인 지상에서의 삶은 무의미할 것이다. 그래서 인간의 본

---

59) 반대자들의 말처럼 운동이 실재한다고 가정한 다음 아킬레우스와 거북이가 경주를 할 때, 거북이가 A만큼 앞서 출발한다면 아킬레우스가 A만큼 갔을 때 거북이는 다시 B만큼 더 가게 되며 아킬레우스가 B만큼을 갔을 때 거북이는 다시 C만큼 더 가있을 것이다. (네이버 백과)

질은 어디까지나 감각을 바탕으로 이로 인한 과오를 반성하는 삶을 지향한다. 형이상학을 평생 죽도록 사모한 서울의 명문대 교수들이 종종 성범죄를 저지르는 것이 이를 방증한다. 말하자면 감각과 물질로 구성된 인간의 본질은 누구를 막론하고 추하기 쉽다는 것이다. 그래서 지상에서 인간이 붙잡은 신은 일종의 자기반영적인 신이다. 다시 말해 자기의 의식이 [투사projection]된 신인 셈이다. 신의 이데아는 현실의 감옥을 초월하여 [언어도단言語道斷]의 공간에 존재한다. 물론 성경에 따르면 조물주인 하나님의 형상에 따라 인간이 창조되었다고 전한다. 그런데 성경에도 하나님을 대면하는 순간 인간이 죽게 되어있고, 하나님은 자연을 통해 실재하려고 하신다. 구름기둥, 불기둥, 떨기나무의 타지 않는 불, 노아의 홍수, 천둥, 번개, 소돔의 재앙, 이집트의 메뚜기 떼와 같은 자연의 징조를 동원하여 하나님은 인간의 주변에 실재하신다. 불교의 경우에도 욕망이 소멸된 지점에 생로병사를 초월하는 해탈의 경지인 니르바나가 있다고 하나 생전에 근접할 수 없는 초월적인 공간이니 [그림속의 떡畵中之餠]이다. 그런데 "떠가는 태양을 붙들고 찬미하는 야인들은, 너무 늦게 깨닫고는 / 태양이 그저 제 길을 가고 있음에 슬퍼하면서"에 보이듯이 "태양"의 에너지에 의해 조성된 인간시장의 [오감五感]에 길들여진 인간이 무색무취 무념무상의 무료한 공간엔 무슨 재미로 살려는가? 그러기보다 감각의 노예가 되어 고생스럽지만 발악을 하며 사는 것이 인간적으로 더 정겹지 않은가? 인간은 연출자의 얼굴을 모르고 연기하는 배우와 같은, 지휘자의 얼굴을 대면하지 않고 연주하는 오케스트라의 주자와 같은 처지이다. 차라리 통제, 감독, 억압하는 연출자와 지휘자를 눈앞에 대면하지 않고 흠모만 하는 것이 훨씬 자유롭지 않은가?

한편 보드리야르의 이미지를 이 작품 속에 적용해보면, 이 작품의 주제로 등장하는 인간의 "분노"는 신에 대한 저항의 [이미지]이다. 신의 섭리를 지레짐작하는 인간의 "분노"하는 이미지는 신의 실재를 왜곡한다. 그러나 "분노"는 신의 실재를 포기한 것이 아니라 오히려 은닉하고 있다. 사실 인간의 "분노"는 신의 실재와 아무런 상관이 없다. 인간이 실존주의자처럼 지상에 추락한 자신의 신세를 한탄하며 울어도 신은 털끝만큼도 요동치 않는다. 따라서 "분노"는 신의 실재와 상관없이 존재하는 자족적인 시뮬라크르이다. 인간이 얼마나 "분노"하든 신은 [괘념掛念]치 않는다. 그럼에도 대개 무신론에 기우는 여타의 과학자들의 입장과는 달리 아인슈타인은 "신은 주사위 놀이를 하지 않는다"라는 말을 함으로써 [신의 확실성]을 주장한다. 하여간 현상이 있으면 배후가 있듯이, 안/밖이 있듯이, 이미지가 있으면 실체가 있듯이, 자연의 이면에 근본적인 무엇인가가 실재하는 듯한 신비를 느껴지는 것은 우연일까?

C. 매체미학: 맥루한의 미학

맥루한(1911-1980)은 캐나다 출신의 영문학자로서 현대 미디어 팝의 선구자로 인정받고 있다. [문맹시대era of illiteracy / 암흑시대black age / 신학시대era of theology / 인쇄시대era of printing / 전자미디어 시대era of electric media]에 대한 예측과 전망으로 전 지구적인 관심을 사로잡았다. 그의 주장가운데 핵심적인 것은 [미디어는 메시지]와 [미디어는 인간의 확장]이다. 그의 사상이 미학적으로 음미되는 것은 현 시대를 진단하는 기발함 때문이다. 말하자면 창조의 미학이 되는 셈이며 다음과 같이 요약해볼 수 있다.

(1) **구술문화 / 문자문화**: 그는 『구텐베르크 은하계』Gutenberg Galaxy와 『미디어의 이해』Understanding Media에서 미디어의 변천에 따른 문화의 변동을 예측하고 있다. 책을 통해 세계를 보고 책을 통해 모범적인 자아를 형성하던 시기였다. 원인과 결과를 따라 이어지는 서사의 선형적 흐름으로 인하여 인간성이 상당히 합리적이고 이성적인 측면이 강하다. 그런데 21세기 컴퓨터와 디지털 기기의 등장으로 인간에게 암흑세계에서 지식세계로 안내한 구텐베르크Gutenberg의 시대정신은 종말을 고할 수밖에 없었다. 앞에서 뒤로 나아가는 [선형적linear]인 책 중심의 아날로그 미디어와 앞/뒤의 구분이 없는 [무작위random] 방식에 의한 디지털 미디어는 현재 병존하며 양립중이지만 결국은 후자의 방식으로 주도될 운명이다. 인간의 [오감five senses] 가운데 활자가 부재하던 시기에 [청각auditory sense]에 집중하지만 활자가 존재하는 시기에 [시각visual sense]이 중요하게 부각되었다. 시각은 한곳에 집중됨으로서 파시스트적 관점을 형성한다. [음유시인minstrel]이 등장하던 음성중심의 구술시대에서 문자의 시대를 지나 미디어 시대로 진입한 요즘의 경향 속에서 인간의 문화의식은 분열적이고 파편적이고 두서가 없다는 것이다. 물론 깊이의 부재와 표면의 화려한 유희를 향유하는 포스트모더니즘과 궤를 같이한다고 볼 수 있다.

맥루한이 깊이 영향 받은 학자가운데 동향 선배격인 [이니스Harold Innis]가 있는데 그의 저서 『소통의 편향』Bias of Communication에서 여태 세상에 존재한 미디어를 물질적 전달수단을 기준으로 두 가지로 구분한다. [스톤 미디어stone media/페이퍼 미디어paper media]. 전자는 천연 암반, [오벨리스크obelisk], 스핑크스에 새겨진 문자에 해당되며 영구적으로 전승되지만 공간적으로 전승되기가 어려우며, 후자는 전자보다 지속성이 없지만 공간적 확산이 수월하다. 이런 점에서 전자는 영화 <십계>에 나오는 모세의 석판이 암시하듯이 시간을 지배하는 무시무종의 종교적인 차원을, 후자는 공간을 지배하는 [두루마리papyrus]가 의미하는 법전에 기초한 제국주의적인 차원을 의미한다. 아울러 이집트인들이 인간을 미라로 만드는 것은 시간을 지배하려는 전자의 차원이다. 이니스는 문명의 파멸은 문명의 전성기에 미리 예고된다는 것이다. 이른바 헤겔이 주장한 해 질녘에 [비상飛翔]한다는 [미네르바의 올빼미owl of Minerva][60]론의 역전이다. 현재 인간이 디지털 기기에 넋을 빼앗긴 21세기 미디어 문화가 절정을 향해 용솟음치고 있는 것도 인류 파멸의 한 징후인지 모른다. 그리고 이니스는 그리스/로마 문화에 대해서도 진단한다. 전자는 구술문화중심으로 인간의 기억을 통한 지식의 영원한 전승을 시도하고, 후자는 문자문화를 통해 지식의 공간적 확산을 도모함으로써 세계제국의 틀을 형성한 것으로 볼 수 있다는 것이다. 전자를 시간 편향적 미디어로, 후자를 공간 편향적 미디어로 볼 수 있다. 기억과 파피루스의 대립이다. 그리스에서 철학이 성행한 이유도 이런 점에서 설명이 가능하다. 문자의 도입이 [천연遷延]되었기에 사람들이 기억주변의 인식작용에 과도하게 의존 하는, 말하자면 형상적 이미지적 사유가 풍성해질 수밖에 없었다고 볼 수 있다. 문자에 대한 소수의 정보독점으로 불가피하게 독재 권력이 탄생하게 된다. 로마가 공화정에서 제정으로 변한 것도 이와 연관된다. 전자는 토론중심이고 후자는 문자중심이기 때문이다. 로마가 [팍스-로마나pax-romana]에 의해 세력을 확장하면서 토론에 의한 정치보다는 법전에 의한

---

60) The 19th-century idealist philosopher Georg Wilhelm Friedrich Hegel famously noted that "the owl of Minerva spreads its wings only with the falling of the dusk" —meaning that philosophy comes to understand a historical condition just as it passes away. Philosophy cannot be prescriptive[선제적] because it understands only in hindsight[사후적]. (wikipedia.com)

정치를 할 수밖에 없었다. 구술문화는 공간의 저항을 국소화하며 황제의 칙령인 교지가 변방에 전달된다. 이처럼 매체의 선택과 활용에 따라 제국의, 국가의 운명이 달라진다. 로마의 문자문화는 안토니우스와 클레오파트라의 비극이 상기되는 이집트의 파피루스문화에 영향을 받았다. 하지만 문자가 광활한 공간을 지배할 수 있으나 무한대의 시간을 지배하기는 불가능하다. 문자보다 더 시간의 영원성에 양립할 수 있는 것이 바로 종교이다. 이것이 일관적인 통치가 불가능한 로마제국의 분열이후 등장한 기독교 문화의 이유가 된다. 따라서 제국의 탄생과 소멸은 무기의 보급이 아니라 문자의 소통에 의해 좌우된다고 볼 수 있다. 현재는 디지털 매체를 통해 중앙정부의 제국주의적 통제가 오히려 편리해졌다고 볼 수 있지만 아울러 디지털 기기를 소지한 각 개체들의 목소리가 가상공간 [SNSSocial Network Service]에서 난무하는 그리스의 [폴리스polis]적 상황이 되었다고 볼 수 있다.

맥루한의 제자인 또 한 사람의 저명한 매체학자는 [월터 옹Walter J. Ong]이다. 그는 구술문화와 문자문화에 대한 대립적인 시각을 소개한다. 그는 매체가 인간의 의식을 구조화하였음에 주목한다. 말하기에서 글쓰기로의 전환과정에서 옹이 주목한 것은 21세기가 새로운 문자문화의 시대에 접어들었다는 것이다. 그것은 전화, 라디오, TV 매체는 불가피하게 문자문화에 종속되어 있기 때문이다. 그가 보기에 글쓰기는 추상적 객관적이고, 반면 말하기는 투쟁적 참여적 논쟁적 상황적이다. 그는 매체문화를 두 가지로 구분한다. 1차 구술문화와 2차 구술문화. 지금은 후자의 시대이다. 전자의 말하기의 시대에서 지금은 전자매체를 통한 또 하나의 새로운 구술시대인 셈이다. 1차 구술문화는 문자문화의 영향이 지대하였지만 2차 구술문화는 새로운 매체시대의 문화인 셈이다. 과거서부터 현재까지 매체의 진보는 표음문자, 구텐베르크의 금속활자[한국의 직지심경], 마르코니의 전신, 전자 미디어의 과정을 밟고 있다. 인류의 문화는 소통 기술의 발달과 필연적으로 연계되어 있다. 구어의 시대에는 청각문화가 발달하였고, 표음문자의 발명으로 시각문화가 발달했으나, 전자매체의 발달로 인하여 인간의 구체적 일상이 복원됨으로써 청각적 문화로 반전된다.

맥루한은 이 현상을 부족화, 탈부족화, 재부족화로 정리한다. 족장의 말과 샤먼의 주문에 의지하던 공동체의 시대에서 문자가 도래함으로서 구성원들이 이탈하고 다시 족장과 샤먼의 언술이 복원됨으로서 재부족화로 회귀한다. 그러나 현대인의 소외라는 말이 유행하고 있듯이 현재 개인들이 공동체에 복귀하는 것은 또 다른 문제인 것 같다. 그것은 매체가 인간의 역할을 담당하므로 인간이 인간을 멀리하고 오히려 매체와 친밀하기 때문이다. 그런데 현대인은 매체를 통해 과거의 소리를 들음과 동시에 소리보다 문자를 통하여 의사를 전달하는 구어와 문자의 전략을 상황에 따라 병행한다. 사람들이 구어로 대화하기보다 문자로 소통함으로서 공동체로부터 멀어진다. 인간 상호간의 접촉에 의한 감정, 정서, 느낌의 문화가 사라지고 인간을 대행하는 문자를 통한 메마른 이성과 논리의 문화가 자리한다. 문자는 사물을 기호로 분류하여 범주화 시키고 보편화 보다 전문화를 추동하고 사회는 점차 분업화 특수화 된다. 인간의 시각과 청각이 공존하던 시대는 사라지고 청각보다 시각우위의 시대가 되었다. 이것은 인간에게 감각의 균형이 파괴됨을 의미한다. 인간은 접촉보다는 문서를, 독서를 통해 인생을 소진하는 경우가 많아졌다. 인간의 고독은 구텐베르크의 작품인 셈이다. 책을 통해 교제하고 책을 통해 사색하고 책을 통해 인격을 함양하고 책을 통해 여가를 보낸다. 책과 인간의 소통을 통해 개인주의가 탄생한다. 물론 접촉, 감정, 오감을 기반으로 삼는 원시 공동체에서도 종족 간에 소외되고 배제되는 경우가 있을 것이다. 책은 인간을 대신하는 제3의 주체이며 타자인 셈이다. 책을 통해 형성된 각자의 관점을 가지고 관점의 집합체인 이데올로기마저 탄생한다. 인쇄 공정을 통해 생산된 책은 기계화의 원리를 보여주는 산업화, 현대화의 모델이다. 따라서 거대서사로서의 속물주의, 자본주의, 산업주의, 사회주의는 모두 구텐베르크 은하계의 후예인 셈이다. 밀폐된 책상에서의 독서가 출세를 보장하는 문자시대에 그 후유증이 만만치 않다. 한국의 현실에서 시각의 기계로서 육법전서를 기계적으로 암기하여 판사가 된 사람은 아무래도 인간에 대해서 균형 잡힌 정서를 통한 종합적인 판단이 어려울 것이다.

(2) 미디어 = 메시지: 맥루한이 보기에 매체는 전자신호를 수렴하는 유/무선장치에만 해당하는 것이 아니다. 그는 영역의 연장, 교통수단도 다 매체로 본다. 그러니까 수단/도구가 되는 셈이다. 아울러 인간과 유령을 대면케 해주는 [영매medium]나 [샤먼shaman]도 매체가 된다. 매체는 인간의 한계를 초월하게 해준다. 로봇, 비행기, 크레인, 망원경, 카메라, 자동차, 지하철, 잠수함, 모바일 기기가 다 매체에 해당한다. 인간이 너무 멀어서, 너무 미세하여 육안으로 볼 수 없는 것을 보여주고, 원격지에 존재하는 인간들의 목소리를 들려주고, 육신의 힘으로 불가능한 것을 가능케 해준다. 마치 매체는 인간에게 알라딘 램프 속의 [지니Genie]와 같은 존재이다. 매체는 인간의 [연장extension]인 셈이다. 맥루한은 [바퀴wheel = 발의 확장], [옷 = 피부의 확장], [수number = 촉각의 확장], [총gun = 이빨과 눈의 확장], [전기 = 중추신경의 확장]이라고 본다. 그런데 19세기의 과학자

[에른스트 캅Ernst Kapp]은 맥루한보다 먼저 [기술 = 몸의 연장]임을 주장했으니 맥루한의 주장은 독창적인 것이 아니라 캅의 주장을 패러디한 셈이 된다. 캅은 인간의 연장[칼, 삽, 그릇]을 사지의 연장으로, 철도는 [순환계circulatory system]의 연장, 전자통신을 신경계의 연장으로 보았다.

맥루한이 주장한 [미디어 = 메시지]라는 명제에서 강조되는 것은 메시지가 아니라 미디어 자체이다. 특정물질은 어떤 그릇에 담기더라도 변함이 없다. 이때 물질 = 메시지, 그릇 = 미디어가 된다. 물질은 그릇에 의해서 좌우되기에 메시지의 내용보다는 메시지를 전달하는 매체가 더 중요하다는 것이다.[61] 이는 일반적으로 인정되는 [메시지 > 미디어]의 공식을 전복시킨다. 맥루한의 인류에 대한 기여는 인간이 가지고 있는 감각시스템의 활용에 대한 경고이다. 청각/시각/후각이 균형을 이루어야 하지만 어느 한 곳에 치중하는 것도 바람직하지 못하다는 것이다. 적어도 청각과 시각이 균형을 유지함이 바람직하다. 그는 시각과 청각의 비율을 [감각비율sense ratio]이라고 부른다. 매체는 인간의 외부의 감각기관으로서 감각비율의 균형을 파괴한 셈이다. 그것은 단순히 소통의 도구가 아니라 인간의 감각을 외부로 노출시킨 인간감각의 외부적 확장이다. 텔레비전은 감각의 비율을 시각적으로 강화시킨 측면이 있을 것이다. 라디오는 감각의 비율을 청각적으로, 신문은 감각의 비율을 시각적으로 강화시키는 측면이 있을 것이다. 따라서 인간은 선호하는 매체에 따라 소통의 방식이 다를 것이다.

---

61) 같은 소식이라도 TV에 나오는 것과 전단지에 나오는 것은 그 파급효과가 확연히 다를 것이다.

(3) 핫미디어/쿨미디어: 맥루한은 매체를 두 가지로 구분한다. 그 기준은 [정밀도 혹은 해상도]와 [참여도]의 정도이다. 전자는 메시지의 선명도를 의미하고, 후자는 메시지에 대한 군중의 영합수준을 의미한다. [핫미디어]는 정밀도가 높아서 수용자의 참여도가 저조하다. 여기에 영화, 라디오, 책이 해당한다. [쿨미디어]는 정밀도가 낮아 이를 인식하려는 수용자의 참여도 높다. 여기에 전화와 텔레비전이 해당된다. 그런데 현재 고화질의 스마트폰과 고화질 평면 TV의 출현으로 이 기준도 수정해야 할 것 같다. 특히 텔레비전은 미디어의 대표매체로서 군중의 힘을 결집시키는 데 유용하다. 맥루한은 텔레비전을 모자이크의 효과에 비유하였는데, 그 것은 주사선에 의한 점으로 화면이 구성, 원근법 상실, 선형적인 관점 배제, 영화의 몽타주와 유사하기 때문이다.

(4) 내파와 외파: 서구문화는 외파에서 내파로 전개된다. 그것은 중앙에서 주변으로 전달됨을 의미한다. 내파는 중심이 부재하다. 이는 문자문화와 전자문화에서 여실히 드러난다. 문자문화는 철자에 의해 시간, 공간의 확장된 거리를 질주하는 과정이며, 문자와 기계매체는 외파에 해당한다. 텔레비전은 유비쿼터스적 기능을 가지고 인간이 존재하는 곳곳에 존재하며 언제 어디서나 스위치 작동이 가능하다. 물론 맥루한에 대한 평자의 비판이 존재한다. 우선 [핫미디어]와 [쿨미디어]를 구분하는 기준이 되는 정밀도에 대해서 요사이 등장하는 고해상도 평면식 TV로 인하여 의미가 퇴색된다고 볼 수 있고, 텔레비전이 사회문제에 대한 참여도를 촉발하는 것이 아니라 인간을 수동적으로 만드는 바보상자에 불과하다는 주장이 있으며, 또 [미디어 = 메시지]라는 명제에서 두 개념이 서로 양립할 수 없다는 점이 있다. 그럼에도 텔레비전이 인터넷처럼 전 세

계를 하나의 지구촌으로 묶는 구심점이 될 것은 확실하다. 최근 월드컵 경기를 동시에 동일한 장면을 관람하는 전 세계인들의 모습이 이 점을 방증해준다. 현대사회에서 인간과 매체는 점점 일체가 되어간다. 현재 인간과 디지털 기기는 요즈음 불가분의 관계가 되지 않았는가? 이 점을 긴즈버그의 「울부짖음」에 적용해보자.

나는 이 시대 절정의 정신들이 광기로 파괴돼 굶주려 발가벗고 발광
    하며 동틀 무렵 센 작대기 찾아 깜둥이 거리 허적대며 지나는
    걸 보았고,
기계의 밤 별빛 발전기와 태곳적 성스런 관계 맺으며 애태우는 천사
    머리띠 두른 비트족 보았고,
찬물만 나오는 단층집 초자연적 어둠 속 가난과 넝마와 퀭한 눈으로
    마약 피우다 취해 도시 위 떠다니듯 재즈 음미하던 자,
고가철도 아래서 골까지 까발려 하늘 우러르며 셋집 지붕위로 무함
    마드 천사들 비틀비틀 광명 속 강림하는 것 보던 자,
번득이는 서늘한 눈으로 아칸소 주와 블레이크 빛 비극 환상 보며 전
    쟁하는 학자 사이로 대학을 질러간 자,[62]

I saw the best minds of my generation destroyed by madness,
    starving hysterical naked, dragging themselves through the
    negro streets at dawn looking for an angry fix,
angelheaded hipsters burning for the ancient heavenly connection to
    the starry dynamo in the machin-ery of night,
who poverty and tatters and hollow-eyed and high sat up smoking in
    the supernatural darkness of cold-water flats floating across the
    tops of cities contemplating jazz,

---

62) 『가지 않은 길―미국 대표시선』, 손혜숙 옮김, 서울: ㈜창비, 2014. pp. 157-58.

who bared their brains to Heaven under the El and saw
  Mohammedan angels staggering on tene-ment roofs illuminated,
who passed through universities with radiant cool eyes hallucinating
  Arkansas and Blake-light tragedy among the scholars of war,63)

독자에게 문학작품은 사실적이든, 표현주의적이든, 아방가르드적이든 간에 사회의 상황과 권력을 반영한다는 고전적인 마르크시즘적 미학(Coward 34)을 상기시키는 이 작품은 모던적인 고고한 심미적인 정서와 신비한 시적비유를 생각할 겨를이 없다. 그야말로 감정적 충동적이라는 점에서 실존적이다. 아울러 이성과 합리와 상식으로 장식된 관습의 굴레를 과감히 걷어내려는 점에서 혁명적이다. 마치 [질풍노도sturm und drang]와 같은 패러다임의 전환이 눈앞에 선명하게 그려진다. [성the sacred]이 [속the profane]이될 것이라고 예견한 마르크스와 성이 속의 음울한 환경 속에서 빛남을 예견한 [엘리아데Mircea Eliade]의 입장이 극명하게 대립된다. 전자는 지상에 [구축된 것은 결국 용해된다]라는 평범한 악담을 퍼부었다. 그리하여 현세에 환멸을 느끼는 아방가르드적 모던적 예술가로부터 칭송을 받았고, 이어서 뱉은 말은 [성聖스러운 것은 속俗화된다]는 것이다. 물론 피 터지는 경쟁을 교리로 삼는 자본주의와 욕망을 거세하여 하향 균등화로 점철되는 사회주의의 물신주의 앞에 인간의 고고한 이상과 신념은 머리를 조아릴 수밖에 없다. 이 점이 이 작품 속에서 비판되고 있다. "정신", "천사", "재즈", "블레이크", "대학"으로 이어지는 우아한 성스러운 환경은 "발광", "깜둥이", "발전기", "비트족", "넝마",

---

63) 이 작품은 [http://www.famouspoetsandpoems.com/poets/allen_ginsberg/poems/8315]에 근거함.

"마약"으로 이어지는 조악한 세속화로 전환된다. 이제 미래의 인간의 삶 속에서 계급투쟁, 물질투쟁과 같은 묵시론적 테마만이 판을 친다고 마르크스는 감히 호언장담을 한다. 그러나 엘리아데는 [성/속의 변증법]을 통하여 전자의 존재 가능성을 진단한다. 물론 유구한 역사와 전통을 자랑하는 서구사회에서 기독교가 쇠퇴하여 화려하고 웅장한 교회건물이 예배장소가 아니라 관광지나 유람지로 변하였으나 여전히 기독교는 서구인들의 일상 속에 잔존하고 있음을 부인할 수 없다. 아울러 성/속은 상보성의 원리에 의해서 존재한다고 본다. [성]이 없으면 [속]이 없고, [속]이 없으면 [성]이 없다는 것이다. 이러한 상대성의 원리는 [색즉시공色卽是空]이라는 불교적 관점과 유사하다. [성]은 외면에 경솔하게 드러나는 것이 아니라 내면에 은밀하게 내재되어 있다. 돌 가운데에도 평범한 돌이 있고 신성한 돌이 있다. 같은 돌이면서도 성/속의 물질로 나뉜다. 돌이 속된 물질이면서 동시에 인간이 참배하는 성스러운 돌[제주도 돌하르방]로 추앙되는 양면을 가진다. 이것이 추악한 물질을 외면으로 삼아 내면의 신성을 드러내는 돌의 역설, 아니 추악한 인간을 통해 예수가 탄생하는 [성자聖者]의 역설이다. 이런 점을 불교에서도 강조한다. 모든 인간들이 [부처의 자질成佛]을 가지고 있다고 하지 않는가? 이것을 엘리아데는 [상반성의 합일coincidence of opposites]이라고 규정하고, 이 "상반성"을 드러내는 것이 바로 [상징]이며, 상징 가운데 근본적인 상징을 [원형]이라고 본다. 그래서 인간은 속물과 성자를 막론하고 제각기 근본적으로 성스러움을 지향하는 [종교적인 인간Homo Religious]들이다. 이에 형식주적인 차원에서 긴즈버그가 이 작품을 통해 절망스럽게 바라보는 자본주의 사회의 종말은 앞으로 신성한 종교주의로 회귀할 가능성이 농후하다. 이 점에 대하여 아일랜드의 시성 예이츠가 [가이어 이론gyre theory][64]을 통해 이야기 한바 있다. 맥루한이 현재를 미디어의 시대라고 언명한 점은 일면 일리가 있으나, 실재, 자연, 사물, 실상이 미디어에 의해서 확대되고 중개됨은 플라톤 이래 제기된 궁극적인 문제이며 인간자체가 미디어이기에 지금에 와서 생경해할 이유가 없다.

d. 현대회화의 미학 [뒤샹, 폴록, 위홀]

(1) 뒤샹: <분수>는 20세기를 대변하는 아방가르드적 예술품으로 인정을 받고 있다. [소변기urinal]를 예술품이라고 주장하기에, 상품을 예술이라고 주장하기에, 상품과 예술의 구분이 내파된다. 일종의 레디메이드 예술 (작가에 의해서 예술작품으로 지명된 범속한 생산품)이다. 이는 예술의 관습과 숭고한 미학에 저항하는 다다의 몸짓이다. 이는 수천 년 기독교 역사를 부정하는 니체의 [신의 죽음]의 선포에 버금가는 그리스 문화 이래로 지속된 수천 년의 고색창연한 전통을 자랑하는 형식주의적 서구미학의 죽음을 선포하는 [대항미학counter-aesthetics]이다. 이처럼 소변기가 예술로 둔갑하는 것은 예술작품에 대한 시대적 인식의 변화와 직결된다

---

64) Yeats's thought is fundamentally dualistic and, although the single gyre contains a fundamental dualism in the two boundaries of its form, the base and the apex, it is more natural for Yeats to use a doubled form. Since the apex or minimum of one element implies the maximum of its dualistic opposite, these double cones intersect so that **the two gyres** are the complementary opposites of each other. Classically, this is the kind of interrelation depicted in the Yin[陰]-Yang[陽] mandala or in any form of wheel expressing two polar opposites. As in the representation of the Yin-Yang polarity, the maximum of one gyre contains the minimum of its opposite at its centre, so that, even as this minimum briefly touches zero, it is still inherent within the whole. (http://www.yeatsvision.com)

는 점에서 [디키]가 주장하는 소위 [제도이론institutional theory]에 근거한다고 볼 수 있다(김요한 111).

(2) 폴록: 그는 [추상표현주의자abstract expressionist]의 배후세력이다. 멕시코 벽화작가 [디고 리베라Digo Rivera]와 [초현실주의surrealism]에 영향을 받았으며, 1940년에 이르러 독창적인 그림을 생산해 냈다. 그것이 일명 [물감 뿌리기drip and splash]이다. 전통적인 기법인 [이젤easel]에 캔버스를 고정하지 않고 캔버스를 바닥에 놓거나, 벽에 세워두고 그림을 그린다. 전통적인 도구인 솔을 사용하지 않고 칼, 흙손trowel, 막대기를 사용하여 이미지에 깊이를 주려 한다. 이를 일명 [액션 페인팅action painting]이라고 부르며 작가의 감성, 표현, 기분을 중시하는 초현실주의 운동과 연관된다. 한편 이 기법은 인위적인 인식을 거부하는 무의식의 직접적인 표현을 위한 [심리적 자동성psychic automatism]을 반영한다. 그의 물감 뿌리기 전략은 구도의 탈-중심화를 강조하기에 원근법의 상실을 초래하고 중심과 주변의 차이를 무효화한다. 그리고 그의 그림은 화폭에 구애를 받지 않고 무한히 확장된다. 그런데 그의 예술행위는 의도적인 창작을 기피하려는 자유로운 수법으로 볼 수 있으나 관습과 전통에 길들여진 타성으로 인해서 그 무작위의 행위마저 정치무의식적인 몸짓이 아닌지 의심스럽다.

(3) 워홀: 그의 작품은 미국의 물질문화로 구성되어 있다. 미국사회를 지배하는 상징적인 것들, 즉 달러, 식품, 잡화, 구두, 유명인, 신문 스크랩 등을 그림소재로 즐겨 이용했다. 이 속에 미국의 가치를 함축하고 있다. 보편적인 가치의 아이콘이 코카콜라인데, 그는 "코카콜라는 동일한 코카콜라다. 대통령이 마시는 코카콜라와 내가 마시는 코카콜라는 같은 코카

콜라다"라고 외친다. 그는 미국문화의 저변에 널린 대중에게 익숙한 이미지를 이용하여 20세기 미국의 문화적 정체성을 표현했다. 실크스크린 기법[65])을 이용하여, 마릴린 먼로, 엘비스 프레슬리, 상품, 달러와 같은 미국 사회의 대표적인 아이콘을 작품화했다. 여기에 미국의 거대 자본주의와 포퓰리즘을 기조로 하는 대중문화가 함축하는 진부함과 공허함이 드러난다고 볼 수 있다. 이제 삼인 각색의 특징을 엘리엇의 「J. 알프레드 프루프록의 연가」에 적용해보자.

> 만약 내 대답을 듣는 이 중에
> 이승으로 돌아갈 자 있다고 생각했다면
> 이 화염은 떨림을 멈추겠지.
> 허나, 이 심연에서
> 여태 아무도 돌아간 자 없으니
> 어떤 오명의 두려움도 없이, 나 그대에게 대답하리라.

> 자 그럼 갑시다, 그대와 나,
> 하늘에 어스름이 퍼져나갈 때
> 수술대위에 마취된 환자처럼.
> 갑시다, 반쯤 버려진 거리를 지나
> 일박 싸구려 호텔에서,

---

65) 여러 가지 판화기법 중 제작과정이 비교적 간편하고 일단 판이 완성되면 단시간 내에 수십 장을 찍어낼 수 있어 상업적인 포스터 등에 많이 이용된다. 원리를 살펴보면 자기가 원하는 상(像)대로 스텐실을 만든 후 그 위에 실크를 올려놓고 실크의 망사로 잉크가 새어나가도록 하면 구멍이 난 스텐실 부분에만 잉크가 묻어나 찍혀 나온다. 천이 준비되면 나무로 틀을 짜서 그 위에 천을 팽팽하게 죄어 입혀 스크린을 만든다. 천으로 된 판 위에 직접 작업을 원할 때는 글루라는 풀을 붓에 묻혀, 찍어내고자 하는 형태 이외의 부분을 칠해서 망을 막아주면 되고, 스텐실을 사용할 경우에는 래커필름이나 얇은 유지(油紙)를 형태대로 칼로 오려내어 천 밑에 깔아주면 된다. (네이버 백과)

그 불안한 밤의 뒷골목을 지나
톱밥 깔린 굴껍데기 투성이 식당을 지나
지루한 논쟁처럼 이어지는
은밀한 의도의 그 길은
그대를 압도적인 물음으로 이끌기 위한 것...

오, '그게 뭐죠?'라고 묻지 말아요.
그냥 가서, 방문해봅시다.

여인네들이 방안에서 서성이며
미켈란젤로를 이야기한다.

S'io credesse che mia risposta fosse
A persona che mai tornasse al mondo,
Questa fiamma staria senza piu scosse.
Ma percioche giammai di questo fondo
Non torno vivo alcun, s'i'odo il vero,
Senza tema d'infamia ti rispondo.

Let us go then, you and I,
When the evening is spread out against the sky
Like a patient etherized upon a table;
Let us go, through certain half-deserted streets,
The muttering retreats
Of restless nights in one-night cheap hotels
And sawdust restaurants with oyster-shells:
Streets that follow like a tedious argument
Of insidious intent

To lead you to an overwhelming question...
Oh, do not ask, "What is it?"
Let us go and make our visit.

In the room the women come and go
Talking of Michelangelo.[66]

모두冒頭에 나오는 라틴어는 모자이크적 효과를 가진다. 영문 속에 끼어든 이색적인 언어이기에 라틴어 자체의 숭고함을 드러낸다. 지상에 벌어진 일들에 대한 진실은 이제는 알 수 있으나 지상의 사람들에게 알릴 수 없음을 한탄하는 내용이다. [소돔Sodom]을 탈출하는 [롯Lot]의 부인처럼 오르페우스가 뒤를 돌아봄으로써 에우리디케를 지옥 문전에서 놓쳐서 지상의 사람들에게 지옥의 형편을 알려줄 수 없음과 유사하다. 혹은 니체가 죽은 후 사후의 진실을 파악을 했으나 생사의 지경을 넘어 알릴 수 없다는 것과 같다. 천국과 지옥 가운데 어디로 가는지? 우리의 의식이 생시와 같이 유지되는지? 혹은 모든 것이 벌어진 후에 인과에 의해 매듭이 지어진 일들이 환원 불가능함을 의미하는 것과 같다. 그러나 라틴어는 소통을 거부하는 언어이기에 기호적 가치만을 지닌다. 이 현학적인 라틴어는 대중과의 소통을 거부하기에 매체로서 대중으로부터 외면되고 유리되듯이, 이는 모방으로서의 예술의 원래적 사명을 거부하지만 동시에 예술임을 강변하는 뒤샹의 [소변기]의 이색적이고 생경한 예술성을 상기시킨다. 이어서 전개되는 환자복을 입고 병석에 누워 있는 절망적인 상황과 암울한 뒷골목의 현실을 대면하기보다 외면하며 "미켈란젤

---

66) 이 작품은 [http://www.poetryfoundation.org/poetrymagazine/poem/173476]에 근거함.

로"와 같은 초월적 대상을 추상하기를 좋아하는 인간의 안일한 초월성을 타파하는 점이 기성의 예술을 파괴하는 뒤샹의 사명인 셈이다. 예술 작품이나 <소변기>가 오십보백보가 아닌가?라는 뻔뻔하지만 혁명적인 인식이다. 예술을 반-예술로 바라보는 해체주의적인 정신이다.

유리창에 등을 비비는 노란 안개
유리창에 주둥이를 비비는 노란 연기
그 혀로 저녁의 구석을 핥고,
하수 웅덩이 위에 머뭇거리다가
굴뚝에서 떨어지는 검댕을 등에 맞고
테라스 옆을 미끄러져, 갑자기 한번 풀쩍 뛰었다가
온화한 10월의 밤임을 알고
집 주위를 한번 살피고는 잠이 들었다.

The yellow fog that rubs its back upon the window-panes
The yellow smoke that rubs its muzzle on the window-panes
Licked its tongue into the corners of the evening
Lingered upon the pools that stand in drains,
Let fall upon its back the soot that falls from chimneys,
Slipped by the terrace, made a sudden leap,
And seeing that it was a soft October night
Curled once about the house, and fell asleep.

여기서 추상표현주의가 적용될 수 있다. 1940년대와 1950년대 미국 갤러리에 풍미하던 회화의 한 양식. 애초에 이 개념을 [칸딘스키 Wassily Kandinsky]의 초기 작품에 사용했으며, 형식적인 관점에서 추상적이나 내용적인 관점에서는 표현주의적이라는 것이다. 이는 나중에 폴록과 [드 쿠닝Willem De Kooning]의 작품에 적용함으로써 보편화되었다. 추상표현주의는 근대 서구미술의 경향을 아우르고 있다. 다다, 야수파, 표현주의, 미래주의, 입체주의, 초현실주의, 인상주의, 기하학 등. 특히 무의식에 입각한 초현실주의자들의 자동기술법을 강조한다. 무엇을 그린다는 의도적이고 작위적인 관점을 벗어나 그린다는 행위 자체에 방점을 찍는다. 또 그린다는 행위 자체에 중점을 둔 역동적인 제작 태도에서 잘 나타나고 있다. 추상표현주의는 추상주의처럼 세모, 네모, 원과 같은 기하학적 차가운 추상과 무정형의 점, 선, 면에 의한 자유롭고 뜨거운 형상을 추구한다. 전자는 다소 의식적이고 후자는 무의식적인 요소를 추구한다고 볼 수 있다. 그러나 비구상주의, 추상주의, 추상표현주의, 모두가 무의식의 의식적 양상이라는 점을 부인할 수가 없을 것이다. [무의식은 타자의 담론unconscious is discourse of others]이라는 라캉의 언명처럼 무의식은 결국 의식을 통해 형상화될 수밖에 없기 때문이다. 그러므로 무의식이라 할지라도 현실의 지시성과 방향성을 상실할 수 없다. 이 작품에서 "안개"와 "연기"가 시의 일부를 장식한다. 물론 이 요소들이 [제임슨Fredric Jameson]이 말하는 소위 [정치적 무의식]을 구성할 것이다. 무의식의 모양을 취하면서도 정치적인 의도를 발산하는 것. 그것은 표면 위를 기어 다니는 안개는 현상위에 안주하는 우리의 모습이기 때문이다. 걸림 없는 실존과 자유로운 유랑을 원하지만 항상 정주하려는 우리의 타성적 인생이다. "연기"가 머무는 "온화한 10월의 밤"은 [쾌락원리pleasure principle]를 추종하는 우리의 습성이며, 무정형의 "안개"는 주어지는 환경에 따라 변화무쌍하게 적응하려는 삶의 화폭을 무작위하게 장식하는 우리의 [이드id]적 [액션 페인팅]이다.

머리칼을 뒤로 갈라 볼까? 감히 복숭아를 먹어 볼까?
흰 플란넬 바지를 입고서 해변을 걸어 볼까.
나는 들었다. 인어들이 서로 노래하는 것을,
나는 인어들이 내게 노래해주리라곤 생각지 않는다.

나는 보았다. 인어들이 파도를 타고 바다 쪽으로 가며
뒤로 젖혀진 파도의 하얀 머리칼을 빗는 모습을,
바람이 바닷물을 희고 검게 뒤집을 때에.

우리는 바다의 방에 머물렀었다.
적갈색 해초를 휘감은 바다 처녀들 곁에,
인간의 목소리들이 우리를 깨울 때까지, 그리고 우리는 익사한다.

Shall I part my hair behind? Do I dare to eat a peach?
I shall wear white flannel trousers, and walk upon the beach.
I have heard the mermaids singing, each to each.
I do not think they will sing to me.

I have seen them riding seaward on the waves
Combing the white hair of the waves blown back
When the wind blows the water white and black.

We have lingered in the chambers of the sea
By sea-girls wreathed with seaweed red and brown
Till human voices wake us, and we drown.

여기서 공동체의 보편적인 가치가 제시된다. 그것은 "머리칼", "흰
플란넬 바지"에 함축되어 있다. 이것은 서구사회의 전통이다. 이제 서구

사회의 전통에 귀속되려는 시인의 체념이 드러난다. 그런데 "인어"가 등장하여 현실과 무의식적 상황이 중첩된다. 그러나 어색한 것은 아니다. 어차피 우리의 삶은 의식의 현실과 무의식의 꿈으로 구성되어 있다. 이는 의식의 잡동사니를 이용하여 정치적 무의식을 구성하려는 워홀의 의도와 교감한다. 코카콜라는 물질만능의 미국적 가치를 대변한다고 볼 때에 단정한 "머리칼"과 말쑥한 "플란넬 바지"는 [고답高踏]적인 영국귀족의 가치를 표방하기 때문이다. 그런데 "인어"는 우리가 무의식적으로 희구하는 [아니마anima)[67]적 존재를 상징한다고 본다. 그러나 [페르소나persona]의 허울을 뒤집어쓴 채 가끔씩 그 가면을 벗어 던지려는 모순의 존재인 인간의 삶은 일종의 가장무도회이다. 이는 워홀이 범속한 사물가운데 진리를 발견하려고 했던 것처럼 엘리엇 또한 진부한 현실 속에서 삶의 돌파구를 마련하기 위함으로 볼 수 있다. 물론 시적화자는 일상에서나 무의식에서나 "익사"하고 만다. 마치 살바도르 달리가 시도하는 의식에서의 초현실주의적 탈피처럼. 따라서 워홀이 범속한 사물을 통해 미국적 가치를

---

67) 아니마의 네 가지 양상을 소개한다. [C. G. Jung believed anima development has four distinct levels, which he named Eve, Helen, Mary and Sophia. In broad terms, the entire process of anima development in a male is about the male subject opening up to emotionality. (1) Eve—The first is Eve, named after the Genesis account of Adam and Eve. It deals with the emergence of a male's object of desire. (2) Helen—The second is Helen, an allusion to Helen of Troy in Greek mythology. In this phase, women are viewed as capable of worldly success and of being self-reliant, intelligent and insightful, even if not altogether virtuous. (3) Mary—The third phase is Mary, named after the Christian theological understanding of the Virgin Mary (Jesus' mother). At this level, females can now seem to possess virtue. (4) Sophia—The fourth and final phase of anima development is Sophia, named after the Greek word for wisdom. Complete integration has now occurred, which allows females to be seen and related to as particular individuals who possess both positive and negative qualities.] (wikipedia.com)

재현한다고 해서 워홀을 키치 수준의 작가로 보아 [성배holy grail]를 추적하는 진리의 십자군 대열에서 이탈한 것으로 볼 수는 없으며, 오히려 자본주의와 대중주의로 위장한 에피파니epiphany의 탐구자로 볼 수 있다.

e. 무의식의 미학

데카르트가 부정하는 무의식은 존재한다. 이를 증명하기 위해 프로이트의 [개별무의식], 칼 융의 [집단무의식], 라캉의 [언어(타자) 무의식 linguistic unconsciousness]을 동원할 필요가 전혀 없다. 왜냐하면 사물은 종이의 양면으로, 쌍으로 구성되어 있기 때문이다. 물질/반물질, 정신/육체, 양/음, 남/여, 문화/자연, 겉/속, 기표/기의. 상식적으로 이러한 자연스런 유추에 저항할, 이의를 제기할 사람은 없어야 당연하다. 의식/무의식의 구도는 현상과 의도를 구성하는 자연의 일부이다. 이런 점에서 언어에도 외적언어/내적언어의 구분이 가능하다. 전자는 사회적으로 표명된 언어이며 후자는 자신에게 이야기하는 내밀한 언어이다. 물론 외적 언어를 통하여 내적언어를 유추할 수 있을 것이다. 농담 속에 진담이, 거짓말 속에 진실이 있을 수 있다. 무의식에 접근하는 경로는 다양하다. [최면 hypnogenesis], 꿈, 농담, 실수, 예술, 임상 데이터. [샤르코J. -M. Charcot]는 히스테리68) 치료를 위해 최면을 이용했다. 꿈은 현실을 왜곡하지만 역설적으로 현실을 해석하는 단서가 된다. 성경의 창세기에 소개되는 야곱의 꿈에 나오는 천국의 사다리가 연상된다. 프로이트가 꿈에 나오는 상징들에 대한 해석은 이러하다. 넥타이와 우산은 남근을, 상자와 나무는

---

68) 이 개념은 [자궁(womb)]을 나타내는 그리스어 [hysteron]에서 유래된다.

여성을 나타낸다. 실수는 틀리거나 잘못된 행동이 아니라 내면의 진심을 보여주는 올바른 행동이다. 우연한 농담이라도 이것은 진실을 내포한 진담의 증거일 수 있다. 예술은 인간의 본능을 문화적으로 순화시키는 사회적 순기능을 가지는 인간의 놀이이자 유희이다. 이것 또한 허위의 제식이 아니라 인간의 본능을, 진심을, 왜곡된 형태로 보여준다.

여태 연구해본바 무의식의 특징은 이러하다. 의식의 피안에 존재한다. 무의식은 의식이라는 마스크를 뒤집어쓰고 등장한다. 무의식은 쾌락을 추구하고 윤리, 도덕과 무관하다. 의식은 제멋대로의 무의식을 보호하는 수호천사이다. 의식과 무의식은 세상의 사물이 그러하듯이 상보적인 형태로 존재한다. 의식은 무의식이 모태이며 무의식은 의식을 통해 등장할 때 그 존재의 의미가 있다. 여기서 의식은 문명이 되고 무의식은 자연이 된다. 인간의 무의식은 인간이 생존하기 위하여 불가피하게 억압, 거세되어야 한다. 그것은 인간이 무의식적으로 행동할 경우 [일신 身]의 안전을 담보할 아무런 장치도 없기 때문이다. [거세와 억압]은 문화의 원리이며, 차이와 더불어 문화의 동기가 된다. 그런데 거세와 억압은 회귀의 특징이 있다. 반드시 억압된 것은 되돌아온다return to the repressed. 풍선효과처럼 한 쪽에서 누르면 또 다른 한 쪽에서 튀어나오듯이. 본능은 문화의 모습으로 우리의 눈앞에 등장한다. 그러니까 우리가 대면하는 사물은 문자의 모습을 띤 본능인 셈이다. 인간은 양면을 살아가야 한다. 본능을 감추고 문자의 모습으로, 문화의 모습으로. 이 가면의 대열을 이탈할 때 인간이기를 포기한 것이다. 히스테리, 꿈, 증상이 본능의 현상이다. 들뢰즈와 가타리Felix Guattari, 데리다가 프로이트의 주장이 획일적, 기계적, 환원적이라고 비판하지만 무의식이 현실화된 증상에 대해 그들만의 대안이 없다. 무의식이 폭주한다면 과연 데리다의 대학에서의 원만한 일상이 가능했겠는가? 이는 대안 없는 비판이다. 이런 점에서 프로이트의 원리를 존중하며 무의식에 언어의 원리를 보완한 라캉의 태도는 적절하다. 무의식과 언어와의 관계에서 프로이트 손자가 창작한 원리가 일명 [포르트/다fort/da] 게임이다. 아기가 실패를 굴리며 어미가 밖으로 나가면 [포르트], 어미가 다가오면 실패를 당기며 [다]라고 외쳤다는 것이다. 이는 아기가 실패를 굴리고 당기며 어미와의 이별과 상봉을 스스로 보상하는 방식이다. 아이가 잃어버린 어미를 아이는 상징(실패)을 통해서 보상받는다. 실패는 어미의 상실을 통해 자신의 모습을 드러낸다. 사진 속 어미는 어미의 직접적인 존재를 상실한 반영된 모습이다.

무의식은 [명시적인 언어denotation]를 회피하여 애매하게 자신의 존재를 주장한다. 무의식은 사물 혹은 시각적 이미지로 존재한다. 서구문화에서 인간의 무의식은 여러 가지 현상으로 나타났다. 그것은 성화, 인물화, 유화, 추상화, 사진, 영화. 그리고 사물화에서 추상화로 변하는 현상이다. 의식에서 무의식으로 변하는 과정이며 질서에서 혼돈으로 나아가는 과정이다. 그러나 안과 밖은 다른 것이 아니다. 세 가지 고리가 일체화된 [보로메오 고리Borromean ring]와 안/밖의 구분이 없는 [뫼비우스의 띠 Möbius strip]와 같은 자기충족적인 구조가 상기된다. 언어와 같은 구조로 구성되는 무의식과 의식은 [내파]된다. 그 존재와 비존재의 공식은 의식 = 단어 + 사물제시, 무의식 = 사물제시로 수렴된다. 그런데 인간의 언어에 의해서만 양자가 존재할 수 있기에 [무의식 = 비뚤어진 의식]이라는 당위가 성립한다. 무의식에서 의식화되는, 즉 사물에 의미가 부여되는 지점을 [고정점anchoring point]이라고 라캉이 정의하지만 이것도 영구적인 확정된 지점이 아니라 다음의 의미가 부여되기까지의 지점이다. 우리가 무엇을 지각하고 인식하여 말을 할 때까지 무의식의 [사전lexicon]을 무한정

검토할 수 없고 제한된 시간에 따라 상황과 공간에 잠정적으로 적절한 말을 선택하여 입을 통해 표현하고, 미처 표현하지 못한 부분은 무의식 속에 잔존하여 후일 삶을 추동하는 동기가 된다. 이 점이 해체주의자 데리다가 말하는 세상의 진리와 진실, 사물의 의미가 고정되는 것이 아니라 전자와 후자가 영원히 교차되는 [차이]와 [연기]의 원리를 상기시킨다. 상상은 언어로 드러날 수밖에 없고 상징은 실재의 가면으로 실재를 왜곡한다. 이 기만적 언어적 환경이 인간시장이자 삶의 체험 현장이다.

지형학적 구분에 따라 프로이트의 세 가지 자아는 이렇게 구분된다. 일종의 [분열된 주체split-subject]로서 자아[나 I], 이드[그것 it], 초자아 [over I]로 나눠진다. 자아는 통일체의 모습으로 완결된 상태가 아니라 점차 발전되는 과정을 거쳐야 한다. 이는 라캉이 아기를 [오믈렛omelette] 으로 비유한 것과 같다. 프라이팬에 던져진 제멋대로 경계 없이 퍼져있는 달걀이 체제저항적인 아이의 모습enfant terrible이다. 인간은 자아의 [항상성homeostasis]을 유지하기 위하여 여러 심리기제들을 이용한다. [외향투사projection], [내향투사introjection], [합리화justification], [동일시identification], [승화sublimation]. 방어의 두 기제는 내부세계에 관한 [부인denial], 외부세계에 대한 [거부disavowal]이다. 역전에서 노숙자에 대한 연민을 느끼고 [누아르noir] 영화를 보고 주인공의 비극에 눈물을 흘리는 것도 동일시에 해당한다. 동일시의 전제는 동일시의 주체(나)와 객체(노숙자)가 명확히 구분되어야 한다는 것이다. 쾌락원리를 선호하는 [이드]가 가장 무서워하는 존재는 [초자아]이다. 이것은 끝없이 인간에게 합당한 행위를 요구한다. 일찍 일어나라. 열심히 공부하라. 약속을 지켜라. 조심하라. 절제하라. 초자아는 서당 훈장처럼 이드에게 회초리를 든다. 최근에 상영된 영화 <님포매니악>*Nymphomaniac*[69])을 보면 엄격하고 억압적이고 부자연스럽긴 하지만 [초자아의 부재]가 현실 속에서 인간이 존재하는 데 얼마나 위험한지를 잘 보여준다. 영화 속의 여주인공은 푸코가 제기하는 제도, 전통, 관습에 의해 억압된 성을 해방시키느라 자신의 육신을 볼모로 함부로 처신하다 전신이 만신창이 되고 그녀를 상담해준 자상한 남성이 그녀의 육신을 보고 눈이 뒤집혀 겁탈하려 하자 그녀는 평소에는 뭇 남자들에게 성을 개방하다가 무슨 영문인지 이 남자에게만은 성적 자선을 베풀지 않고 총격을 가한다. 이 영화를 통해 우리에게 보여주는 한 가지 교훈은 역설적이게도 이드에 몸을 맡기는 것보다 초자아에게 몸을 맡기는 것이 존재를 유지하는 데 더 안정감이 있고 유리하다는 것이다. 물론 이드의 쾌락과 초자아의 억압이 대립하지만 이드의 억압과 거세는 인간 존재유지의 전제가 된다.

영화 〈님포매니악〉

프로이트와 미학과의 관계는 1919년에 상재된 [언캐니The Uncanny]를 통해서이다. 여기서 그는 미학의 아름다움이 아니라 미학의 추함에 대해서 언급한다.

---

69) [Nymphomaniac] is a 2013 two-part drama art film written and directed by Lars von Trier. The film stars Charlotte Gainsbourg, Stellan Skarsgård, Stacy Martin, Shia LaBeouf, Christian Slater, Connie Nielsen, Jamie Bell, Uma Thurman, and Willem Dafoe. The film was originally supposed to be only one complete entry; but, because of its four-hour length, von Trier made the decision to split the project into two separate films. Nymphomaniac was an international co-production of Denmark, Belgium, France, and Germany. The world premiere of the uncut version of "Volume I" of the original five-and-half-hour-long version occurred on 16 February 2014 at the 64th Berlin International Film Festival. The world premiere of the uncut version of "Volume II" debuted at 2014's Venice Film Festival. (wikipedia.com)

전통적인 예술이 상기시키는 숭고, 즐거움, 감동 대신 공포, 전율, 괴기, 혐오를 야기하는 예술 역시 검토되어야 한다는 것이다. [언캐니]는 [다정한, 친밀한]이라는 의미를 가진 [캐니canny]와 정반대이다. 그러니까 후자만이 예술이고 전자는 비-예술인가에 대한 반성이 필요하다는 것이다. 그러나 [언캐니]가 존재하기 위해 반드시 [캐니]가 존재해야 함은 지당한 만물의 이치가 아닐 수 없다. 후자는 전자 우위의 현실에 짓눌린 인간의 감추어진 실재의 한 양상으로 억압되어 있다가 누출된 것으로, 즉 [억압된 것의 회귀]로 볼 수 있다. 말하자면 수면 중의 [가위눌림 night-hag] 같은 것도 억압된 것이 회귀하는 한 증상으로 볼 수 있고, 농담이나 실수 또한 마찬가지일 것이다. 의식의 제반 증상을 통한 무의식의 해석은 흡사 서사의 줄거리를 붙들고 서사의 내면을 파악하려는 예일대 [피터 브룩스Peter Brooks]의 소위 [플롯 따라 읽기reading for the plot]에 해당한다. 친근한 면과 낯선 면의 조화에서 미적인 감정이 발생한다. 원래 [언캐니] 증상은 유년시절 오이디푸스 콤플렉스나 거세콤플렉스의 억압으로 인한 반복충동의 일환으로, [호프만E. T. A. Hoffmann]의 『모래인간』The sand-man을 그 사례로 든다. [언캐니] 증상은 원형적이고 원초적인 차원에서 어머니 자궁 속의 깜깜한 공간이 현실 속에서 출현한 것으로 볼 수 있다. 이 두렵고 낯선 공간은 인간과 무관한 공간이 아니라 언제가 인간이 대면한 적이 있는 순수하지만 억압된 사랑의 공간으로 청마 유치환의 "저 푸른 해원을 향하여 흔드는 영원한 노스탤지어의 손수건"처럼 인식된다.

라캉은 개성화의 조건으로 [거울단계]를 제시한다. 거울에 자신을 비추고 그 반영된 자아가 바람직한 존재로 기호화 되는 것. 우리인간은 기어 다니는 [파충류reptile] 수준에서 점차 기립하다가 다시 드러누워 버린다는 점은 스핑크스의 수수께끼에서 제기하는바와 같지만, 왜 이름이 붙여지고 이 이름에 반응하게 되는가? 이 이름은 사실 원래의 자신과는 아무 상관없이 붙여지는 기호에 불과하다. 한국인, 미국인, 아프리카인으로 구분되고 각각의 문화 환경 속에 종속된다. 인간을 둘러싸고 있는 문화 환경이 인간의 운명을 좌우하는 셈이다. 이때 인간의 본질은 기호화되어 왜곡되고, 인간의 욕망은 거세된다. 마치 [날것raw]이 [요리되는 cooked] 셈이다. 인간의 모습은 단지 기호에 의해 파악될 뿐이다. 왜 인간은 말을 하고 글을 쓰는가? 말과 글에 동원되는 것은 본질을 흐릿하게 나타내는 기호뿐이다. 고대 서구문화에서 중시한 [음성중심주의phonocentrism 혹은 logocentrism]나 이를 반박하고 부정한 데리다의 문자중심주의를 떠나 동양에서는 일찍이 말과 글에 대해서 회의를 표명했다. 불립문자와 도가도 비상도. 이제 서구에서 말과 글에 대해서 뒤늦게 회의를 표명하고 있는 셈이다.

　　최근에 상연된 영화 가운데 미국의 비트 운동가 [잭 케루악Jack Kerouac]의 소설을 영화화한 <길 위에서>On the Road에 등장하는 주인공 셀은 끝임 없이 여행길의 추억을 글로 남기려고 애를 쓴다. 그리고 그가 글을 쓸 때 참조하는 책이 [마르셀 프로스트Marcel Proust]의 『잃어버린 시간을 찾아서』In Search of Lost Time이다. 글을 먹어야 글을 토할 수 있는 것이다. 사물에 대한 기호화를 시도하고 이를 통해 삶의 의미, 존재의 의미를 부여한다. 이것이 일종의 삶의 유희인 셈이자 언어게임인 것이다. 물론 주인공은 사물의 관념화, 사물의 기호화의 차원에서 벗어나 사물의 대한 직접적인 접근을 시도한다. 성행위, 노동, 약물복용. 관념적인 차원과 대조되는 또한 친구인 딘은 관례를 중시하는 행동의 관습화보다는, 본질에 대해 말과 글로 회피하거나 우회하기보다는 사물(혹은 여성)에 대한 직접적이고 물리적인 방식을 택한다. 이 점에서 딘의 행위는 사회의 관습을 저해하는 측면이 있다. 결국 책을 집필하고 등단한 셀과 기호의 차원, 즉 상징계의 차원에 진입을 실패한 딘은 헤어지게 된다. 개성화individuation의 과정으로서의 상상계에서 상징계로 진입이 되어야 정상적인 인간이 되지만 딘은 상상계에 머물러 사회진입이 좌절된다. 딘은 가정이라는 엄연하고 냉정한 기호체제 속으로의 적응이 실패함으로써 가정으로부터 소외되어 야인으로 사라진다. 반면 상상계에 머물지만 끊임없이 이를 기호로 실현하려는 셀은 정상적인 인간이 된다. 물론 케루악의 작품에 대한 이러한 읽기는 케루악이 애초에 욕망하는 바는 아닐 것이다. 그러나 굳이 저자가 설정한 의도성의 그물을 의식할 필요는 없다. 짐작건대 케루악의 의도는 길 위를 유랑하지만 창작에 대한 집념 혹은 이를 통한 자아실현을 포기하지 않고 사는 인생에 대해서, 혹은 글쓰기라는 것에 대하여 철저히 현실적이며 이것이 인간의 노동과 정신이 구체화되어야 한다는 [물화reification]의 입장임을 보여주려는 것인지 모르겠다. 아울러 길 위를 유랑하는 집시의 자유분방한 인생도 결국은 사회의 기호체제 속에 수렴되어야 하는 구속의 비극성을 보여준다고 볼 수 있다. 영화에 자주 등장하는 약물복용 문제는 현실의 관습화 기호화를 벗어나려는 용인되지 않는 몸부림이라고 보아야 할 것이다.

인간의 정체는 주체성으로 규정되는 것이 아니라 타자성으로 규정된다. 이 점이 라캉의 [거울단계], 푸코의 [원형감옥], 바르트의 [저자의 죽음], 보르헤스Jorge Luis Borges의 [미로 이론maze theory]에 잘 나타난다. 간단히 말하면, 인간은 거울의 시선 속에 반영되고, 타자의 시선 속에서 성장하고, 텍스트는 텍스트에 의해서 생산되기에 그러하다. 허울 좋은 주체의 탈을 쓴 인간의 주체를 구성하는 타자라는 개념은 법, 관습, 제도, 문화, 사회구성원을 의미한다. 인간이 이를 외면하고 부정하고 어찌 살아갈 수 있겠는가? 각 주체는 바둑판이라는 사회제도 속에서 각각의 거리를 유지하며 살아가야 한다. 이른바 타자철학의 선구자인 마르틴 부버Martin Buber가 말하는 [이격되기와 관계하기distancing and relating]의 실천. 개인 간의 간격과 거리를 위반할 때 규칙에 따라 격리, 소외, 제거의 위협을 받는다. 그러므로 인간은 바둑판, 장기판 위에서 기능하는 말horse의 기능만을 수행해야 한다. 이를 이탈하는 행동을 했을 경우에 체제로부터 제재를 받는다. 다시 말하자면 나는 나의 본질이 아니라, 나의 욕망이 아니라, 단지 상징으로, 기호로, [호도糊塗]된 나라고 타자에게 인식되는 기호적인 나로 존재할 뿐이다. 이것을 알튀세르Louis Pierre Althusser는 [호명]이라고 부른다. 유아가 거울을 통해 통일된 자기의 모습, 즉 통합된 자기이미지로서 유기적인 자아의 형태인 [게슈탈트gestalt][70]적 주체 [상호주관인 주체] 혹은 이상화된 내[ideal I]를 확인하지만 이것은 어디까지나 기호적인 차원이며, 물리적인 차원과 세포적인 차원에서 유아는 어머니와의 [분리separation]와 [의존dependence]의 관계로 인하여 심히 불안을 느낀다. 이를 라캉은 [조각난 신체]로 표현한다. 몸이 원하는 데로 움직이지 않고 사지와 내장이 제멋대로인 상태로 통제 불능의 상태에 이른 유아[오믈렛의 유아]는 육아일기라는 관습의 인큐베이터에 의해서 기호적 주체로 배양되는 것이다.

---

70) 게슈탈트는 우리가 사물을 지각할 때 떠오르는 모습, 형상을 의미한다. 말하자면 지면 위에 동그라미를 보았을 때 이것이 사람에 따라 돈으로, 빵으로, 여인으로 다양하게 보이는 것이다. 이른바 사물에 대한 상호주관적인 착시현상이라고도 할 수 있다. 말하자면 [카사노바(casanova)]에게는 모든 사물이 여인으로, 개에게는 모든 것이 먹이로, [수전노(miser)]에게는 돈으로 보일 것이다. 따라서 사물을 무엇으로 인식하는지를 보고 심리를 파악하는 것이 게슈탈트 심리학이다.

그런데 거울을 통한 자아정체성은 일종의 환상이고 인식착오인 것이다. 거울을 통한 [자기 동일시identification]에 대해 거울속의 자아영상이 거울 밖의 자아가 일치하는 것이 아니라 일종의 [변형transformation]이며, 양자가 일치한다고 생각하는 것은 자기인식의 [오류meconnaissances]이며, 자아의 고전적인 개념인 [이마고imago]에 해당한다(Easthope 72). 간단히 말하여 나는 타자의 허위의식과 [나르시시즘] 속에서 구축된다. 주체를 타자가 바라보기(이상화된 자아, 객관적 자아)와 주체가 자신을 바라보기(자아이상, 주관적 자아). 수선화의 신화처럼 물속에 자신을 투사하기와 물속의 주체를 자아로 안식하기. 이것은 게슈탈트 심리학적으로 보아 자기애에 충만한 상태이다. 상상계속에선 [이상화된 자아ideal-ich]가, 상징계 속에선 [자아이상ich-Ideal]이 존재한다. 자아인식의 화두로 고대 그리스 델포이 신전에 새겨진 경구인 [너 자신을 알라]는 자아이상의 사회적 영향력을 의식한 탓이다. 스스로 훌륭한 학자라고 인식하는 것, 훌륭한 [가장house-holder]이라고 인식하는 것, 스스로 군자라고 인식하는 것이 사실 타자와의 관계에서 심각한 문제가 된다. 일본이 한반도를 침략한 것이 아니라 한반도를 계몽하였다고 주장하는 것도 과도한 자아이상이 될 것이다. 사랑은 나 자신을 좋아하는 타자, 이성에 의해서 이루어지는 것으로 일종의 나르시시즘이라고 볼 수 있다. 이때 주체는 타자가 자신을 사랑한다고 믿는다. 이것이 자아이상이며 이는 우리가 간혹 경험하듯이 실지로 착각일 수가 있다. [나는 당신을 사랑하오]라는 말은 [이상화된 자아]를 반영하는 것으로 [당신]도 [나]를 사랑하고 있다고 스스로 믿고 싶은 [자기이상]을 반영하는 욕망이다. 다시 말해, 자아는 타자(사람, 사물)를 사랑하는 것이 아니라 자아를 사랑하므로, 사랑은 자기애의 위장된 현상이므로 사실상 타자와의 사랑은 불가능하다.71)

인간은 동물에서 주체로 성장한다. 이 과정에 동원되는 것이 기호에 대한 교육이다. 기어 다니다 직립할 때까지 그리고 공동체에서 자기의 의사를 밝힐 때까지. 착시된 주체가 될 때까지 타자의 손길이 필요하다. 사랑을 받고 자란 아이는 성장하여 사랑을 베풀지만 사랑을 받지 못한 아이는 세상을 증오한다. 프로이트의 개성화에 따르면 인간은 [구강기oral period]에서 [항문기anal period]로 그리고 [생식기phallic period]로 넘어간다. 그런데 구강기의 단계는 어머니의 젖을 수유하는 유아시절에만 한정되는 것이 아니다. 성장하면서 애용하는 사탕, 과자, 담배, 칵테일은 모두 젖가슴의 달콤한 대체물이다. 물론 여기에 손가락 빨기도 예외가 아니다. 그리하여 남자는 노소를 막론하고 어머니의 가슴팍을 원초적으로 그리워하는 것이다. [드라큘라Dracula]의 흡혈도 구강기와 연관이 있다고 볼 수 있다. 남성의 오이디푸스과정은 남자아이, 어머니, 다른 여성으로 나타나지만, 여성의 오이디푸스과정은 여자아이, 어머니, 아버지, 다른 남성으로 나아간다. 남자는 [거세공포castration fear]를 걱정하고 여자는 [페니스를 선망penis-envy]한다. 프로이트는 [성sex]을 사회학적인 관점에서 men/women, 육체적인 관점에서 male/female, 무의식의 관점에서 masculine/feminine으로 규정한다. 주체를 언어로 규정하므로 주체에게는 결핍과 부재가 존재한다. 그러나 기호의 비접근성을 함축하는 사물자체로서의 기표는 결핍과 부재가 전혀 없다. 라캉이 보기에 무의식은 존재에서 의미로 옮겨간다. 자연의 실재계에서 상징계의 문화로 나아간다. 주체에 대한 언어적 결여는 다음의 3단계에서 나타난다. 욕구, 요구, 욕망. 욕구(실재계)는 생물학적인 필요성이고, 요구(상징계)는 욕구를 언어

---

71) 인간은 타자를 사랑하는 것이 아니라 타자를 사랑하는 자기 마음을 사랑한다.

로 표현한 것이므로, 생물학적 실재에서 언어적 요구를 뺀 잉여적 결과가 불만의 욕망이 된다.

　라캉에게 욕망의 대상은 있을 수 없고 오로지 욕망의 대체물만이, 욕망의 차선만이 존재할 뿐이다. 인간이 욕망에 도달하는 순간 결핍과 부족을 느끼고 이것이 다시 미진하고 미흡한 욕망으로 잔재하여 우리의 나머지 삶을 추동시킨다. 월드컵 경기에서 16강을 목표했지만 도달하지 못하고 이 잉여욕망을 가지고 다음에 도전하는 경우에 해당할 수가 있다. 이렇듯 인간은 도달할 수 없는 욕망을 끌어안고 일평생 살아가야 하는 불만의 존재인 것이다. 그런데 인간의 욕망은 자기의 욕망, 주체의 욕망이 아니라 타자의 욕망이라는 것이 문제이다. 인간이 자기의 욕망에 충실하고 만족한다는 것은 곧 타자의 욕망에 충실하고 만족하게 사는 셈이 된다. 가장이 아침에 회사에 출근하는 것은 자기의 욕망에 부응하는 듯하지만 결국 가족구성원의 욕망에 부응하는 셈이 되고 한양선비는 자신의 욕망에 충실한 것이 아니라 한양기생의 욕망에 충실히 기여하는 셈이다. 결국 우리의 욕망은 [타자의 욕망desire for the Other]이다. 인간의 지고한 기쁨인 희열도, 극도의 슬픔도, 기호로 대체된다. 그리하여 인간의 감정은 언어로부터 독립된 [전-오이디푸스 단계pre-oedipal stage]를 지나 기호로 대체된 실재로 피안에 자리하여 인간은 자기감정을 제대로 향유할 수 없다. 이것이 정상적인 인간의 모습이며 이를 위반하면 유치한 인간이 된다. 인간은 숨죽어 웃으며 숨죽여 울어야 한다. 여성성은 여성고유의 특질이 아니라 남성에 의해 보편화되고 정상화된 여성의 특질이다. 그러므로 여성성에 남성의 욕망이 반영되어 있는 셈이다. 여성성은 남성에 의해 언어적으로 [빗금이 그어진 언어적 주체][$]인 셈이다. 언어의 그물에서 벗어난 [환상]이 무엇이냐? [환상]은 자연스런 인간의 꿈에 의해서, 인위적인 예술에 의해서 재현된다. 이 가운데 전자는 무의식 이미지의 포착이 불가능한 상상의 상태이지만 후자는 그것이 포착된 상징의 상태이다. 세상은 유동적인 이미지와 고정적인 이미지로 구성된다. 기호학적으로 전자를 기의로, 후자를 기표로 볼 수도 있다. 따라서 크리스테바에게 기호는 오이디푸스 이전의 것이며 상징은 오이디푸스 이후가 된다. 이 점을 히니의 「땅파기」에 적용해보자.

내 손가락과 엄지 사이에
몽당연필이 놓여 있다.
내 나라 역사와 슬픔을 노래할 수 있는 무기처럼.

내 창 밑에서 쟁쟁한 쇳소리가 난다.
자갈밭 속으로 삽이 파고드는 소리가.
그래, 아버지는 땅을 파고 나는 내려다본다.

텃밭을 일구는 노동의 엉덩이가
감자 이랑 사이를 파느라 나지막이 숙였다가
되풀이 장단 맞춰 올라오기를
이십 년.

거친 장화가 자루를 스치고 손잡이는
무릎 사이에서 철통같이 버틴다.
아버지는 높다란 잔가지를 뽑아내고 반짝이는 날을 깊이 박아
우리가 거둔 햇감자를 흝는다.
손에 든 감자의 서늘한 감촉을 느끼며
참으로, 아버지는 삽을 잘 다루셨다.
아버지의 아버지처럼.

할아버지는 토탄을 많이 캐셨다.
토우너 늪지 사람 그 누구보다도.
한 번은 우유를 병에 담아 가져다 드렸다.
종이로 대충 막아, 할아버지는 허리를 펴고
마신 다음, 곧장 몸을 굽혔다.
메치고 깔끔하게 자르고, 어깨 너머로 흙을
걷어내며 아래로 아래로
질 좋은 토탄을 찾아 땅을 파낸다.

감자 양토의 차가운 냄새,
푸석푸석한 토탄이 타들어가는
소리,
살아있는 뿌리를 뭉툭하게 잘라놓은
실뿌리들이 내 머릿속에서 깨어난다.
그러나 나는 그들을 뒤따를 삽이 없다.
내 검지와 엄지 사이에
몽당연필이 놓여 있다.
내 나라 역사와 슬픔을 노래할 수 있는 무기처럼.

Between my finger and my thumb
The squat pen rests; as snug as a gun.

Under my window a clean rasping sound
When the spade sinks into gravelly ground:
My father, digging. I look down

Till his straining rump among the flowerbeds
Bends low, comes up twenty years away

Stooping in rhythm through potato drills
Where he was digging.

The coarse boot nestled on the lug, the shaft
Against the inside knee was levered firmly.
He rooted out tall tops, buried the bright edge deep
To scatter new potatoes that we picked
Loving their cool hardness in our hands.

By God, the old man could handle a spade,
Just like his old man.

My grandfather could cut more turf in a day
Than any other man on Toner's bog.
Once I carried him milk in a bottle
Corked sloppily with paper. He straightened up
To drink it, then fell to right away
Nicking and slicing neatly, heaving sods
Over his shoulder, digging down and down
For the good turf. Digging.

The cold smell of potato mold, the squelch and slap
Of soggy peat, the curt cuts of an edge
Through living roots awaken in my head.
But I've no spade to follow men like them.

Between my finger and my thumb
The squat pen rests.
I'll dig with it.72)

[목가적인bucolic] 스타일로 언어적 생동감을 추구한다는 점에서 [테드 휴즈Ted Hughes]와 같은 계열로 볼 수 있는(Perkins[b] 480-81) 히니는 리얼리즘의 대가이다. 그러나 사물그대로의 관점을 유지하는 리얼리즘이라고 해서 무의식과 무관한 것이 아니다. 그리고 특정의 작품만이 정신분석학적 주체에 적합한 것이 아니다. 모든 텍스트는 무의식의 결정체이고 무의식의 노출이고 증거이다. 리얼리즘이 무의식의 부재증명을 용인하는 알리바이가 될 수 없다는 말이다. 전체적인 시행의 내용이 땅을 파는 행위에 관한 것이라고 해서 생각할 것이 아무것도 없는 것은 아니다. 이 땅을 파는 행위는 무의식을 천착하는 행위로 볼 수도 있다. 땅 속을 무의식으로, 땅 위를 의식으로 볼 수 있기 때문이다. 땅을 파는 행위가 육상에 대한 거부감을 표명한 것이다. 육상의 상황은 식민지적 상황이기에 보다 원초적인 상황인 탈식민주의적인 땅 속에서 평화를 희구해 본다는 것이다. 그것은 지상의 풍파가 없는 평화로운 침묵의 공간이기 때문이다. 아니면 땅을 파는 행위는 파종을 하는 의미로 보아 생식에 관한 함의가 있기에 시적화자의 강렬한 성적욕망을 드러낸 것으로 볼 수 있다. "몽당연필"의 의미는 무엇인가? 주체를 [사상捨象]하는 아니 주체를 살해하는 도구이다. 실상에 빗금을 긋는 상징화의 도구인 것이다. 그리하여 실재의 주체는 [빗금 친 주체][$]로 거세된다. 땅을 파고 들어가는 행위에 땅의 저항이 수반되지만 결과물인 [감자]가 생산된다. 이 작품에서 대비되는 주제는 할아버지와 아버지 세대에서의 생존수단인 "삽"과 시적화자의 생존도구인 "연필"이다. 마르크시스트의 관점에서 전자를 하부구조로, 후자를 상부구조에 해당한다고 볼 수 있다. 삽으로

---

72) 이 작품의 인용은 [http://www.poetryfoundation.org/poem/177017]에 근거함.

진행되는 형이하학적 과업은 연필로 진행되는 형이상학적 과업을 타도할 수 있겠는가? 전자만으로 일생을 살아가는 인간은 동물과 진배없으며, [생각하는 갈대]로서의 인간은 "연필"로 사물을 끊임없이 학살하며 살아야 하는 기호적인 동물이어야 한다. 유사 이래 로고스의 성배를 추구해 온 인간이 진리/진실을 표명하는 수단은 오직 "연필"에 의한 은유적인 방식뿐이다. 이 점은 라캉의 핵심적인 주제가 된다. 그러나 "삽"과 "연필"이 인생의 진리를 담보하지 않는다. 단지 "삽"과 "연필"은 인생의 진리에 대한 상상적이고 심리적인 대체물에 불과하며, 지속적으로 인생의 결핍과 기대를 생산하는 도구일 뿐이다.

f. 하이퍼미디어의 미학

최근 전 세계 문학계에 회자되는 문학의 죽음, 저자의 죽음[바르트, 푸코], 존 바스가 주장한 [고갈/재생literature of exhaustion/replenishment]의 문학이라는 개념이 있다. 이는 기존의 문학방식에 대한 거부와 이에 대한 반성이 시급함을 의미한다고 볼 수 있다. 그래서 문학의 부활을 기도하는 와중에 등장한 것이 하이퍼텍스트이다. 물론 이것은 금세기 컴퓨터 시대에 등장한 부산물임을 부정할 수는 없을 것이다. 대중은 인쇄물 대신 컴퓨터 모니터에 나타난 활자를 현재 탐독하고 있는 실정이다. 그들은 화면의 활자를 보고 [링크link]를 눌러 다양한 정보의 세계로 입장하고 있다. 일반적으로 "하이퍼텍스트"라는 용어는 [조지 랜도우George P. Landow]의 『하이퍼 텍스트: 현대비평이론과 기술의 융합』*Hypertext 2.0: The Convergence of Contemporary Critical Theory and Technology*에서 비롯된다. 하지만 그는 이 용어를 [시어도어 넬슨Theodor H. Nelson]이 만든 것이라고 밝히고 있다. 이는 일종의 전자적 글쓰기이자, 무시무종의 비연속적인 글쓰기이다. 그런데 이를 더욱 널리 전파한 이가 [바네바 부시Vannevar Bush]이다. [메멕스memex]라는 개념의 창안자로 유명한 이 학자는 인간과 기계의 융합을 도모하는 신지식인라고 할 수 있다. 이를테면 말을 못하는 스티븐 호킹이 활자판을 두드리면 이를 인식하여 기계가 대신 말을 하는 것이다. 요즘 목소리로 전화를 거는 경우도 이와 마찬가지라고 볼 수 있다. 그는 활자에 의존한 기존의 매체들이 가지는 유연성과 융통성의 결핍을 지적하고 인간의 자유로운 연상에 원활히 조응할 수 있는 기계장치를 고안하려고 했다.

인간은 하이퍼텍스트 속에 개방된 밑줄처진 부분인 [노우드node]의 클릭을 통해 무한한 하이퍼텍스트의 세계로 진입한다. 이를 [항해navigation]라고 하며 기승전결의 [선행적 서사진행 방식linear access]을 지양하고 [비연속적으로 나아간다random access]. 그러나 하이퍼텍스트가 만연하고 있는 와중에도 여전히 활자매체는 병존한다. 하이퍼텍스트도 부시가 말하는 메맥스의 일종이라고 볼 수 있다. 그것은 기술과 문학의 결합으로 하이퍼텍스트가 탄생했기 때문이다. 이 텍스트 속에선 기존의 활자매체처럼 독창성과 창조성을 발휘하여 글을 쓰는 것이 아니라 단지 맨먼저 텍스트를 인터넷에 상재한 일회적 작가 혹은 잠정적 정보제공자로 존재할 뿐이며 독자는 이 텍스트를 처음부터 끝까지 강제적으로 읽어나가야 하는 것이 아니라 독자의 욕망과 선택에 따라 특정한 부분을 읽고 이에 대한 첨언과 첨삭을 할 수 있다. 그러니까 바르트가 말한 [작가적 독자writerly reader]가 텍스트의 생산에 참여하는 것이다. 저자의 글에 독자의 의견을 부가할 수 있다는 점에서, 독자가 텍스트의 확대재생산에 기여할 수 있다는 점에서, 옛날 구전문학이 보여주는 참여성과 현장성을 하이퍼텍스트가 사이버 세계에서 보여준다고 할 수 있다. 판소리 <심청전>을 암송하는 소리꾼에 청중들이 "얼쑤"라는 추임새로 반응하는 것도, <밀양 아리랑>을 소리꾼과 청중들이 일정부분을 함께 부르는 것도 이와 유사하다. 손가락으로 책장을 수동적으로 앞뒤로 뒤적이기보다 이제 인간의 자유로운 정신활동을 통한 연상으로 스크린의 텍스트를 종행무진 누비는 시대가 도래한 것이다. 현재를 기준으로 과거와 미래를 종횡무진 왕래하는 일종의 [의식의 흐름stream of consciousness]이 사이버 세계에서 실천된다. 그것은 흐릿한 의식의 흐름이 아니라 시청각 매체를 통해 명료하고 분명한 의식의 과거와 미래를 보여준다. 그리하여 과거/현재/미래의 경계는 해체된다. 그리하여 [구텐베르그의 혁명]에서 시작한 가시적인 차원의 활자문화는 이를 능가하려는 비가시적인 차원의 하이퍼텍스트로 인하여 제2의 [구텐베르그의 혁명]으로 나아간다. 선형, 위계, 질서로 점철된 활자문화는 비선형, 무작위, 혼돈의 특징을 배태한 하이퍼텍스트의 문화로 대체된다. 이제 인쇄물의 특징인 시각중심에서 디지털 매체를 통한 활자, 소리, 이미지가 결합되는 [공감각synesthesia] 중심으로 나아가고 있다. 말하자면 인체에 내장된 주관적 청각중심과 기억중심에서 시각중심과 기록중심으로 나아가고 현재 디지털 매체에 저장된 청각/시각/감각을 향유하는 객관적 공감각의 하이퍼텍스트의 시대로 나아가고 있다. 아울러 [상호텍스트성], 포스트구조주의post-structurism], [노매돌로지nomadology], [프랙탈fractal], [카오스chaos] 등은 하이퍼텍스트와 [가족 유사성]을 형성한다. 이 점을 게리 스나이더Gary Snyder의 「8월 중순 사워도 산 전망대에서」에 적용해보자.

저 아래 골짜기 자욱한 연기
닷새 동안 장마 뒤, 무더위 사흘
전나무 솔방울 송진은 빛나고
바위와 초원 너머
파리떼

옛날에 읽었던 것들 생각나지 않고
몇 안 되는 친구들, 모두 도시에 있네
양철 컵으로 차디찬 눈 마시며
높고 고요한 대기 안에서
저 아래를 굽어본다.

Down valley a smoke haze
Three days heat, after five days rain
Pitch glows on the fir-cones
Across rocks and meadows
Swarms of new flies.

I cannot remember things I once read
A few friends, but they are in cities.
Drinking cold snow-water from a tin cup
Looking down for miles
Through high still air.[73]

이 작품을 대하니 문득 상기되는 작품이 "송화가루 날리는 외딴 봉
우리 / 윤사월 해 길다 꾀꼬리 울면 / 산지기 외딴 집 눈먼 처녀사 / 문

73) 이 작품은 [http://www.wenaus.com/poetry/gs-sourdough.html]에 근거함.

설주에 귀 대이고 엿듣고 있다"라는 박목월의 「윤사월」이다. 두 작품이 모두 끈적끈적하고 땀내 나는 이념으로부터 초연한 회색적 중립적 무색 무취의 작품인 듯 보인다. 일반적으로 두 작품에 적용되는 주제는 생태 주의나 [도교taoism]적인 관점이 적당할 것 같다. 하지만 사회적이고 공동 체적이고 정치적이고 과학적인 혐의는 전혀 없는 것일까? 눈앞에 생생 한 자연의, 외면의 평화로운 일상이 드러나지만 동시에 이 일상을 방해 하는 요소들이 등장한다. 그것은 문서보관소에 해당하는 "읽었던 것들", "친구", "도시"이다. 시인이 추구하는 자유, 실존, 자연의 [존재]에 대해 저항하는 문화적인 요소들로서의 [무]가 대립한다. 외면의 풍경과 내면 의 성찰은 어디까지나 외면/내면의 시각을 통해 가능하다. 사물을 보고 무엇이라고 인식하는 것. 자연의 드러남은 누구의 음모이고, 이를 통해 이런 저런 의미를 생산하는 것은 인간의 자발적인 임무이다. 사물을 재 현하는 인간의 도구로서 가시적인 활자를 통해서 비가시적인 법열의 상 황을 황홀하게 연출하려는 것이 시인의 궁극적인 목표이다. 아서 왕의 신검 [엑스캘리버excalibur]와 같이 동/서양에 걸쳐 무쇠로 제련된 칼이 바 람과 비를 부르는 신비한 능력을 내포하고 있다고 하듯이 무정하고 냉 정한 금속의 활자 또한 시각, 청각, 공감각을 조성하는 매체로 기능한다. [미디어가 메시지]라는 말이 있듯이 바보상자인 모니터만이 사이버세계 를 내포하고 있다고 믿고 있지만 활자 속에 이미 사이버세계가 잠재되 어 있다. "골짜기", "장마", "전나무", "솔방울", "바위", "초원", "파리 떼"에서 보이는 외면의 자연의 풍경은 내면의 성찰인 무한한 "생각"으 로 나아가는 징검다리인 [링크]나 [노우드]로 기능한다. 기표로서의 자연 의 풍경을 내면으로 클릭하면 무한히 생성되는 반성, 성찰, 명상의 무수 한 기의들이 전개된다. 다시 말해 자연은 활자로, 활자에서 성찰로 이어지는 무한한 하이퍼텍스트의 세계가 우리 주변에 펼쳐진다. 이처럼 하이퍼텍스트가 텍스트에서 파생되었듯이 자연과 도시 혹은 인간과 자동차의 관계에서 유추되듯이 자연과 인간의 상사성과 상동성이 자연과 인간의 대립적인 본질이다.

미의 존재이유?

흔히 예술을 아름다움과 동일시하는데 사실 다르다. 그럼에도 우리 주변에서 [예술적이다]라는 말은 [아름답다]라는 말로 통한다. 전자는 사물에 대한 1차적, 2차적 재현의 의미연쇄에 불과하며 플라톤적으로는 사물을 재현하는 것은 [사물의 이데아 / 사물 그 자체 / 사물의 재현]이 되기에 이미 2차적인 재현의 단계에 돌입한다. 세상의 형상들이 반드시 창조주의 틀 [이데아, 원본, 원형] 속에서 창조된 것이기에 형상들은 그것에 대한 향수를 가지고 태어난다고 본다. 그것은 원형에 근사한 흠이 없는 무결점의 상태를 지향한다. 그런데 이러한 관점이 20세기 후반부터 깨어지고 있다. 현재는 원형에 대한 재현이 아니라 새로운 원형인 시뮬라크르를 만들어내고 있는 중이다. 아니 이것도 이데아가 있는지는 인간이 모를 일이다. 재즈를 연주하면서 독창적인 부분을 가미하는 카덴차로

미인과 야수?

서. 사물이 존재하였던 그림 속에 이제는 더 이상 사물이 존재하지 않다. 사물과 아무 상관없는 기호들이 그림 속을 점령하고 있다. 삼각, 네모, 타원, 불규칙한 선, 점들의 연결. 아니 더 진보적으로 나아가 TV 세트 혹은 변기를 갤러리에 배치하고, 물감을 아무렇게나 흩뿌리고, 깡통과 콜라병을 나열하며 예술이라고 주장한다.

　그 주인공으로 백남준, 뒤샹, 폴록, 워홀이 등장한다. 이들은 구상/비구상이라는 이분법적 구도를 타파하고 제3의 세계를 개척한 미술계의 [퀴어queer]로서 기능한다. 우리는 원형집중의 편집증과 원형과 현실과의 괴리에서 발생하는 신경증에서 원형상실의 분열증으로 전환되는 부인할 수 없는 이른바 재현에 대한 [패러다임 시프트]를 겪고 있는 중이다. 음악도 예외가 아니다. 연주를 하지 않고서도 연주를 했다고 주장하는 뻔뻔한 존 케이지를 보라. 그 작품이 <4분 33초>이다. 아니 케이지의 음악에 대한 저항도 우리의 의식이 대위법이라는 주체적 음악에 대한 경도로부터 야기된 편협한 것인지 모른다. 왜냐하면 세상은 유/무, 남/여, 하늘/땅, +/-와 같이 이분법으로 구성되어 있기 때문이다. 그러니 귀에 들리는 음악만이 절대적인 음악이고 들리지 않는 음악은 음악이 아니라고 말할 수가 없다. 혹자는 침묵이 최고의 웅변이라고 하지 않는가? 케이지의 지론은 모든 공간에 소리가 있다는 것이다. 연주를 해서 작위적으로 소리를 내는 수도 있지만 연주를 하지 않아도 자연스럽게 공간에서 소리를 들을 수 있다는 것이다. 높은 소리는 신경계의 소리이고 낮은 소리는 순환계의 소리. 그러니까 부재하는 것이 부재하는 것이 아니라 사실 존재한다는 것이다. 마찬가지로 존재는 부재를 통해 드러나고, 물질은 반물질을 통해 드러나지 않는가? 1등은 꼴찌를 통해 존재감을 부여받는다. 케이지의 친구인 로버트 라우션버그Robert Rauschenberg 또한 아무런 형상이 없는 빈 캔버스 <흰색 회화>를 전시한 적이 있었다. 이 작품이라고 할 수 없는 작품은 갤러리의 조명 상태나 보는 사람들의 시각에 따라 음영의 형상이 변화된다. 하지만 예술은 어디까지나 사물을 바탕으로 하든 말든 작가의 행위가 반영된 작위적이고 의도적인 창작이기에 무음/무색의 [무위無爲]에 내맡기는 것이 예술이라고 보기 어렵다. 다시 말해 예술은 물질적 실천, 사회적 관습, 항상 얽매이는 이념적 의미의 생성물로서 급기야 고독한 [물신fetish]의 상태에 이른다(Eagleton 21).

[시詩]는 그리스어로 언어를 수단으로 사물을 [제작]함을, 신학은 언어를 수단으로 신성을 [제작]함을 의미한다(Gadamer 140). 따라서 영시는 백지상태에서 감상할 수 없다. 낱말이 수직적, 수평적으로 선택되고 결합된 어떤 영문이라도 인위적으로 존재하여야 되는 것이다. 또 모든 영문이 영시가 되는 것은 아니다. 미인이 미인으로서의 기준이 있듯이, 영시 또한 경향에 따라 기준이 있는 것이다. 형이상학파시인, 셰익스피어, 낭만주의 시인, 사실주의 시인, 모더니스트 시인, 포스트모던 시인에 대한 각각의 미적인 기준이 있다. 그것은 사물을 그대로 묘사하기, 사물에 대한 심중의 의사를 표현하기, 사물에 대한 아방가르드적인 접근에 수렴된다. 이를 당나라시대로부터 전래된 유명한 [선시禪詩]에 적용해볼 수 있다. 우선 [산은 산이다]에서 의미하는 것은 우리가 일상에서 문자로 재현된 산을 산이라고 보는 산에 대한 기호적 관점으로, 그 다음 [산은 산이 아니다]에서 의미하는 것은 산에 대한 상상적 의심을 의미하기에 산에 대한 표현주의적 관점으로, 마지막으로 [산은 산이다]에서 상징과 상상을 상실한 원래의 산으로 귀속되는 실재적인 관점으로 볼 수 있다. 여기서 예술의 단계는 앞의 두 단계가 될 것이다. 세 번째 단계는 입신의 단계이자 무미건조한 염화시중의 단계이므로 재현이 불가능하다.

말하자면 존 케이지의 무성음악이 여기에 해당될 수 있으나 감각의 물질성을 향유하며 이를 인식의 향연으로 삼는 예술로는 무의미하다. [색즉시공色卽是空/공즉시색空卽是色]이 인간 삶의 본질이 아닌가? 다시 말해 예술[색]은 무대[공]를 통해 존재하고, 무대는 예술을 통해 존재한다. [색]으로서의 [산]이 일정한 장소[공]에 존재하여야 인간이 의미부여를 할 수 있다는 말이다. 그런데 [색]과 [공]을 초월하려는 [화엄華嚴]사상의 관점에서 감각과 인식에 근거하는 예술의 의미는 전무하다. 또 현상학적으로 [산]에 대한 기존의 관점을 [판단중지epoche]하고 [산]을 바라볼 수 있을 것이며 질료로서의 [산]에 대한 [의식의 작용noesis]으로 발생하는 [의미noema]는 각양각색일 것이다74). 그러나 여기에 소개된 선시가 "아무리 난해한 시라 할지라도 독자는 그 시에 쓰인 언어를 이해하는 한 적어도 그 말의 가장 일차적인 의미를 알게 된다." (박이문 140)

　　20세기 중반에 이르러 사물의 구조를 비판하는 자들이 등장한다. 구조주의자와 포스트구조주의자의 등장. 이들은 이분법적인 사물의 구조를 맹렬히 비난하지만 사실 절대 비난할 일이 아니다. 사물은 구조를 통하여 소통하기 때문이다. 사물의 구조를 정치적, 학문적, 관념적으로 해체하는 것은 가능하지만 그 구조자체를 부정할 수는 없다. 그것은 천지창조의 과학적 증거로서 빅뱅의 존재를 부정하는 것과 같다. 천지창조와 빅뱅의 구조는 현재 엄연하다. 애초부터 사물은 구조를 배태하고 있다. 사물은 내부적인 구조로 형성되어 있고 자연이라는 외부적인 구조 속에 자리하고, 타자에 의하여 혹은 스스로 해체되기도 한다. 사물은 각각의 구조로 지탱하며 시공 속에 병렬되어 존재한다. 여태 이 구도를 기

---

74) 환언하면, 질료로서의 사물에 대해 생각할 때[노에시스]에 각자의 의미[노에마]가 발생한다.

확한 제1원인자가 누구인지 아무도 모르며, 마찬가지로 빅뱅의 유발자가 누구인지 의견이 분분하다. 일단 스스로 촉발되었다고 보는 자동발생설과 절대자가 촉발시켰다고 보는 타자발생설로 나눠진다. 그런데 데리다는 구조에 대한 원인규명을 거두절미하고 이를 내부적으로 해체하려고 한다. 그러나 외부적으로든 내부적으로든 구체적인 사물의 구조는 해체할 수 없고, 아울러 추상적인 사물의 구조 또한 해체할 수 없으며, 다만 그의 말대로 사물의 구조에 대한 의미의 차이만이 존재하며 의미의 확정이 무한히 연기될 뿐이다. 어느 누가 구조를 해체했다고 하더라도 여전히 구조는 존재할 뿐이다. 이렇듯 구조의 존재는 빅뱅의 존재와 동일하며, 구조와 빅뱅의 존재를 결코 부정할 수 없다. 그러니 유한자로서의 인간의 사명은 주제넘게 사물의 구조를 해체하는 일이 아니라 구조에 의미를 부여하고 그 의미를 해체하려는 연기만을 무한히 반복할 뿐이다. 인간에게 사물의 근원이나 기원을 추적하는 행위의 실천은 가능하지만 그 결과는 항상 근사치에 머물고 만다. 따라서 모더니즘과 포스트모더니즘과 구조주의와 포스트구조주의는 의식의 확대에 불과하며 실체의 그림자를 반영하는 리얼리즘과 물질의 토대로 삶을 설정하는 마르크시즘은 인간의 운명이다. 다시 말해 예나 지금이나 시시포스 신화의 반복충동적인 타성만이 인간에게 부여된 유일한 역사적 사명이다. 인간은 사물의 구조를 결코 해체할 수 없으나 스스로 해체하려는 작업을 무한이 반복할 뿐이다. 하이데거 또한 시와 더불어 사고하는 것은 인간에게 언어의 본질을 환기시키는 것이고 인간은 언어 속에서 사는 법을 배우며 세계 속에 자신을 위치시킨다고 본다(Bruns 205). 다시 말해 사물에 대한 언어의 반복적인 구사만이 인간 삶의 본질이자 조건인 셈이다.

마찬가지로 [미/추]는 [선/악]의 개념과 마찬가지로 인간에게 내재된 구도이다. 의미의 변화는 있을지 몰라도 근본적으로 [미/추]의 내파와 와해는 불가능하다. 인간의 의식이 계몽된 이래로 미에 대한 반성은 아 방가르드적, 다다적, 포스트-모던적으로 지속되어 왔다. 그러나 미는 추한 현실을 방어하는 기제로 언제까지나 인간의 의식 속에 잔존하리라 본다. 미는 불필요한 것이 아니라 추한 현실을 방어해주는 일종의 방어 기제인 셈이다. 아다 시피 한국사회에서 추함이 각계각층에서 판을 치는 것은 추함을 방어하는 미의 방어기제가 훼손되었기 때문이다. 극도의 추함은 곧 공동체의 파멸을 의미하기에 이를 막기 위하여 도덕적 윤리적인 기제가 필요한 셈이다. 이때 추한 현실은 인간의 일상이다. 인간은 생존하기 위하여 식물을 채집해야 하고 동물을 사냥해야 한다. 이것이 도덕군자/도인/현인/수도자/성자를 포함한 모든 인간이 처한 삶의 진리이다. 역으로 인간에게 삶의 동기가 되는 위장이나 성기가 없다면 삶이 무의미해질 것이다. 근본적으로 추한 인간의 실상을 반성하기 위하여 미의 기제들이 역사를 통하여 등장한다. 그것은 이성적/합리적/상식적인 규범들이다. 그런데 이 추상적 멍에들이 포스트-모던 시대에도 전혀 필요 없는 것이 아니다. 그것은 아방가르드적 시위는 어디까지나 정상적인 규범 위에서 성립하기 때문이다. 마르쿠제 또한 [1차원적 인간]과 [2차원적 인간]의 개념을 설파하면서, 전자는 현실을 이성의 구체화로 존중하고 후자는 이를 초월하는 가능성을 주장하지만, 현대사회가 아무리 변화무쌍하여도 어디까지나 전자의 의식에 근거한다고 본다(한전숙 135-136). 환원하면 구조주의를 근거로 삼아 포스트구조주의의 자유를 맛볼 수 있기 때문이다. 융의 개념에 따라 미는 비본질적인 추한 에고의 현실을 방어하고 감시하는 본질적인 [원형]의 사명을 띠고 지상에 존재하는 타자의 집단적이고, 몰개성적인 시선인 것이며, 예술가는 이 메시지를 대대로 전달하는 사제이다(101). 어느 분야든지 진흙탕의 전투에서 [도킨스Richard Dawkins]가 말하는 이기적인 생존을 위하여 타자와 추한 혈투를 벌이고 있는 우리 자신들은 아울러 링의 규범으로서의 절제의 미학을 인식해야 하는 것이다. 야생에서는 힘의 논리에 의해서 강자의 정의가 집행되지만 문명사회에서 규범의 미학이 서로의 생존을 보장하는 방어기제가 되는 것이다. 거칠 것 없는 아방가르드의 무책임한 시위도 이를 보장하는 책임과 질서의 미학의 무대 위에서 가능한 것이다. 도로 위에서 자행되는 폭주, 탈주, 이탈은 어디까지나 차선을 기준으로 벌어지듯이. 이것이 시성 키츠가 「그리스 항아리의 노래」"Ode on a Grecian Urn"에서 우리에게 귀띔해준 말이다. "미는 진리이며, 진리는 미이다. 이것이 그대가 지상에서 아는 것이고 그대가 알 필요가 있는 것이다."

❘ 인용문헌

강대석. 『미학의 기초와 그 이론의 변천』. 서울: 서광사, 1990.

김요한. 『예술의 정의』. 파주: 서광사, 2007.

박이문. 『시와 과학』. 서울: 일조각, 1990.

새뮤얼 이녹 스텀프 『소크라테스에서 포스트모더니즘까지』. 이광래 옮김. 파주: 열린책들, 2011.

진중권. 『미학오디세이』. 서울: 휴머니스트, 2006.

한전숙, 차인석. 『현대의 철학 I』. 서울: 서울대학교출판부, 1997.

타타르키비츠, W. 『미학의 기본개념사』. 손효주 옮김. 서울: 도서출판 미술문화, 2006.

Bruns, Gerald L. *Modern Poetry and the Idea of Language.* New Haven: Yale UP, 2001.

Cothey, A. L. *The Nature of Art.* London: Routledge, 1990.

Coward, Rosalind and Ellis, John. *Language and Materialism.* London: Routledge, 1986.

Eagleton, Terry. *Literary Theory.* Oxford: Basil Blackwell, 1983.

Easthope, Antony. ed. *A Critical and Cultural Theory Reader.* Buckingham: Open UP, 1992.

Gadamer, Hans-Georg. *The Relevance of the Beautiful.* Cambridge: Cambridge UP, 1986.

Hutcheon, Linda. *The Politics of Postmodernism*. Routledge: London, 1989.

Jung, C. G. *The Spirit in Man, Art, and Literature*. trans. R. F. C. Hull. Princeton: Princeton UP, 1978.

Perkins, David. *A History of Modern Poetry: From the 1890s to the High Modernist Mode*. Cambridge: Harvard UP, 1976[a].

_____. *A History of Modern Poetry: Modernism and After*. Cambridge: Harvard UP, 1999[b].

Rosenthal, M. L. ed. *Poetry in English*. Oxford: Oxford UP, 1987.

Watson, J. R. *English Poetry of the Romantic Period 1789-1830*. London: Longman, 1998.

▌찾아보기

| 지은이 **이규명**

부산외국어대학교 영어학부 초빙교수
(前) 부산대학교 교양교육원 내국인 교수
한국예이츠학회 연구이사

논문/저서

- 『The Waste Land』에 대한 정신분석학적 접근, 부산외대, 1992.6.
- W. B. 예이츠의 『장미』에 대한 원형적 접근, 부산외대 어문학연구소, 1999.2.
- W. 스티븐스의 「일요일 아침」에 대한 정신분석학적 접근, 신영어영문학회, 1999.8.
- 『황무지』에 대한 프로이트적 접근: 초-자아의 전복, 대한영어영문학회, 1999.8.
- 「Ode on a Grecian Urn」 다시읽기: 그 신화에 대한 저항, 신영어영문학회, 2000.8.
- A Buddhist Perspective on Kim So-wol's and W. B. Yeats' poems: SC/AAS(미국동아시아학회), 2002.1.
- 텍스트에 대한 라캉(J. Lacan)적 읽기: 「벤 벌벤 아래에서」의 '오브제 쁘띠 아', 새한영어영문학, 2002.8.
- 『예이츠와 정신분석학』, 서울: 도서출판 동인, 2002.
- W. 워즈워스 다시 읽기: 퓌지스(physis)와 시뮬라시옹(simulation), 새한영어영문학회, 2004.8.
- 「Ash Wednesday」 다시 읽기: 삶의 실재와 그 '궁극적 전략', 한국엘리엇학회, 2004.12.
- 「학교 아이들 속에서」에 대한 융(C. G. Jung)적 접근: '태모'(Great Mother)와 영웅 신화, 한국예이츠학회, 2005.6.
- 「J. 알프레드 프루프록의 연가」에 대한 G. 들뢰즈적 읽기: '이미지 없는 사유'의 비전, 한국엘리엇학회, 2005.12.
- 영화 『왕의 남자』 비딱하게 보기: 그 퍼스나의 진실, 서울: 文藝韓國, 2006 가을.
- 영화 『괴물』 버텨보기: 키치[kitsch]에 대한 찬사, 서울: 文藝韓國, 2006 겨울.
- 예이츠와 보르헤스의 상호 텍스트성: 그 연접과 이접, 한국예이츠학회, 2006.12.
- 「노수부의 노래」 다시 읽기: 그 보편주의의 산종(散種)에 대한 탈-식민주의적 저항, 새한영어영문학, 2007 봄.
- 『다빈치 코드』: 원형의 경고, 서울: 文藝韓國, 2007 봄.
- 영시(英詩)에 대한 다양한 지평들, 부산: 부산외국어대학교출판부, 2007.8.
- 『21세기 신인류의 탄생』: Narcissism의 부활: 주체의 사망과 타자의 부활, 서울: 文藝韓國, 2008 봄.
- (21세기 교양인을 위한) 영/미시와 문화이론, 서울: 도서출판 동인, 2010.
- (21세기 문화인을 위한) 영/미시와 과학문화, 서울: 학술정보, 2011.
- (21세기 문화콘텐츠를 위한) 영/미시와 철학문화, 서울: 도서출판 동인, 2011.
- (21세기 포스트-휴먼을 위한) 영미여성시인과 여성이론, 서울: 도서출판 동인, 2011.
- 예이츠와 T. 아퀴나스: 존재론적 실재의 향연, 한국예이츠학회, 2012.8.
- 엘리엇, 예이츠, 스티븐스와 禪: 경험적 자아의 실존적 경계, 한국동서비교문학학회, 2012.12.
- T. S. 엘리엇과 St. 아우구스티누스 — 이중구속의 비전, 한국엘리엇학회, 2013.7.
- (21세기 디지털 시대의 실존) 영미시에 나타난 '참을 수 없는 존재의 가벼움'과 무거움: 그 아리아드네적 전망, 서울: 도서출판 동인, 2014.

21세기 영시와 미학의 융합

英詩의 아름다움: 그 객관적 독사(doxa)의 실천

초판 1쇄 발행일 2015년 8월 25일

지은이 이규명
발행인 이성모
발행처 도서출판 동인
주 소 서울시 종로구 혜화로3길 5 118호
등 록 제1-1599호
TEL (02) 765-7145 / FAX (02) 765-7165
E-mail dongin60@chol.com
I S B N 978-89-5506-670-8
정 가 16,000원

※ 잘못 만들어진 책은 바꿔 드립니다.